没落殿下が私を狙っ……!!

一目惚れと言い張る王子と新婚生活はじめました

岡達英茉

Ema Okadachi Presents

fairy kiss

この作品はフィクションです。
実際の人物・団体・事件などに一切関係ありません。

没落殿下が私を狙ってる……!!

一目惚れと言い張る王子と新婚生活はじめました

第一章　殿下は、居候娘に求婚する

昨年末のことである。

我がティーガロ王国の第五王子が、お忍びで歌劇を鑑賞した帰り道、夜の路上で何者かに突然襲われ、殺された。まだ十九歳の若き王子だった。

捜査の甲斐《かい》なく、犯人は逮捕されなかった。

王妃からとりわけ愛され国民からも人気が高い、陽気で気さくな王子だった。

世間は大いに悲しみ、涙を流した。

その頃、屋敷の掃除に日がな明け暮れていた私、リーズ・テーディはまさかこの話題が自分に後々深く関わってくるなんて、夢にも思っていなかった。

私――リーズ・テーディの人生は、物心ついた時から急勾配の下り坂だった。
没落貴族出身だがとんでもなく美人で有名な母が、私を連れてテーディ子爵と再婚したのは、私が四歳の時だった。

テーディ子爵家は裕福だったが、二歳歳上の義理の兄・シャルルは私を嫌い、徹底的にいじめ抜いた。彼の趣味はおもちゃの剣を振って私を追い回し、探し出しては頭を叩《たた》きまくることだった。

幸いなことに、義兄は太っていたので足が遅く、彼から逃げるのは容易だった。

義兄が私に向けた嫌悪は、清々《すがすが》しいほどブレなかった。義理の父は善良な人間で、私と義兄の仲をどうにかとりもとうとしてくれたが、全て徒労に終わっていた。

母はテーディ子爵との間にできた私の妹を産むと、子育てに飽きでもしたのか、旅行三昧の日々を過ごすようになった。

妹は母親の顔を半ば忘れて成長したが、彼女は母親の美貌を受け継ぎ天使のように愛らしい子だった。結果、私は妹と常に比較されてこき下ろされた。

母は一年のほとんどを旅行に費やし、やがて家族の誰も母の現在地を認識しなくなった。

突然両手いっぱいのお土産を抱えて帰宅し、機嫌よくその美しい笑顔を振りまき、父や娘達《たち》にキスをし、翌日には新たな旅先へと出て行く。

私の母親は、そんな女性だった。義父は、いつまでも母の帰宅を待っていた。

母がいつか己の過ちと真実の愛に気づき、自分と子供達のもとへ帰ってくると、信じていたのだ。

義父は母を心から愛していた。

私が十歳になった頃。

母はいつもと同じく唐突に帰宅をして、そして翌日にはまた私達を置いて去って行った。

その早朝、まだ皆が寝静まっている時間に、母が馬車に乗り込む音を聞いた私は寝間着姿で外へ飛び出し、母を引き止めようとした。全身で、全力で。

馬車の扉を閉めさせまいと私は扉を押さえたまま、母を説得した。どこにもいかないで、と。

十歳の私は泣き喚《わめ》き、暴れた。まるで二歳児のごとく。

だが母はその美しい顔で少し困ったような表情をして、御者に命じて私を引き剝がした。

動き出す馬車をしばらく追いかけたが、やがて引き離された。

朝霧の漂う王都の道を、呆然《ぼうぜん》と立ち尽くす自分が、あまりにも惨めだった。

遠くへ消えゆく馬車の音を、失意の中で聞いた。

そして、母はその旅の途中で馬車の事故にあい、永遠に私達のもとには帰らぬ人となったのだ。

あの辛《つら》さは私にとって、その後の人生の支えとなった。

あれ以上辛いことはもう起こり得ないだろう、と確信できたからだ。

病気がちだった義父は母の死を契機に一層弱っていき、私が十五歳の時に亡くなった。

義父が亡くなると、屋敷の中はますます居心地が悪くなった。

子爵位を継いだ義兄は私を使用人として扱うようになり、私の日課は屋敷の掃除となった。

広大なテーディ邸の掃除は大変だったが、出て行けと命じられないだけでもマシだった。

母との思い出はこの屋敷にしかないし、他に身内もいない。

遊び歩く義兄や妹を尻目に、使用人と同じくらい地味な服を着て、ひたすら掃除に明け暮れる私の唯一の楽しみは、本を夜に読むことだった。

義兄は十九歳で妻を迎えた。

新たにテーディ子爵家の一員となったのはダフネという名の伯爵令嬢で、私に初対面から横柄な態度で接してきた。それでも徐々に打ち解け、家族として認めてもらえるのではと期待したこともあった。けれど期待は現実になることなく、彼らにとって私はいつまで経《た》っても他人でしかなかった。

義兄とその嫁は、小姑《こじゅうとめ》である私をどうやって屋敷から追い出すか、という議題についてしばしば居間で楽しげに討論を繰り広げていた。

とりわけ義兄夫婦の間に子供が生まれると、義姉《あね》は一刻も早く私を追い出したくてウズウズし始めた。

「ねえ、居候さん。この子ももう、一歳になって良く動き回るようになったでしょう？　あなたが今使っている部屋をこの子に使わせたいのよ」

屋敷には数十の部屋があるというのに、なぜピンポイントで私の部屋を狙うのか。直球すぎる嫌がらせに、返事が思いつかない。

そんな時、私の味方をしてくれたのは妹のレティシアだ。

「ダフネお義姉《ねえ》様、あんまりだわ！　リーズお姉様の使っている部屋は、地下にある狭い部屋なのよ！　それだって、去年二階の部屋から追い出されて移った部屋ですのに……！」

義兄はレティシアに甘かったので、義姉は彼女には逆らわなかった。私は情けなくも、こうして母の残した実の妹に庇《かば》われて、この屋敷での日々を送っていた。

転機は私が十九歳の時に訪れた。

ある夕方、廊下の掃除をしていると、義兄と義姉が物凄《ものすご》い笑顔で話しかけてきたのだ。

その満面の笑みたるや、天変地異の前触れかと思うほどだった。

「リーズ！　探したわよ！　こんなところにいたのね」

名を呼ばれたことに驚いてしまう。二人はいつも私を「居候娘」と呼んでいたから。

（い、一応私の名前を忘れてはいないのね……）

「お前も、隅に置けないわね！」

なんだろう。確かにいつも屋敷の隅にいるけれど、そのことすら文句を言われるのかと、思わず身構えてしまう。だが義姉は猛烈な笑顔のまま、続けた。

「知らなかったわ、たまに外出すると思ったら、外で殿方に見初められていたなんて！」

「な、なんのお話でしょうか……」

私が外出するのは、古本屋に行って本を買って来る時くらいなのに。それも直行直帰で。

義兄と義姉の、新手の嫌がらせが始まっているのだろうか。流れが読めないのが怖い。

あろうことか、義兄まで見たこともないような笑顔を浮かべて、話しかけてきた。

「今王宮は、この話題でもちきりだ！　なんとノラン殿下が、お前を見初められたそうだ！」

「――はい？」

「今朝から王宮は蜂の巣を突《つつ》いたような大騒ぎだ！　お伽話《とぎばなし》のような世紀の幸運、と！　ノラン殿下は、お前との結婚をご所望だそうだ！」

「わたくし達も誇らしいわぁ！」

興奮のあまり目を潤ませ、謎の悶《もだ》えを見せる義姉を、呆然と見つめるほかない。

二人が何を言っているのか、理解できない。こんなつまらない冗談を言うために、久しぶりにわざわざ二人して、私に話しかけてきたのだろうか。

「あの、何のことですか？　私にはさっぱり……」

「お前に縁談が持ち上がっているのよ！」

一瞬幻聴かと戸惑った。自分と縁談という単語が、あまりに結びつかなくて。

「え、縁談……？」

「このお話を頂いた時は、身震いがしたぞ！」

義姉は過度に興奮しているせいか、本当にブルブルと腕を震わせながら、猛烈な笑顔で続けた。

「もう一度言うわよ。お前に、ノラン殿下が求婚なさったの」

「ノラン殿下って……」

「馬鹿ね、ノラン殿下よ！　我がティーガロ王国の第四王子殿下の！」

「そうだ。しかも、美丈夫として名高い第四王子殿下だぞ！　子爵令嬢とは名ばかりの居候娘たるお前が嫁に行くのに、これ以上のお相手がいるだろうか」

話が突飛すぎて、ついていけない。

義姉達はこの冗談をいつまで続ける気だろう。何が面白いのか、全然分からない。

「嬉《うれ》しいでしょう？」と言い募りながら顔を寄せてきた彼女から、キツイ化粧品の匂いが漂い、頭がクラクラする。

爵位は低いが、このティーガロ王国では一応名家で通っているテーディィ子爵家の娘とはいえ、実際にはその血を一滴も継いでいない私に、王子様などから縁談が降ってくるはずがない。

気味が悪いほどの笑顔を浮かべた義兄が、説明を続ける。

第四王子は以前、街中で私を見かけて恋に落ちたのだという。

義兄はもっともらしく言った。

「お前が驚くのも分かる。俺達も驚いたからだ。正直、お前の一体どこを殿下が見初められたのか全く分からんが、世の中には色々な趣味の男がいる」

「んまぁ、あなたったら、そんな正直に言っちゃったらリーズに失礼よぉ！」

「だがノラン殿下は、ここ最近はお前が愛《いと》しくて、夜も眠れぬそうだ」

——そんなことが、あるはずがない。

「ノラン殿下は国王陛下に対して、リーズ・テーディとの結婚を認めてもらえないなら自害も辞さない、と直談判されたそうだ！」

（一体、何が起きているの？　怖すぎる——）

義兄の説明によれば、最初国王は激怒して断固私との結婚を認めなかった。だが第四王子の本気ぶりもかなりのもので、彼は国王の制止を無視し、田舎に引っ込んでしまったのだという。

「ここへ来て、陛下も折れたらしくてね。今朝、王宮に呼ばれて俺も仰天したよ」

「陛下はノラン殿下とお前との結婚を、お認めなさったのですって！　ノラン殿下がお持ちの称号を放棄することを条件に。リーズったら、そんなにノラン殿下に愛されちゃってるのね！」

「お、お二人とも。どうか落ち着いてください。これは、絶対に何かの間違いですから！」

第四王子なんて、見たこともない。絶対に会ってもいない。

ちなみに第四王子は、昨年殺された第五王子とは「双子兄弟」と呼ばれるほど仲が良かったらしい。第五王子亡き後、悲しみのあまりその墓前に雨の中立ち尽くし、肺炎になって死にかけ、ひと騒ぎ起こした人騒がせな王子だった。

しかし、そんないわくつきの王子が、一体なぜ私に求婚などしてきているのか。

(まさか、私を誰かと間違えているの？　それとも、単にまた騒ぎを起こしたいとか……)

本来は貧乏な底辺貴族の娘だった私に、王子との縁談なんて来るはずがない。

――こんな話があるはずない。絶対に何か裏があるに違いない。

「ああ、リーズ。お前ったらなんて幸運なのかしら！　分不相応なお相手に見初められるなんて、お伽話の主人公のようだわ！」

羨ましいわぁ、と嫌みと揶揄《やゆ》が混ざった表情で、義姉が私に流し目を送る。

(そうなのかしら。――発想の転換をして、これはチャンスだと考えるべき？)

もしかしたら本当に私は王子にどこかで見られて、――そう、一目惚《ひとめぼ》れされたのかも……。

ふと、そんな想像をしてみる。

けれど窓ガラスに映った、平凡を絵に描いたような自分の姿を見て、我に返る。

(ううん、やっぱりあり得ない。現実を見なくちゃ。だいたい、一目惚れって普通は容姿が優れた人に対してするものだし)

いくら子爵家の居候娘だろうが、人違いで求婚されたらたまらない。


縁談話が持ち上がった少し後で、義兄は念のため私の肖像画を画家に描かせ、それを第四王子に渡した。それは第四王子自身に、本当に私が「一目見て心奪われた女性」なのか、確かめてもらうためでもあった。

だが第四王子は私の肖像画を渡してもなお、一目惚れした女性は子爵家のリーズ・テーディだと言い張った。

こうなると、もうテーディ家に反論する術《すべ》はなかった。

こうして私は「お伽話のような世紀の幸運」を掴《つか》んだヒロインとして、屋敷中の人々から生温《なまぬる》い目で見られ、冷やかしの的となったのである。

私を屋敷から追い出せる絶好のチャンスを掴んだ義兄達は、以後積極的にこの珍妙な縁談を進めた。義兄はこれを逃せば私にはもう縁談など来ないだろう、と脅してきたほどだった。


やがて遂に第四王子が結婚について話を詰めるため、テーディ邸を訪れる日がやって来た。

私は妹のレティシアと二人で、テーディ邸のアプローチで王子を待っていた。

(ああ、どうしよう。物凄く緊張するわ)

一台の馬車が屋敷の敷地に入って来ると、私は無意識に背筋を伸ばした。

王子が乗って来た馬車は、想像よりも質素なものだった。白塗りの車体に金色の装飾がされたような、豪華な馬車を勝手に想像していた私は、いくらか拍子抜けした。

馬車の音を聞きつけ、義兄も慌てて屋敷から飛び出して来る。

馬車が目の前で止まり、私達は膝を折った。やがてキィ、と軋《きし》む音を立てて扉が開く。

心臓がばくばくと動き、緊張から両手の拳を握り締《し》める。

私が第四王子の顔を見るのは、今日が初めてなのだ。

どんな顔だろうか、とかどんな話をしてくれるだろうか、とかどんな表情で降りて来るだろうか、といった疑問は、もう一切浮かばなかった。

ただ、私の頭の中は緊張で真っ白に弾《はじ》けてしまっていた。

馬車の中から一人の人物が降り立ち、姿を現す。

(――なんて。なんて綺麗《きれい》な人なの……)

私の前に立っていたのはプラチナブロンドが眩《まぶ》しい、長身の男性だった。

美しい顔立ちに、均整の取れた体軀《たいく》。彼はそこに立っているだけで、圧倒的な存在感を放った。

こんなに見栄えのする人が誰かに一目惚れをすることなんて、あるのだろうか。

「お会いしたかった、リーズ」

王子は迷うことなく、颯爽《さっそう》とその長い腕を伸ばした。――私の妹のレティシアに。

手を差し出された妹も私も、揃《そろ》って固まる。……何か、言わなくては。

恐る恐る、口を開く。

「……リーズは、私ですが……」

恐縮ながら王子の誤りを指摘してみると、彼はハッと目を見開いた。

王子は妹から視線を外すと、私を目で捉えた。そのまま僅かの間、驚いた表情でこちらを凝視する。

そして一度ゆっくりと瞬きをすると、何ごともなかったかのような抑揚のなさで、私に向かって話を続けた。

「リーズ、貴女《あなた》に会いたくてたまらなかった」

この瞬間、一目惚れという設定が破綻した気がするのだが、王子には全く迷いがなかった。彼は妹に差し出していた手をサッと動かすと私の手を取り、まるで予《あらかじ》め練ってきたセリフのごとく滑らかさで言った。

「リーズ。貴女を見かけて以来、私は貴女の虜《とりこ》なのだ。どうかこの不躾《ぶしつけ》な縁談を許してほしい」

歯の浮くようなセリフだが、自分にあまりに不相応なので困惑するばかりだ。

縁談が持ち上がってからずっと聞きたくて仕方がなかったことを、勇気を出して聞かなくては。

「あの、殿下はどちらで私をご覧になったのでしょうか……？」

声を震わせながら尋ねてみたけれど、瞬時に後悔する。

王子は眼光鋭く私を睨《にら》みつけたのだ。そのあまりの冷たさに、硬直してしまう。

水色の瞳は、二度とその質問をするな、と無言のまま私を脅していた。

王子は私の問いをサラリと無視し、義兄に顔を向けた。

「テーディ子爵。お招きありがとうございます」

「殿下にお越しいただけるとは、恐悦至極にございます」

義兄はこれ以上はないというほど嬉しそうに、王子を屋敷の応接室に案内した。

ソファに腰かけるなり、気の早い義兄が結婚式の話を切りだす。

「殿下。早速結婚式の話をさせていただきますと、やはり王子殿下にあらせられますから、式場となる教会は何と言っても、」

「失礼。申し遅れましたが、実は私はこの縁談を進めるにあたり、既に王子の称号を放棄しました」

（――ま、まさか本当に……？）

私は激しく瞬きをした。

「同時に父から与えられていたいくつかの爵位とそれに伴う領地、王宮での役職も手放しました。——全てはリーズとの結婚のために」

あまりの展開に、身体《からだ》の末端から血の気が引いていく。こんな馬鹿なことがどうして起きているのか。いや、この王子はなんでこんな馬鹿なことをしているのか。

流石《さすが》の義兄も私の顔を一瞬見てから、不安そうな表情を浮かべた。

「あの、では殿下は今……」

「私は残された最後の領地である伯爵領の屋敷に居を移しました。そこでリーズを迎える予定です」

王子は私にその芸術品のような美しい顔を向け「伯爵領は長閑《のどか》で素敵なところです」と付け加えた。だがそんな補足情報は、全く耳に入らない。

唖然《あぜん》とする私と義兄の目の前で、王子は結婚式の場所について相談をしだした。

私は残された勇気を総動員させ、もう一度先程の質問をすることにした。今聞かなければ、大変な惨事が待ち受けているかもしれない、という予感がする。

「あのっ……！　殿下は、」

「リーズ。私は今、伯爵としか呼ばれていない」

「伯爵様、貴方様は一体、どこで私を見かけたのですか？」

伯爵の申し訳程度の微笑が、即座に消える。彼は私の瞳をしっかりと捉えると、ゾッとするほどの低音で言った。

「どこでもよろしい」

よ、良くない……。だってこの求婚の大前提じゃないか。

「いえ。その……私は殿下が、」

「伯爵」

「う、ぁ、伯爵様がどなたか別の女性と私を勘違いなさっているのではないかと、心配しておりまして……」

「リーズ！　殿下に……じゃなかった、伯爵様に失礼なことを言うんじゃない！　伯爵様に間違いなどあるわけがないだろう」

（――えっ、だってさっき出会い頭に私とレティシアを間違えていたし……）

義兄が伯爵に対し「躾の行き届かない妹で申し訳ありません」と頭を掻《か》きながら詫《わ》びる。

対する伯爵は、剣呑《けんのん》な眼差《まなざ》しを私に向けると言った。

「リーズ。私は貴女との結婚が認められないのなら、死をも恐れぬ覚悟だ」

全く身に覚えのない突然の求婚なのに、伯爵の前のめりな勢いに返す言葉が思い浮かばない。伯爵は私の沈黙に満足をしたのか、続けた。

「実は私達のこの結婚については、既にちょっとした騒ぎになっています」

それは否定し難い事実だった。騒ぎを起こすのが得意な王子だ。

「ついては、父上からはこれ以上騒ぎにならぬよう、お披露目やパーティーは控えるよう命じられています。取り敢《あ》えず簡易な式だけを教会で挙げようと思っている次第です」

結婚式、という言葉にまるで現実味がない。

「それに私にとっては喪中期間が終わったばかりでして」

突然その話題が登場し、私と義兄は激しく瞬きした。

喪中――とは、弟の第五王子のアーロン殿下が殺された事件を言っているに違いない。

これ以上この話題に触れないよう、義兄は間髪を容《い》れずに相槌《あいづち》を打った。

「ええ、ええ。分かります！　華やかで大々的な式など、今は控えるべきでしょうとも！」

「式には私の付添人が一人参加いたしますが、それ以外の家族とは、後程機会を設けてきちんと王宮で紹介したいと思っています」

家族って、王様とか、王妃様のことだろうか。一体どんな顔をして会えばよいのか、分からない。

義兄はそのふくよかな頰をにんまりと膨らませ、両手をこすり合わせながら答えた。

「勿論《もちろん》それで結構ですとも。かえって当家にも好都合です」

私には、口を挟む余地もなかった。

その後、私には一切の相談もなく、話は義兄と相手方の間でどんどん進み、それから三ヶ月後には、体良く屋敷を追い払われることになった。

つまり私は結婚相手である、第四王子の屋敷に行かなければならなくなったのだ。


私は義兄と義姉に半ば無理やり荷造りをさせられ、子爵家を出る日を告げられた。

皆に騙《だま》されていて、どこかに売り飛ばされるんじゃないだろうか――。自分の結婚が信じられず、そんな疑いすら持ってしまう。

そしてついに何の実感も湧かないままに、その日を迎えた。

この日のために義兄が作らせた美しいドレスを纏《まと》い、玄関に向かう。義兄は私のドレス姿を見て、ふむと満足げに軽く頷《うなず》いた。

「いいじゃないか。予想外に素晴らしい。馬子にも衣装、だな！」

「んまぁ、あなたったら！　リーズを褒めすぎよぉ」

私を屋敷から追放できるのが余程嬉しかったのか、義姉は朝から異常に嬉々《きき》としていた。感慨深げに私の顔を見て言う。

「結婚の儀が終わったら、王子様のお屋敷に行ってしまって、もう二度と会えないのねぇ。ああ、悲しいわぁ」

そう嘆いてみせる彼女はちっとも寂しそうではなく、むしろ笑っている。

その横で妹のレティシアが大きな緑色の目に涙を溜《た》めて、私を見つめていた。

「お姉様。本当に行ってしまわれるの？」

私は義兄に付き添ってもらい、中央教会で結婚の儀を行うことになっていた。

中央教会は王室御用達《ごようたし》の教会だ。

どんなに家柄が良い貴族同士の結婚であっても、そこで結婚式を挙げることはできない。

そんなところに自分が行って良いのか。想像するだけで足が震える。

そして結婚の儀の後は、王子の領地にある屋敷にそのまま移ることになっていた。

「……レティシア。泣かないで」

蜂蜜色のフワフワとした髪に、愛らしい澄んだ緑色の大きな瞳を持つ妹。そんな彼女がいじらしく涙を見せると、こちらまで胸が苦しくなってしまう。

妹はもう十四歳だったが、私にはいつまでも可愛《かわい》くて幼い、小さな妹だった。

妹は声を震わせて言った。

「お姉様がいなくなってしまうなんて、寂しい！」

別離の悲しみをそんな風に素直に見せてくれる妹を前に、思わず私も目頭が熱くなる。私にとってたった一人の妹だし、彼女にとっても私はたった一人の姉なのだ。

生まれた時からずっとすぐ近くにいた妹とは、やはり離れ難い。

実の父とは四歳の時に別れ、母もいなくなってしまった。残された血の繋《つな》がった最後の存在と、こうしてついにまた別れなければならない。妹が思う以上に、私にとってこの別れには重い意味があった。けれど私が不安な顔のまま結婚してしまえば、妹を心配させてしまう。

妹には明るく出て行く姿を見せたいし、自分自身のためにも後ろ向きの気持ちではいたくない。

それに新しい生活は、意外と素敵なものになるかもしれない。

いつまでも戸惑っていてもどうにもならない。ここは敢えて前向きに考えなければ。

「そんな風に言わないの。……私なんかには、夢みたいな、素晴らしい縁談だもの」

(でも、本当にそうかしら？　そう思える……？)

言った先から自問してしまう。相手の身分にも、評判にも首を傾《かし》げざるを得ない。

そもそも第四王子がどんな人間なのか、全く分からない。どこかで見初められた覚えもない。

私はぶるぶると頭を左右に振った。

これ以上テーディ家にいても、私が家族の輪の中に入れてもらえることはない。いつか、義兄と義姉も私を受け入れてくれて、認めてくれる。時間が解決してくれる。そんな願望を密《ひそ》かに抱いていたこともあったけれど、現実は違った。

ここにはもう、私の居場所はない。

私は別の場所で、新しい希望を持たないといけない。望まれて行くのだから、これからは今までとは違うはずだ。いや、違うように、変わるように行動しないといけない。

――大丈夫。きっと伯爵様は良い方だ。私達はうまくやっていける。

そう信じなければ、本音を言えば怖くてとてもやっていけない。もう、彼を信じるしかないのだ。

私は怯《おび》えて逃げ出したくなる自分に、どうにか鞭《むち》打った。

この屋敷から出て行けばもう、居候だとか、お荷物娘、エセ子爵令嬢だなどと呼ばれながら小さくなって暮らさずに済むのだ。

この結婚は自分にとって、喜ばしいものなのだ、と自分に何度も言い聞かせる。

自分で自分を納得させるために。

（……レティシアと離れ離れになるのは、寂しいけれど）

妹と二人で、屋敷の玄関前でギュッと抱き合い、別れを告げる。

義兄と同じ馬車に乗るのは、数年ぶりだった。

私達は特に話すこともなく、お互いに本を読んで車内の気まずい時間をやり過ごした。私は本を一定の間隔でめくってはいたが、内容は全く頭の中に入ってこなかった。あまりに緊張をしていたから。

実感は全く湧かないけれど、私は結婚をする。

そして私の夫となる男性と、これから教会で会うのだ。

新しい家族。――本当の家族に、なれるだろうか？


中央教会に着くと、私はレースのベールを頭から被《かぶ》らされた。周りには既にたくさんの人々が集まっていた。私達の結婚は身内だけで秘密裏に進められていたが、どこから聞きつけたのか、野次馬達がこの時点で大勢集まっていたのだ。

この日のために駆り出されたらしき兵達が、野次馬を懸命に整理している。

なんだか色々申し訳ないし、とにかく肩身が狭い。

取るに足らない私のために、色んな人が巻き込まれて大ごとになっている。それがただ、恐ろしい。

馬車を降りた私に観衆から注がれたのは、あからさまな好奇の眼差しで。

間違っても祝いの視線ではない。

興味津々といった風情の、皿のように丸くなった目が私に向けられている。

皆、王子を一目惚れさせた女性はどれほど美しいのか、と期待に満ちた様子で私を見ているのだろう。――ベールを被っていて、本当に良かった。

観衆達を横目に捉えながら、義兄と共に早歩きで中央教会の中に入って行く。この中には、新郎新婦とその付添い人しか入れない。

中央教会の内部は壮麗ながらも、静謐《せいひつ》な空気が漂っていた。奥には木製の大きな祭壇があり、その前に立つ神父に向かって一人の男が膝をついていた。

（伯爵様だわ。ああ、会うのはこれでたったの二度目なのに。今から結婚式だなんて）

伯爵に会うのは、彼がテーディ邸に来て以来なのだ。

この期に及んでもなお、怖気《おじけ》づいてこの場から逃げ出したくなる自分もいる。

でも、もしかしたら私でも童話に登場する主人公達の幸せなエンディングのように、愛し愛される関係が築けるかもしれない。その可能性は、ゼロではないはず。そう言い聞かせて、前へ進む。

緊張で呼吸が速くなり、顔の前に垂れるベールが揺れるのではないかと、更に心配になる。

伯爵は私が義兄に手を引かれて歩いていく間、一度も私の方を振り返らなかった。私は彼の隣に並び、同じく神父に対して膝をついたが、教会の中が薄暗い上にベールを被っているので、伯爵の顔はよく見えない。彼の顔をジロジロ見るわけにもいかず、前に立つ神父をひたすら見つめる。

神父が私と伯爵を向かい合わせにし、私達の左手を取り、白い木の台の上に置かれた小さな真紅のクッションに、二人の手をのせた。

私達の手が必然的に重ねられ、伯爵の手の温かさに心臓が跳ねる。冷静ではとてもいられず、手が震えてしまう。どうしても震えを止められずにいると、重ねられていた伯爵の手が、そっと私の手の甲を握った。その重みのお陰か、ほんの少し震えが収まる。

震えている私に、気を使ってくれたのだろう。――伯爵はきっと、優しい人だ。

神父は私達の手に、長く白いレースをぐるぐると巻きつけていった。繊細に編まれたレースはとても柔らかく、くすぐったい。

どんな顔で伯爵と目を合わせればいいのか分からず、目線を上げられない。

神父は最後にレースの端を固く縛ると、レースごと私達の手を持ち上げ、神にこの婚姻を宣言した。

　こうして結婚の儀は終わった。

　私と伯爵が中央教会を後にして馬車に乗り込むと、義兄は窓の外から見送った。義兄は実に晴れ晴れとした顔で私達にハンカチを振っていた。喜びすぎて爪先立ちになっている。私を厄介払いできたことが、余程嬉しいのだろう。

　布張りの座席に腰を落ち着け、ここでようやく私は顔を覆っていたベールを外し、溜め息をついた。

　視線を上げると必然的に真向かいにいる伯爵と目が合う。

　伯爵は長い足を組み、その膝上に手のひらほどの大きさの額縁をのせ、私を見つめていた。

　その美貌に、しばし時を忘れる。

　整いすぎた容貌がとっつきにくく、少し怖い。顔のつくりが綺麗すぎて、人間に見えない。呼吸をしているんだろうか、とすら疑ってしまう。

　対する伯爵は、何やら自身の膝上にのせた額縁と私の顔を見比べていた。

「……念のためもう一度聞くが、貴女はリーズ・テーディ子爵令嬢で間違いないな？」

「は、はい。その通りです」

（な、なんだろう……、その質問は、一体？）

　伯爵は眉をひそめて、額縁に見入った。直後、膝上のそれを私に差し出してくる。

　豪華な金色の額縁に飾られているのは、一人の女性の肖像画だった。――これはもしや、義兄が伯爵に渡すために以前描かせた絵だろうか。

「テーディ邸で会った時も思ったのだが……テーディ子爵家から送られてきた貴女の絵とは、随分印象が異なるな。――腕の悪い画家を雇ったものだ」

絵を見て、私も驚いてしまう。そこには、私より遥《はる》かに美しい女性が描かれていたのだ。

画家が色を途中まで入れたところしか、私は見ていなかったので、仕上がりがこんな風になっていたなんて知らなかった。こういった肖像画は、多少は美化して描かれるのがセオリーであったが、いくらなんでもコレはやりすぎだった。

私は茶色の目と髪の色をしていたが、その色みさえ実物とかなりの隔たりがあった。絵の私は、もっと明るい髪色と、思慮深そうな綺麗な瞳の色をして、こちらを見つめていた。

この絵を義兄から渡され、一目惚れの相手は間違いなく私だと伯爵が断言できたことが不思議でならない。

私は猛烈に恥じ入り、身体を小さくしながら絵を返した。

「……すみません」

「間違いなくリーズ・テーディならば、何の問題もない」

そうだろうか。むしろなぜリーズ・テーディである私に求婚したのか、を知りたいくらいなのだが。

戸惑う私に、伯爵が右手を差し出す。

「今後は、ノランと呼んでくれ。これから末長くよろしく頼む」

ぎこちなく右手を差し出し、ノランと握手をする。

ノランは素早くその綺麗な薄い青色の瞳を走らせ、私のドレスと靴を軽く一瞥《いちべつ》した。

「さて。貴女の身なりだが、少々難がある」

「……はい？」

「その婚礼衣装は装飾がうるさすぎる。私の屋敷に到着次第、着替えてもらわねばならない」

「は、はい」

ノランは腕を組んでから私の靴を見て、言い放った。

「その凶器の様な靴は、貴女の標準装備か？」

凶器……？

かなり高くて細い、このヒールのことだろうか……？

「馬車を降り次第、履き替えてくれ。そのかかとでは、私の領地を歩けない」

目が点になった。歩けない、ってどういう意味だろうか。

私の目は口ほどにものを言ったらしい。ノランは説明を付け加えた。

「貴女の育った王都のような環境は、今後期待しないでくれ。舗装された道や、タイル張りの広場など、有りはしない。貴女が今日から暮らすのは、私の領地のダール島なのだから」

「ダール島……？　あの、ノラン様のお屋敷は、し、島にあるのですか？」

「ノランで結構だ。先程の質問だが、私の住まいはダール島という島にある」

「ダール島という、島、なのですか？」

しつこく確認した私に、ノランは表情を曇らせた。

「まさか知らなかったのか？」

「この結婚のことは、私にはほとんど話が入ってこない状態で進んだものですから」

沈黙が車内を支配する。

私達は互いの顔を探る目つきで眺めていた。しばらくすると、ノランが口を開いた。

「……貴女は私が何者か知っているか？」

「第四王子様で、ダール伯爵領を治める伯爵様です。御年齢は二十一だと聞いております」

未婚の娘は、通常社交の場に行くことはできない。

エセ貴族令嬢の私が、貴族の集まりに呼ばれることはなかった。

そして、義父が亡くなってからは、我が家に多くの貴人を招くパーティーや晩餐《ばんさん》が行なわれる時も、私だけは同席を許されなかった。

私は貴族の来客がある時は、自室から出ないよう義兄からキツく言い渡されていたのだ。

そんな私が集められる情報には、限度があった。

「あの……。ノラン様は私の出自をご存じでしょうか？」

私は子爵家に引き取られてはいたが、本当の父母は貧乏貴族で、父はなんとか現状を打開しようと、隣国との戦争に従軍し、あえなく戦死した。

父の死後に母に連れられてテーディ子爵の家に入ったにすぎない。妹のレティシアは別として、私は外聞のために屋敷に置いてもらっていたようなものだ。

ノランにそう説明をすると、彼は特に驚いた様子もなく、顔色ひとつ変えず聞いていた。

そしてこれ以上はない、というほど簡潔に返答した。

「知っている」

「えっ、ええと。──なら尚更《なおさら》、私などで良かったのでしょうか？」

「勿論だ。貴女が、良かった」

「あ、あの……」

ノランの感情のこもらない瞳とぶつかり、言葉が続かない。

聞きたいことは山ほどあるが、相手が相手なだけに、失礼があってはいけない。もっと色々聞きたいけれど、聞いていいのか判断に迷う。

私が口ごもっていると、ノランが言った。

「言いたいことがあるなら、言ってくれ」

向けられるその水色の瞳からは、一目惚れした情熱など、露ほども感じられない。

（ちゃんと確認しないとダメ。──迷っていないで、今聞かないと！）

私はゴクリと生唾を飲み込み、大きく息を吸うと、勇気が萎えないうちに早口に聞いた。

「ノラン様が私を見初められたというのは、……本当は、本当じゃなくて……ええとつまり。──う、嘘《うそ》なんですよね!?」

「そんなことはない。貴女に一目で心奪われた」

直球で返され、一瞬思考が止まる。

（いやいや、その割に偉く冷静かつ無感情な目で私を見ているけれど……！）

「繰り返すが、私は貴女に夢中だ」

そんな歯が浮くようなセリフを、能面で言われても……。

「そうは仰《おつしや》っても……。なんていうか、失礼ながら……貴方様からの愛情とか熱意を……み、微塵《みじん》も感じられないのですが」

「それは困ったな。貴女は少々鈍いのか」

（――ええっ⁉　これって私のせいなの？）

こんな無表情でもこの元王子な伯爵様は、実は私の虜で夜も眠れない……なワケない！

私は動揺のあまり喘《あえ》ぎながらも、冷静になろうと窓ガラスに映った自分の顔を確認した。

ごくごく平凡な、張り切った化粧でちょっと綺麗に見えるだけの女が私を見つめ返している。

この私のために、こんな美形王子様が全財産を棄《す》てるはずがない。これには絶対に何か裏がある。

私はずばり核心部分に触れた。

「大変な失礼を承知で伺います。私を……街中で見かけたことなんて、ないのでは？」

「そんなことはない。私は貴女を街中の古本屋で見かけたのだ」

……間違いない。誰かから、私の出没場所を聞き出したのだろう。誰だ、ノランに入れ知恵した奴は。

「当初、この結婚は父上の反対にあったのだ」

「え、ええ。そうでしょうね。そう聞いております」

「だから私は王宮から離れ、地理的にも政治的にも何の重要性もない、ダール伯爵領に引退することにした。そしてこれに付随して、今まで所有していた他の爵位や領地、官位、役職の一切を手放した。全ては、貴女のために」

そう言うとノランはその美しい瞳で私を射貫《いぬ》いた。疲労と焦りから目眩《めまい》を覚える。

（――どうしよう。あくまでも一目惚れ設定をゴリ押しするつもりなんだ……）

結婚式を終えてもなお、真相を明かそうとしないノランに、焦りと共に肩透かしを食らう。

でも夫婦となったばかりでくじけてはいけない。前を見ようと、決めたのだから。

やがてノランは自分の領地について、熱心に説明を始めた。非常に詳しく、私への思いを語るより、余程気持ちがこもっていた。

ダール伯爵領はもともと広大だったらしいが、数代にわたり領地が切り売りされ、今やその名の通り、ダール島しか領地としては残されていないのだという。

要するに第四王子のノランは、かなりのものを放棄したらしい。彼曰《いわ》く、この結婚のために。

再び顔を上げるとノランはついと私から目を離した。そうして流れ行く窓の外に視線を投じた。

その整った横顔は、どこまでも涼やかだった。彼はそのまま独り言のように言った。

「身体の関係はしばらく保留にしたい。貴女にはまだ妊娠されたら困るからだ」

超展開に返事が思いつかない。

正直なところ、安心する自分もいた。だが、それ以上に不思議とショックでもあった。

結婚はしても、私の子供は必要ない？

無意識に、そっと自分のお腹《なか》を触る。

なんだか自分の子供までも否定された思いがしてしまう。

新しい家族からも拒絶をされた気分だ。

妊娠されたら困る。――それはなぜだろう。

「我が家は目下のところ、経済的なゆとりがないのだ」

俯《うつむ》いていた私は、えっ、と顔を上げた。

ノランの瞳は、いまだ車窓を流れる景色を映していた。

「私は別に子供嫌いなわけではない。――別に得意でもないが。だから、いずれは貴女には産んでもらうつもりでいる。その心積もりはしておいてほしい」

硬直していた心が、解きほぐされた気持ちがした。と、同時に少し恥ずかしくなる。

ノランは窓から目を離すと、私を見つめた。

「正直に言うが、ダール伯爵家は財政難だ。余裕がない。端的に表現すれば、カネがない」

またしても、目が点になってしまう。元王子様なのに、伯爵様なのに、金がない……？

私は改めて今乗る馬車を眺めた。

確かに、かなり質素な馬車だ。テーディ子爵家の馬車の方が、大きいし立派だ。

自分が座る座席をそっと撫《な》でる。座席は布張りだ。革でもなく、お針子による豪奢《ごうしゃ》な刺繍《ししゅう》が所狭しと施された布張りでもなく、単なる地味な布張り。

座面は座り直してみれば、かなり凹《へこ》んだ年季の入ったものだった。

私の思考回路を的確に読み取ったらしく、ノランは説明を加えた。

「この馬車は中古だ。私の乳母から破格で買い取った」

「乳母のかたから――？」

「どうも私達はお互いについて、あまりに断片的な情報しか持ち合わせていないようだ。だが、これだけは認識しておいてくれ。貴女が、玉の輿《こし》に乗ったと思ったなら、それは大間違いだ」

玉の輿に乗ったとは思っていなかった。ただ、裏があるとは確信していた。

ノランはその秀麗な顔を私に向けて、簡潔に宣言した。

「繰り返すが、うちはカネがない」と。

私が住んでいた王都からダール島までは遠く、私達は中間地点の街で一度馬車を降りた。

「昼食にしよう」

下車するなり簡潔な食事宣言をすると、ノランは颯爽と歩き出した。

置いていかれないように、急いでノランを追う。

どこに行くのだろう、と緊張しつつも後をついて行くと、ノランは街中の公園に入っていった。

緑豊かな公園内には、テーブルと椅子がセットであちこちに配置されており、昼時だからかたくさんの親子連れや恋人達がそこでピクニックをしていた。

ノランは迷いない足取りで、空いているテーブルをサッサと見つけ出すと、手に持っていたバスケットを置いた。頭を全力で回転させ、瞬時に理解する。

――ここで、お昼を食べるのだと。

ノランの急かす《せ》ような目配せに彼の要求を敏感に察知した私は、慌てて向かいに腰かけた。

彼がバスケットの蓋を開き、中から瓶を二本取り出し、一本を私の目の前に置く。

バスケットの中には他にパンや果物、薫製肉《くんせいにく》が入っていた。

「適当に食べてくれ」

ここで食事をするという事態に、少なからず私は動揺していた。

私の記憶が正しければ、私達は今しがた結婚式を終えたばかりだ。

周りにいるのは明らかに平民達で、義兄が気合を入れて珍しく新調してくれた私が着ている豪華な純白のドレスは、どう見てもこの場では浮いていた。

見渡せば馬車にいた二人の御者も隣のテーブルに着き、寛《くつろ》ぎ始めている。二人もそれぞれのバスケットから、パンや瓶を出している。

ノランは濃い赤色をした、乾き切った薫製肉を両手で持つと、それを千切って細長い形状に裂いた。王子様は随分と野生的なものを食べているようだ。

ノランがそれを皿の上に重ね、私の前に置いたので、心を無にしてそれを口に運んでみる。

意外にも乾燥し切った薫製肉は、噛《か》めば噛むほど肉の味が染み出し、とても美味《おい》しい。

これは意外だ。見た目で判断してはいけない。

「これ、美味しいですね。初めて食べました」

「オリビアの手製だ。彼女の親の出身地の保存食らしい」

「オリビアさんって……」

「私の屋敷で雇っている女性だ。料理も掃除もやってもらっている」

一人の使用人に複数の仕事を割り振っているということは、使用人の人数も多くないのだろう。

テーディ家では、庭掃除番は決して屋敷内の清掃をしなかったし、料理番が洗濯を任されることも絶対になかった。

私の疑問を察したのか、ノランは更に言い足した。

「大変言いにくいが、我が家ではオリビア一人しか採用していない」

言われたことを咀嚼《そしゃく》するのに、少々時間が必要だった。

殿下――いや、元王子の家で働く使用人が、たった一人……？

この人は、どんな生活をしているのだろう。というより、私はこれからどんな生活をしていけば良いのだろう。義兄の見栄も、私の気後れも、実は不要だったのかもしれない。

こんなに身構える必要なんてなかったのだ。そう考えると、今自分が身に纏っているやたら豪華なドレスがバカバカしく思えてくる。

食事が済むと、私達は再び馬車に戻った。

馬車の旅は長く、狭い車内に座って揺られ続けるのは身体にこたえた。

クッションを敷いて座席に横たわってしまいたかったが、初対面のノランの前でだらしない姿勢を見せるのは流石に気が引けてしまい、行儀良く座っているほかなかった。何より、ノラン自身が背筋を伸ばして、手本のような綺麗な姿勢で終始座っていたのだ。

腐っても王子様なんだな、と思った。


夕暮れが迫る頃、私達はダール伯爵領に到着した。

ダール島は完全に陸と離されているわけではなく、埋め立てられた長い道路によって陸と繋がっていた。

おまけに干潮時には、陸と繋がる道が更にもう一つできるらしい。

私達を乗せた馬車は、キラキラと輝く海に挟まれた細い道を走り、ついにダール島に着いた。

ダール島に辿《たど》り着く道の先には、大きな分厚い石造りの門がそびえていた。

「島の入り口だ。門の手前は跳ね橋になっている」

門の下を通りながら、上を見つめる。

門はかなりの厚みがあり、上部に鋼鉄の格子が収められていた。緊急時には下ろされるのだろう。

「随分堅牢《けんろう》な造りをしているんですね」

「そうだな。かつてここは要塞として使われていたらしい」

門を通り過ぎると、景色は一変した。馬車の窓にかじりついて、景色を観察してしまう。

「――ここに、今日から暮らすのですね」

緑色の芝の絨毯《じゅうたん》が続くなだらかな丘陵。ポツポツと生える濃い緑色の木々。

うねるように続く広大な草原の上には、点々と牛が放牧されていて、その合間にたまにピョンピョンと跳ねる小動物がいた。ウサギだろうか。長閑さに、緊張がほぐれていく。

あちこちに家屋も見え始め、農作業をする島民も視界に入る。島の家並みは小さく決して豪華ではないが、貧相でもなかった。ノランはきっと、良い領主なのだ。

そして馬車で更に進んでいくと、島の中ほどには豊かに水をたたえた大きな湖があった。

沈みかける陽《ひ》を映して輝き、水面はどこまでも穏やかだ。

窓に差し込む赤い夕日が私の五感を優しく刺激し、緊張で硬くなっていた気持ちを柔らかくしていく。

こんなに素敵な場所で暮らせば、意外と毎日心穏やかに過ごせるかもしれない。

「自然が素晴らしいわ。ダール島は、とても綺麗な島ですね」

ノランは何も言わなかったが、その口元が微笑《ほほえ》んだような気がした。

馬車は島の奥の方まで進み、石造りの屋敷の前で止まった。

馬車の扉が開くと、ノランが先に下車する。彼は降りるなり私を見上げ、注意事項を述べた。

「数日続いた雨のせいで、まだ地面がぬかるんでいる」

馬車の中から首を出して地面を見下ろすと、確かに土がまだ濡《ぬ》れている。

するとノランが腕をこちらに伸ばしてきた。

「その頼りない靴で転倒されても困る」

言い終えるや、彼は私の腰回りに手を回して力強く引き寄せ、私を抱き上げた。硬い肩が私の腹部に刺さるように当たり、呼吸が止まりそうになる。

「く、苦しいです、伯爵様……！」

「ノランで結構だ」

「ノラン様！　歩けますから、下ろしてください！」

「玄関まですぐだ。我慢しろ」

屋敷の玄関前には数段の階段があり、その一段一段を上る際に、ノランの肩が腹部にめり込み、猛烈に痛い。

ようやく下ろされると、私はきちんと立てずに尻餅をついた。

「まあああっ！　伯爵様ったら、奥様をそんなぞんざいに扱われて！」

悲鳴に近い声に驚き顔を上げると、白い扉が開いた玄関先に、中年の女性が立っていた。

「オリビアだ」

ノランは顎でその女性を指し示した。こんなに短い紹介があるだろうか。

だがオリビアはたいして気に留めた様子も見せず、そのふくよかな身体を揺らして私のもとへ駆けつけてくれた。

「ようこそ、はるばるいらしてくださいました。まぁまぁ、なんと可愛らしい奥様でしょうか」

やっとのことで立ち上がると、私はドレスを整えて挨拶をした。

「リーズです。よろしくお願いします。今日から色々教えてください」

「オリビアと呼んでくださいな。この島から出たことがない、世間知らずのオバちゃんですの。でも、島のことなら、なんでもお尋ねくださいな！」

御者二人は、玄関まで私の荷物を運び込んでくれた。

一人は背が高くスラリとしていて、もう片方は背が低く、ずんぐりとした体格だ。二人が並ぶと、同じ人間かと目を疑うほど体格が異なっている。

ノランは背が高い方の御者を呼び止め、私に紹介を始めた。

「これは私の従者のリカルドだ。私が十の頃から、仕えてくれている」

目を剝《む》いてリカルドとやらを見てしまった。御者だと思っていたのに、従者だったらしい。

十歳の時から従者をしている、ということは、王子時代からの長い付き合いなのだろう。そして従者自身もそれなりの家柄の人であるはずだ。ノランの腹心の部下に違いない。腹心の部下を御者にするとは、人件費の削減を極めたらしい。

二十代後半かと思われるリカルドは、肩先で茶色の髪を切り揃えていた。

リカルドは胸に手を当て優雅に頭を下げた後で、やたら愛想の良い笑顔を浮かべた。親の仇《かたき》に対してても微笑むことができそうなほど、こなれた笑顔だ。

「よろしくお願いします、リーズ様。なんなりとお申しつけください」

「こちらは私の護衛のマルコだ」

マルコと紹介された護衛は、私の太腿《ふともも》ほどはあろうかという太さの腕を差し出してきた。

「今日から奥様もお守りします！　よろしくっす！」

ニコッと笑うとマルコは顔がまん丸になった。目も大きく丸く、優しげだがチリチリとカールした赤毛が、彼を更に陽気に見せている。その筋骨隆々とした二の腕を見ながら、握手をする。

「とても頼もしいです。マルコさん、よろしくお願いします」

「お任せを！」

マルコはそう言うと、誰かが特にリクエストしたわけでもないのだが、肘を曲げて片方ずつの腕や肩の筋肉に交互に力を入れ、それが逞《たくま》しく盛り上がる様を披露してくれた。ご自慢の筋肉なのだろう。私は純粋に驚いて、盛大な拍手をした。


ダール伯爵邸は、二階建てのこぢんまりとした屋敷だった。

ノランは私を連れて、屋敷内をざっと案内してくれた。彼自ら説明をしてくれるなんて、自分が歓迎されているという気がして、胸がじんとしてしまう。

一階の奥には本棚が並んだ小規模の図書室のような部屋もあった。綺麗さと新しさにわくわくしつつ部屋に入り、整然と並べられた背表紙をザッと私が眺めていると、ノランはこちらを見て言った。

「読みたい本があれば、言ってくれ。島には小さいが一応書店もある」

「本当ですか？　嬉しいです」

本棚達を眺めていると、妙なことに気がついた。どれも傷一つなく、とても綺麗なのだ。この屋敷の他の家具は使い込まれたもののように見えるのに、この部屋の中だけは違うようだ。

もしや、と思って尋ねてみる。

「あの、この図書室は新調したばかりですか？」

目が合うとノランの水色の瞳は、逃げるように逸《そ》らされた。

「……貴女は本が好きだと聞いたので」

（――ああ、どうしよう。すっごく、嬉しい……）

この王子が私に一目惚れしたというのはやはり信じられないが、それでも私をここに迎えるために色々考えてくれたのは分かり、胸の中がじわじわと温かくなる。

私は精一杯の笑みを浮かべて御礼を言った。

するとノランは少し恥ずかしそうに目を逸らし、手をヒラヒラと振った。

「大したことではない。……後の細々としたことはオリビアに聞いてくれ。彼女は私より余程この屋敷に詳しい」

図書室を出ると、オリビアが廊下にいた。彼女は実に嬉しそうに私とノランの後をついて歩いた。

屋敷の真ん中には小さな塔があり、塔の中にはブロンズ色の大きな鐘が下げられていた。二階の狭い階段を上がり、吹き抜けを見上げると、その大きな鐘を下から見ることができる。ノランは鐘の吊《つ》り下げ部分からぶら下がる太い綱を触った。

「これは門の鐘だ」

どこの門のことか、と私が首を傾げると、後ろの方に控えていたオリビアが悪戯《いたずら》っぽく笑った。

「この島に上陸する時に、門がございましたでしょう？　この領主様の鐘が島に響けば、門番が格子門を下ろし、跳ね橋を上げるのが、ダール島の伝統です」

綱に指先を伸ばしていた私は、慌てて引っ込める。

「じゃあ、鳴らさないように気をつけないといけませんね！」

私達は皆で笑った。


部屋数は十ほどあったが、半数の部屋が使われておらず、家具には白いシーツがかけられていた。オリビア一人では、掃除が行き届かないからだろう。

屋敷はかなり古いものらしく、所々床が軋んでいた。しかし調度品は立派なものが置かれており、随所に置かれた装飾品は、ここの主人がかつて王子であったことを偲《しの》ばせた。

私が専用で使って良い部屋もあり、新調したらしきテーブルセットとソファが置かれ、その心遣いに胸が温かくなる。

私は子爵家で使っていたドレスや身の回りの品々を、義兄の指示で予めこちらに送っていた。オリビアと一緒にそれを開梱《かいこん》すると、おかしなことに気がつき、首を捻《ひね》った。

「あの、オリビア。私の荷物はこれで全部なのかしら？」

「はい。子爵邸から届いたものは全て、こちらに揃えております」

この瞬間、やられたと直感する。

荷造りは義姉が手伝ってくれたのだ。彼女がわざわざ手伝うことが信じられなかったが、やはりただ手伝ったわけではなかった。

義姉は私のドレスや装身具の中で、とりわけ高価なものばかりを選び、梱包をしていた。彼女が梱包してくれた荷物が、届いていないのだ。

私が王都を出る前日の昼には馬車に全て運び込んだのだから、本来ならとっくにここに着いているはずだった。

（――ダフネの嫌がらせだわ）

脱力して、ソファに座り込んでしまった。

質の良いドレスや装身具のほとんどを失った。嫌われているのは分かっていたけれど、家を出る寸前にすら、酷《ひど》い仕打ちをするなんて。今まで何度も諦め、絶望させられてきたけれど、嫁ぎ先に着いてからもこんな思いをさせられるとは。

どうせ義姉に奪われるなら、レティシアにあげたかった。

この先、ドレスを新しく買い足せる日が来るのだろうか。貧乏を自認してやまない夫に、金の無心をするわけにはいかない。

ふと、私は窓の外を見つめる。外はどこまでも、平和な田園風景が続いている。

（でもこの島では、立派な衣装やアクセサリーなんて、必要ないかもしれない）

どうせ子爵邸でも、長いことドレスなんて着ていなかった。

ここにはここにふさわしい暮らし方があるはずだ。まずは一刻も早くダール伯爵邸に慣れて、この島らしい生活をしていかなくては。

夜になると私は疲れ切っていた。今日は移動に長時間を要したので無理もない。

寝間着に着替えて就寝の準備が整った後は、どうすべきか分からなかった。ダール島の屋敷の広い寝室には、大きな寝台が一つと、奥に更にもう一つの小さな寝台があったが、ノランはどちらにもいない。勝手に私だけ先に休んで良いものか、判断に困ってしまう。

日が沈んで暗い屋敷の中を練り歩き、ノランを探す。

ノランは屋敷の書斎にいた。扉の隙間から覗《のぞ》くと、何やら紙の束や本を広げて、書き物をしている。私に気づいて彼が顔を上げた時、ランプの加減かもしれないが、相当ノランがやつれて見えた。彼も長旅をしたのだ。早く休むべきだろう。

「あの、まだお休みにならないのですか？」

「ああ。先に休んでいてくれ」

ノランも寝た方が良い。そう言いたかったが、出すぎた真似《まね》になるだろうか。でも私は一応彼の夫人なのだから、ここはそれらしく、身体を気遣ってあげるべきかもしれない。

（おかしな結婚だけれど、夫婦になった初日よ。頑張らないと……！）

私は勇気を出すために、ギュッと扉のノブを握った。

「ノラン様も、ぜひお休みください。一緒に寝ましょう」

ノランの目が、時間をかけて見開かれる。その美しい水色の瞳が驚きに溢《あふ》れて私を凝視し、ここで私はやっと己の恥知らずな発言に気がつく。

「そ、そういう意味じゃなくて‼　お疲れのようでしたので！」

恥ずかしすぎる。私は逃げるように首を引っ込めると、扉を閉めて寝室に駆け戻った。

一人で寝室に戻ると、胸の小さな隙間から虚《むな》しさが込み上げてきた。

窓の外は王都ではあり得ないくらい、静寂に包まれている。明かりはほとんど見えず、眼下に映るのは全てが夜の闇の色だ。酷く、寂しい。

ここには、私をつまはじきにする義家族はいない。四歳で子爵家に入ってから、あの家に楽しい思い出など、ほとんどない。でもなぜか今、妙な郷愁があった。

早くここに、自分の居場所を作らないといけない。私はこの屋敷に嫁いだのだから。

子爵家の居候にすぎない自分が結婚することはないだろう、と長いこと思っていた。

そんな私が伯爵の妻になったなんて、大逆転を遂げたとも言える。

一人きりの寝室を見渡す。

(でも、私が現実逃避のために部屋で読み耽《ふけ》ったような、心躍らせる熱い愛情は、私の結婚にはなかったわ)

思えば今まで、本の中だけは別世界だった。時も場所も越えて、一瞬で私を違う世界に連れ出してくれた。

胸が焦げる熱い恋をしてみたかった。

ひたむきな想《おも》いで、私をただ一人特別だと言ってくれる男性と、出会いたかった。

けれどここには、それはなかった。

私のそばに立ったのは、一目惚れだとうそぶく凋落《ちょうらく》著しい、怪しい王子だ。

そう考えると、なぜかテーディ邸に帰りたい、という気持ちが湧き上がった。

テーディ邸の毎日が、嫌でたまらなかったはずなのに。無意識に私は、自分にも素敵な未来があるのかもしれない、と妄想していたのだろうか。

寝台は二台あったが、遠慮して寝室の奥に置かれた小さい方の寝台に腰をかけると、どっと疲労が押し寄せて来た。

身も心も、疲れ切っていた。

今日、私はダール伯爵と法的に結婚をした。

(けれど物語の主人公のような、盛大な式と人々による祝福も、豪勢な料理も、熱い接吻《せっぷん》や抱擁も、何もかも……そう、何も、何一つなかった……)

震える溜め息をついてから、寝台に倒れ込む。

この屋敷は本当に静かだった。その静けさが、今は辛い。

深く布団を被り顔をキッチリ隠すと、私は眠りについた。


翌朝、浅い眠りから目覚めると、寝室にノランはいなかった。これでは彼がこの部屋で寝たのかどうかは分からない。

簡単な朝食を済ませると、私は外に出てノランを探した。

ノランはすぐに見つかった。彼は屋敷の裏にある牛舎で、飼葉を集めていたのだ。彼は私に気がつくと、つけていた大きなエプロンを外してこちらへ歩いてきた。手には銀色の大きな瓶を持っている。私は見ているものを理解するのに、時間が必要だった。

「我が家の家畜だ。毎朝の牛乳を提供してくれている」

「……お手ずから世話をされているのですね」

ノランは軽く頷くと、私に瓶を手渡した。

子爵の義兄ですら、牛の乳を搾るところなど、見たことがない。

服に干し草の欠片《かけら》をつけているノランが、元は王子様だったということが、私にはいまいち納得できなかった。

ましてや、これが自分の夫だという自覚もまだない。

「オリビアに渡してくれ。私は森にベリーを摘みに行く」

王子様は朝っぱらからそんなことをするのか。

私は元殿下な伯爵様が、渾身《こんしん》の思いで搾ったのかもしれない大事な牛乳の瓶をオリビアに預けると、急いで引き返してノランを追った。

ノランは森の中の小道を颯爽と進んでいた。

息を切らしてノランの隣に駆けつけると、彼は何も言わずに、けれど歩調を緩めて私の速度に合わせてくれた。

「昨日貴女が使った寝台のことだが……」

「寝台?」と問い返すと、ノランは一旦少し言葉に詰まってから、続けた。

「……大きい方で寝てくれないか」

「ですが、そうなるとノラン様を小さい方に追いやってしまうので、申し訳ないです」

するとノランは何かを言いかけるように口を開き、けれどすぐに黙り込むと少々難しい表情を浮かべた。何か言いたげな様子だったものの、彼はそれきりその話題には触れなかった。

森の小道の先には、野生のベリーが群生する一画があった。ノランはそこまで辿り着くと、手にしていた組物の大皿の上に摘み始めた。

見ているだけでなく私も手伝わねば、と真似をして隣でその紫色のベリーを摘む。

「これ、食べられるんですか？」

「勿論だ。味もなかなかいける」

口の中に入れてみると、ベリーはかなり酸味があった。

どの木のベリーも同じ味だろうか。試しに隣の木からも取り味を確かめる。こちらの方が甘い。念のためもう一つ食べてみれば、やはり甘い。木によって甘さに違いが出ているのかもしれない。

「ノラン様。この辺の実が一番美味しくできていますよ！」

報告しつつもまた一粒口に放り込んだ私と木の間に、ノランが身体を割り込ませる。

「ならばつまみ食いは、よその木でやってくれ」

ノランが私を押し出し、それ以上甘いベリーを採るのを阻止する。彼は素晴らしい勢いでベリーを摘んでいた。

「そんなにたくさん食べるんですか？」

「全部このまま食べるわけじゃない。オリビアがジャムにしてくれる」

オリビアはジャム作りもやっているらしい。私も色々と手伝わなければ、オリビアが忙しすぎて大変だろう。

採り終えたノランがこちらに顔を向けると、彼の白く秀でた額に赤いベリーの果汁が飛んでいた。

私は思わず噴き出してしまい、ノランが怪訝《けげん》な顔をする。

「ノラン様。おデコに、ジュースが」

私の指摘を受けて、ノランが手の甲で額を拭う。

「惜しいです。後少し、右側です」

私がクスクスと笑うと、ノランはポケットからハンカチを取り出して私に手渡してきた。

「どこだ？　拭いてくれ」

ハンカチに手を伸ばすのを躊躇《ちゅうちょ》してしまう。

（わ、私がノラン様のおデコを、拭く⁉　ハンカチ越しとはいえ、おデコに触るなんて）

それまで笑っていたのに、急に緊張して顔が引きつる。なんとか平静を装って手を伸ばす。

少し背伸びをして、ノランの額にハンカチを当てる。

ふと目線を下げると、ノランの水色の瞳と目が合った。ドキンと心臓が跳ねる。

こんなに近距離で見ない方がいい。慌てて目を逸らし、果汁を拭くのに専念する。

そうしてひとしきり果汁を拭い終えると、ノランは礼を言ってから真剣な顔つきで私を見た。

「この場所は、マルコには秘密にしてくれ」

「なぜですか……？」

「あいつは、ベリーを全滅させる」

それは手当たり次第食べてしまうということだろうか。まさか体当たりするわけじゃないだろう。

森の中には、プルーンも自生していた。

ノランは高い木の枝からぶら下がったプルーンを、手を伸ばして取るとそれも大皿に盛った。

帰り道にノランは遠くを見ながら言った。

「私もこの島には五ヶ月ほど前に来たばかりで、まだ慣れたとは言い難い」

「そうなんですね。ちょっと意外です。ノラン様はとても堂々となさっていますから」

ノランは肩を竦《すく》めると、嬉しげに小さく笑った。


帰宅した私は、屋敷内の掃除に勤《いそ》しんだ。オリビア一人では、とても掃除しきれないのだ。掃除道具を携えて廊下を歩く私を見て、オリビアは「奥様が掃除なんてとんでもない」と焦っていたけれど、子爵家でも掃除をしていたのでごく自然に身体が動いてしまう。それに少しでもこの屋敷の中で私も役に立って、感謝される存在でありたい。私は熱心に掃除して回った。

埃《ほこり》を被った家具や調度品を、濡れ布巾で拭いていく。居間の飾り棚に並べられた絵皿やガラスの装飾品はとても美しく、繊細にできているので慎重に扱おうと気をつける。犬や猫などの動物が弦楽器を演奏しているのを模したガラスの置物は、埃を拭くとまるでダイヤモンドのように光を反射する。手にしている楽器は大きさからいってバイオリンが二本に、ビオラとチェロだろうか。

どうやら弦楽四重奏を奏でているのだろう。

キラキラして、なんて綺麗なのだろう。手のひらにのせて見つめていると、急に駆けてくる足音が背後から迫り、振り返るとノランがいた。

「それに、触れるんじゃない！」

急に大きな声を出され、驚いてかえって手の中の置物を落としそうになってしまう。

「ご、ごめんなさい。拭いていたのです」

私が棚の上に置物を戻すと、ノランは落ちないように手を伸ばして更に奥へと押しやった。

「これは、大事な形見なんだ。万が一割れてしまったら、代わりはない。この装飾品だけは、触れないようにしてくれ」

誰の形見だろう。聞きたいことはたくさんあったが、ノランは思いつめたような表情をしていて、顔色も悪い。何か聞ける雰囲気ではない。

棚のそばにいるだけで叱られてしまいそうで、その場から離れる。

拭き掃除が終わると、オリビア一人では今まで手が回らなかったという、屋敷の大きな窓のカーテンの洗濯も手伝った。

洗濯室で水に浸し、洗剤を振りかけてから二人で足で踏むと、カーテンからは面白いほど黒い汚れた水が滲《にじ》み出てくる。硬くゴワゴワとした手触りだったカーテンは、柔らかでしなやかな手触りへ戻る。洗ったカーテンはある程度脱水をすると、カーテンレールにそのまま吊るし、窓を全開にして乾燥をさせた。

綺麗になったカーテンを屋敷中の窓にかけ直していく作業はとてもやりがいがあった。

「気持ちが良いですね！」

満足して室内を見渡し、オリビアに話しかけると、彼女は顔をくしゃくしゃにして笑った。

「明るくなりましたね！　奥様が来てくださったお陰です」

オリビアの笑顔は太陽のように温かく、こちらの胸の内まで温かくなる。

一階のカーテンをかけ終えると、二階にある部屋の窓も開けていく。だが桟が錆《さ》びついているのか、なかなか開かない。

早くカーテンを乾かしたい私は、えいやと少し力を入れて押し開いた。すると、ガコッと鈍い音がした直後、突然窓が枠ごと外れ、向こう側へと傾いた。

窓はあっと言う間に地面に落ちていった。

目の前で窓ガラスは庭の芝へと吸い込まれ、ガシャン、という大きな音が続く。

窓ガラスは粉々に砕けていた。

（どうしよう……！　窓ガラスを壊しちゃった!!）

動転しながら階段を下り、庭に出ると既にそこにノランとリカルドがいた。音を聞きつけたのだろう。慌てて状況を説明する。

「ごめんなさい！　開けようとしたら、落ちてしまって……」

リカルドが優しい声で言う。

「奥様。お怪我《けが》はなさいませんでしたか？」

私が首を左右に振ると、ノランはちらりとこちらを一瞥し、また視線を割れた窓に移した。

もう一度謝ると、ノランは面倒そうに首を振った。

「この屋敷自体が古い。貴女のせいではない」

いくら古くても、割ったのは私が乱雑に開けたせいだ。申し訳なさすぎて、情けなさすぎて二人の気遣いにかえって心が痛む。

リカルドが苦笑しながらノランに注意をする。

「それだけでは、ダメですよ～。もっと女性には優しくしないと！」

いかにも優男、といった風情でリカルドがノランに注意をする。

二人が割れたガラスの後片付けを始めたので手伝おうとすると、ノランは私に危ないから手を出さず下がるように命じた。けれどガラスは四方八方に飛散し、簡単には済みそうにない。

リカルドがほうきで破片をはきながら、ポツリとボヤく。

「修理にいくらかかりますかねぇ。……ああ、またお金が……ははは」

私は来て間もないくせに、なんてことをしでかしたのだろう。ノランは経済的に余裕がない、と言っていたのに。オリビアを手伝ったつもりが、早々に迷惑をかけてしまうなんて。

しょうもない奴だと、思われたくない。この屋敷の皆に、信頼される存在になりたいのに。

私にも今、できることをしなければ。その瞬間、私は弾かれたように動いた。何か少しでも、役に立たないと。

屋敷の部屋に戻り、テーディ邸から持参した金貨を手にすると、オリビアに出かけると簡潔に一言告げ、狼狽《うろた》える彼女を置いて厩舎《きゅうしゃ》に飛び込む。

私のミスなのだから、自分で挽回《ばんかい》をしたい。

厩舎から馬を一頭引いて出ると、ダール島の町中へと馬を走らせた。

ここへ来る途中に車窓を眺めていたから、道は分かる。

この屋敷からダール島の中心地までは、そう複雑な道ではなかった。

(町から、窓の修理人を呼んで来よう。私がお金を支払わなくちゃ)

ところが私が乗った栗毛《くりげ》の馬は、気が荒かった。

昨日長距離の旅をさせたから、まだ疲れていて機嫌が悪いのだろう。

なんとか馬を宥《なだ》めつつ、森の中を走っている時だった。

道が早々に二手に分かれたのだ。分岐点があるなんて、来る時は気がつかなかった。

どうしたものか馬を止めて迷っていると、突如として馬が前足を高く掲げていななないた。不意を突かれて、落馬してしまう。

鞍《くら》から滑るように落下し、慌てて立ち上がって手綱を取り返そうとするが、私の手は虚空を掴んだ。

「待って！　待ちなさい！」

逃げ出した馬を追いかけるが、当然敵《かな》うわけもなく、馬はあっと言う間に姿を消していた。

想像を超える事態の悪化に、血の気が引いていく。

壊した窓を自分でどうにかするつもりが、更なる失態の上塗りをしてしまい、森の中で頭を抱える。

馬は決して安い生き物ではない。むしろ高価な生き物だ。

貧乏を自認してやまないダール伯爵家には、貴重な所有物だったろう。失うわけにはいかない。

地面に転がったせいでドレスは汚れていたが、土を払い落とす間もなく走りだす。私のドレスどころじゃない。

私は森の中を、馬の姿を求めてかけずり回った。

馬は道を外れて、森の奥へ行ってしまったのだろうか。

先へ進んでも見つからず、森を抜ける頃には私は汗だくになっていた。

このまま身一つで屋敷に帰ったら、どれほど顰蹙《ひんしゅく》を買うか。窓ガラスを壊しただけでなく、馬まで紛失してしまうなんて。厄病神と言われかねない。

こめかみから流れ落ちる汗を拭いながら森を振り返ると、どこからともなく、馬の蹄《ひづめ》の音が聞こえてきた。

（馬が戻ってきたんだ！）

喜んだのも束《つか》の間《ま》、響いて来る馬の足音は明らかに一頭のものではなかった。私が見失った馬ではないのだろう。

こちらへ駆けてくるようなので、避《よ》けるために道の端に寄る。

やがて木々の間から姿を現したのは、騎乗したノランその人だった。

ノランは二頭の馬を並べて駆けていた。――うち一頭は私が見失った馬だ。

こちらに気がつくと馬を止め、鞍から滑り下りて私の方へ向かってくる。

「ノラン様！　馬を探しに来てくださったのですね」

「そうではない！　貴女を探しに来たのだ！」

大きな声で怒鳴られ、私はビクリと萎縮した。

「……すみません。町まで窓の修理をお願いしに行こうと思ったのです」

ノランは長い溜め息をついた。

「島とはいえ、崖もある。一人で飛び出すのは危険だ」

「はい。あの、窓の修理は……」

「オリビアの夫がやってくれる。心配いらない」

ああ、そうなのか。私は完全に無駄なことを、いらんことをしていたらしい。

せめてものお詫びに、私は金貨を差し出した。

「修理代に、どうかこれを」

差し出した金貨を見て、ノランは一瞬目を見開いた。だかすぐにそれは閉じられ、次に私に向けられた水色の瞳には、失望の色が浮かんでいた。

「そんなことを貴女にさせるつもりはない」

ノランの矜持《きょうじ》を傷つけてしまっただろうか？

子爵家の居候娘に王子様が恵んでもらったと。

ノランが受け取らないので、私は伸ばした手をぎこちなく下ろした。

馬に乗らずにそのままゆっくりと歩き始めるので、私も肩を落としたままトボトボと彼についていく。

少し進んだ後でノランは道を外れて獣道に分け入っていった。どこに行くのだろう。

しばらく歩くと、道がひらけて小さな湖が目の前に広がる。

まるで空を切り取ったような、冴《さ》え冴《ざ》えとした綺麗な湖に目を見張ってしまう。水はとても澄み、底まで透けて見えている。

ノランは近くの木まで歩いて行くと、馬の手綱を結んだ。そうして彼は湖の縁へ行き、倒れて地面に転がっている木の幹に腰を下ろした。そのまま彼は、湖の美しい水面を黙って眺めていた。

どうしたものかと私が所在なく立っていると、ノランは前を見据えたまま、自分が座っている木の幹のすぐ近くを軽く叩いた。

「ここに座ってくれないか？」

隣に座るのは、少し緊張する。

互いの身体が触れない程度の適度な距離を取って、恐る恐るノランの横に座った。

「先程貴女が馬で出て行った時……正直、貴女がここの暮らしに嫌気がさして、逃げ出したのかと思った」

私は木の幹から転げ落ちそうなほど驚いた。

「逃げるだなんて！　どうして」

そもそも私には逃げる先がない。

「王都の屋敷で育った貴女には、ここの暮らしは酷だろう。何もない」

「ノラン様……全然そんなことないですよ。そりゃあ、王都とは色々違いますけど」

私は力一杯反論してから、ふとノランをまじまじと見つめた。

「ノラン様は、ここの島での生活を始めた時、逃げ出したくなったのですか？」

ノランは足元の小石を拾った。それを無意味に指で転がし、またひょいと放った。

「五ヶ月前にこの島に来た時、私もかなりの戸惑いがあった」

淡々と語り始めたノランに少し驚きながらも、私は静かに聞いた。

「途方に暮れて、何もかも嫌になったこともある。そんな時、ここを見つけたんだ。……心が洗われるような、穏やかで静謐な気持ちになれた」

ノランは王宮に住む王子だったのだ。今の姿からは、ちょっと想像しにくいけれど。

そんな彼にとって、自然以外は何もないダール島で生活するのは、今の私以上に様々な苦しみがあったのかもしれない。

やはり彼が私のためにこんな田舎で暮らす決意をした、というのはしっくり来ない。

ノランは多くを語らなかったが、きっと本当は私には言えない、様々な事情や葛藤がここへ至る過程であったのだろう。いつか彼がそれを話してくれる日が来ると良い。

「貴女に、みじめな思いを強いていることを、情けなく思っている。しみったれた島の、しみったれた生活だ」

私は驚いてノランの顔を見た。

「そんな。それにみじめだなんて。そんな風には全く思っていません。あんな大きなお屋敷に住めて、恵まれた方です」

ノランはゆっくりとこちらに顔を向けた。——湖と、同じ色の瞳だ。森の中に入り、わざわざ湖を見に来なくても、いつでもこの美しい湖と同じものを身近に見られるのだ。それは幸運なことに思えた。ノランの目は、今目の前にある美しい湖よりももっと魅力的だもの。

「……ノラン様は、もしかして王宮に戻られたいのですか？」

「まさか。選んでここに来たのだ」

「ここは思っていたのと少し違いましたけど、素敵な島です」

そう言うと、ノランは初めて笑顔を見せた。うっとりするような、素敵な笑顔だった。

「信じてくれないかもしれないが、……貴女がここに来てくれる日を、本当に楽しみにしていた。昨年から私は様々なものを失ったが、そんな私にとって貴女は唯一の、新しい存在だった」

予想もしないことを言われたが、ノランの言葉は真っすぐに私の胸の中に落ちてきた。

一目惚れは嘘であったとしても、これはノランの本心かもしれないと思ったのだ。彼の話し方からは、誠意を感じられた。

ノランが続きを言うのを黙って待つ。

「貴女の肖像画を、しょっちゅう眺めていた」

「だから結婚式の後に、私が絵に似ていない、って言ったんですね！」

「失礼だったか？」

少し、とだけ呟《つぶや》いて私は顔を背けた。

「だが、実物の方がずっと良い」

（きっと、お世辞よ。うぬぼれちゃだめよ、リーズ。でも、お世辞だとしても、嬉しい）

「貴女が色々と……とても戸惑っているのは重々承知だ。だが、私は貴女を選び、貴女はもう私の伴侶だ」

「はい。分かっています」

伴侶だとの言葉に少し恥ずかしくなって、ぱちぱちと無駄に瞬きをしながら前を見てしまう。顔が熱くなっていくのを止められない。

ノランが私を覗き込み、互いの目が合う。

「貴女は、どうにも私を胡散臭《うさんくさ》い目で見ているようだが……」

思っていることが、そんなに顔に出てしまっていただろうか。

「はっきり言っておこう。離縁は、ない」

「は、はい……。今更あると言われても、私も困ります」

その言葉に、少なからず安心する。

「勝手にこの島から出て行くことも許さない」

「で、出ません。……多分」

「多分？」

「出ないです！　誓います！」

するとノランは硬い表情をやや緩めた。

そうして何やら腰から提げている袋から小さな箱を取り出すと、私に差し出す。

布張りの箱に可愛らしい銀色のリボンがかかっている。

問うように見つめ返すと、ノランは視線を箱に移した。

「結婚指輪だ。絶妙とは言い難いタイミングだが」

「そう言えば私達は、指輪の交換をしていませんでしたね。開けてもいいですか？」

「勿論だ」

リボンを解《ほど》いて、箱をパカリと開ける。

箱の中には大きさの異なる指輪が二つ入っていた。

ノランはその内の小さい方をつまみ上げると、私の左手の薬指にそっとはめた。指に触れられるだけで、全身がカッと熱くなる。

「今度は貴女が、私に指輪をはめてくれ」

言われた通りに私がノランの手を取り、薬指に指輪をはめる。胸がとてもドキドキして、指輪を手から取り落としそうになってしまう。

「何があっても、私と共にいてほしい」

「……はい」

ふと一抹の不安が胸中をよぎる。何があっても……？　まるで何か危機を予想しているような言い方にも聞こえるけれど。

ノランは私の肩に腕を回すと、私を抱き寄せた。心臓がおかしくなりそうなほどの緊張感の中、私も腕を上げてノランを抱き寄せる。

私達はそうやって、ぎこちなく抱き合っていた。

ノランは謎が多いけれど、私を受け入れようとしている気持ちは、伝わる。

少しずつ、どうにか関係を築いていこう、と私達は手探りで不器用な努力をし始めていた。


この屋敷に来てから、二日目の夜を迎えた。

私が寝室に入ると、ノランは奥にある狭い方の寝台に座って、手紙の束を広げていた。

十通はあろうかというその束は、寝台のシーツの上に無造作に広がり、彼は私が入室しても退《ど》ける素振りも見せなかった。

これは、私に対する『今夜は広い方で寝ろ』との無言のアピールだろうか。

私は二台の寝台の間を右往左往し、結局諦めて大きい方の寝台へ向かった。薄い緑色のシーツがかけられた掛け布団をめくり、おずおずと寝台に乗る。

ちらっとノランの様子を窺《うかが》うと、彼は丁度その視線を私から手紙に戻すところだった。きっと寝台の間を怪しく往復する私の行動を、ずっと観察していたのだろう。

そう思うとかなり恥ずかしい。

ノランが広げる手紙は、そのほとんどの封筒に立派な封蝋《ふうろう》がされていて、既に開封した跡があった。中のカードや便箋はシーツの上でごちゃ混ぜになってしまっていた。

私の視線の意味を察したのか、ノランは手紙に目を落としたまま口を開いた。

「全て近隣の貴族達からの、パーティーの招待状だ」

「そんなにたくさんお誘いがあるんですね。――行かれるのですか？」

「いいや。今はまだ、そんな暇がない」

パーティーには縁がなかった私は、なんとなく安心してしまう。

寝台に身を横たえると、目だけを動かしてノランを見る。

ノランは手紙の束をひとまとめにし、そのまま屑《くず》かごへと放っていた。

捨ててしまうとは、恐れ入った。

「私はお先にもう、寝ますね。ノラン様、お休みなさい」

すると直後、ギシリと寝台が軋む音がした。閉じたばかりの目を開けると、驚いたことに私が横たわる寝台の反対側からノランが乗ってきていた。

目を剝いて私が見ている横で、ノランはごく自然な仕草で同じ寝台の一つの寝具の中に身を滑り込ませている。

寝台は広かったので、私達が二人横になってもまだまだ余裕がある。だが私は十分すぎるほど驚いて、寝台から飛び下りたい衝動に駆られた。同じ寝台で寝るなんて、思っていなかった。

隣に横たわったノランの様子に息を詰めてこっそり聞き耳を立てていると、彼は衣擦《きぬず》れの音を立て、寝台に片肘を立てて上半身を起こした。

「ノラン様……？」

ノランはそのまま上半身をこちらに傾け、覆い被さるように私の顔を覗き込んできた。――

ついに、私の呼吸が止まる。

ノランはそっと私の額に唇を押し当てると、私から離れた。そうして再び枕に頭を戻した彼は、寝台脇の明かりを消した。

「お休みなさい、リーズ」

ようやく呼吸を再開した私は、息も絶え絶えだった。

キス。どう考えても、どう見ても、今のは間違いなくキスだった。

もうとっくにノランの唇は私の額から離れたのに、額がまだとても熱い。

（今のは、何だったんだろう。お休みのキス？　どんな反応をするのが正解なの？）

落ち着かなくては。私はノランの妻なのだし。でも、まさか本当に夫らしいことをしてくるなんて、やっぱり予想外で。

ただの夫婦の挨拶でしかない、と動揺が止まらない自分に言い聞かせ、懸命に深呼吸する。


明くる朝、ノランが起き出す音で、私も目が覚めた。

乱れた髪を慌てて直してから、控えめな笑顔でノランに朝の挨拶をする。

ノランのプラチナブロンドの髪は、寝癖で一部が藪《やぶ》のようになっていた。だが寝起きだろうがなんだろうが、顔の造作が非常に整っているために、その寝癖すらも最先端の流行の髪型の一つみたいに見えてしまう。なんて羨ましい……。

二人揃って朝食の席に着くと、オリビアは妙に嬉しそうだった。

オリビアは「まあ……！　まあ、まあ！」と連呼してから無意味に赤面をし、物言いたげな笑顔を浮かべて、私と意識的に数秒視線を合わせてきた。

「奥様、どうぞパンに蜂蜜を。疲れには一番効きますからね！」

蜂蜜を取ってくるため、オリビアは張り切って台所へ引き返していった。

オリビアは明らかに何か勘違いをしていた。変な期待をさせてしまって、申し訳ない。


ダール島での私のそれからの毎日は不慣れで緊張はしていたものの、かなり淡々としていた。私は一日のほとんどの時間を家事に費やした。

屋敷の中ではいつも明るいオリビアと一緒だったので、終わりのない家事もまるで苦ではなかった。

日に一度はオリビアが私を外に連れ出し、島のあれこれを教えてくれた。彼女は私にとって、ダール島のお母さんのような存在に思えた。

ノランはたまにリカルドと長時間の外出をした。

そういう時は早朝に屋敷を出発するのもしばしばで、玄関先で私は彼らを見送りながらも、いつもどこへ行っているのか、尋ねられずにいた。普段は柔和な雰囲気のリカルドまで、硬い張り詰めた空気を纏っているから、聞きにくかったのだ。

ある時、疲れた顔で夕方に帰宅した二人に、私は思い切って聞いてみた。

「今日は島の外に行かれていたのですか？」

だがすぐに、余計な質問だっただろうか、と不安になった。ノランとリカルドは瞬時に目を合わせ、ぎこちない間があいた。

「ああ、島の外に仕事で出かけていた。留守がちにしてすまない」

そう答えたノランの話し方は穏やかだったが、私の顔を見てくれないのが気になる。それに、仕事と言われてしまうとこれ以上聞きにくい。

でも、本当に仕事なのだろうか……？

ノランは私に話せない何かを隠している気がして、私は同じ屋敷で暮らしながら、こういう時にいつまでも埋まらないとても大きな心の距離を感じていた。

この距離感は、いつか埋めることができるのだろうか。

第二章　殿下は、とんでもない秘密を抱えている

伯爵邸の周囲は、庭師がいないために伸び放題の雑草で溢れていた。

誰もやる人がいないのだから、仕方がない。

ある時、あまりに見苦しいので、私はついに草むしりをする決心をした。ノランは島の中心地へ出かけてしまったし、オリビアは別の家事で忙しい。

地面に屈《かが》んでブチブチと雑草を引っこ抜いていると、私に気づいたリカルドが血相を変えてやって来た。彼は納屋かどこかから入手したのか、芝刈り機を押している。

リカルドは風よりも軽い笑顔をヘラヘラと浮かべながらも、猛烈な勢いで芝を刈り始めた。

彼が芝刈り機を押し、刈り取られた草を私が熊手で集める。

途中で私達に気がついたマルコも、作業に合流してくれた。彼は軍手をした手で雑草を抜いていたが、芝刈り機並みに速かった。

「マルコさんって、凄く力持ちね」

「はいっ！　自分、脳みそまで筋肉でできてますから！」

あまりに嬉しそうな笑顔でそう言われ、返事に困ってしまう。

庭の広さはかなりあったので、半分を終える頃には、私達はすっかり心折れてしまい、休憩を取

ることにした。

ドレスの裾には、芝の欠片と正体不明な小さな虫のようなものがたくさんこびりついており、ぎょっとした私は叫びながら、大慌てでドレスの裾を振った。リカルドに宥められてよく見れば、それらは虫ではなくて細かな棘《とげ》がある小さな種だった。

種だと気づいた私が瞬時に暴れるのをやめると、リカルド達に腹を抱えて笑われてしまい、私までおかしくなって皆で芝まみれのまま、大笑いした。

服をどうにか綺麗にしてから、私達は昼食を取りに屋敷へ戻ることにした。

マルコが芝刈り機を納屋に戻しに行き、私はリカルドと屋敷の玄関に向かう。すっかり悲鳴を上げている腰を摩《さす》りながら顔を上げると、こちらを見つめている小さな人影に気がついた。
四、五歳くらいの男の子が五十歩ほど先に立ち、私達を見ているのだ。
私とリカルドは啞然として互いに顔を見合わせた。

少年はいつからそこにいたのだろう。動く様子もなく、ただそこに立ち尽くしていた。

周囲に視線を走らせて確認するも、保護者らしき姿はない。

私達は、少年の方へほぼ同時に歩き出した。彼は警戒しているような硬い表情で私達を見上げていたが、逃げ出す素振りは見せない。

私が少年の正面に行き、目線を合わせるために屈むと、彼は片足で一歩後ずさりした。

柔らかそうな金色の髪が彼の心情のように風に揺れ、茶色の瞳が不安そうに私を見上げる。

「君、どこから来たの？　お母さんは？」

「……ここで、待ってないといけないの」

「お母さんをここで待っているの？」と尋ねると、少年はコクリと頷いた。

私とリカルドは再度視線を合わせた。

この少年は、なぜ人の家の前庭で親と待ち合わせなどしているのか。

リカルドが、頭をボリボリと搔きながら、少年に尋ねた。

「君のお母さんは、どのくらいここで待っていろって？」

「分かんない」

「……君、この島の子？」

「分かんない」

「お母さんは君をここに置いて、どこに行ったのかな？」

「分かんない」

何も分からないらしい。それではこちらはもっと分からない……。

気がつくと私とリカルドは二人とも頭を搔いていた。

いくら田舎の島だろうと、道端にこんな幼な子を放置するのは危険だ。かといって屋敷の中に入れてしまうと、母親と落ち合えないかもしれない。

どうしたものかと困っていると、リカルドは少年が身につけている鞄《かばん》を指差した。

「ちょっとそれ、見せてもらっても良いかな？　君のお家《うち》のことが何か分かるかもしれない」

少年は布製の斜めがけの鞄を肩に提げていた。少年の無言の返事を承諾と受け取ったリカルドは、彼を怯えさせまいと緩慢な仕草で鞄に手を伸ばし、蓋を開けた。

開口部からは木の小さなおもちゃや、萎《しお》れた花、丸まったタオルが見えた。その隙間に刺さる格好で入っていたのは、茶色い封筒だった。

リカルドはその封筒を取り出すと、少年の了解を得てから中を開いた。封筒には一枚の便箋が入っており、リカルドはそれを無言で読んだ。

「馬鹿な」

読み進むにつれその顔色は、急に悪くなっていった。いつもは柔和な表情の彼が、硬く顔を引きつらせている。

「リカルドさん、私にも読ませて」

手を伸ばすと、リカルドはなぜか躊躇した。

「奥様、これは何かの間違いですから、お信じにならないでくださいね」

言い訳じみたことを言うリカルドを不審に思いながら、便箋を受け取った――いや、奪ったと言う方が正確か。

便箋には、黒いインクで短い文章が書かれていた。

『伯爵様
突然の無礼をお許しください。この子の名前はピーターと言います。今五歳です。ピーターは貴方様の子です。しばらく預かってください。必ず、迎えに来ます』

頭の中が、真っ白になる。何度も、何度もその簡素な文面を読み直す。

「――これは、何？　どういうこと？」

理解したくない。でも、迷うまでもない。書かれている内容は実に簡潔だ。

この少年は、ノランの子供だと、そう書いてある。そして当分こちらで預かれ、と。

どうにか顔を上げてリカルドの手元を見ると、封筒の裏に名前が書いてあることに気づいた。

アリックス・ガソン、と女性の名前が記されていた。

私は震えそうになるのをどうにか堪《こら》え、少年に聞いてみた。

「僕のお母さんは、アリックスさんっていう名前なの？」

少年は目に涙を溜めて、コクリと可愛らしく首を縦に振った。泣きたいのは私も同じだ。

何やら真横でリカルドが喚いている。

私の耳元でごちゃごちゃと話しかけてきていたが、それらは全く耳に入って来なかった。

――伯爵に、ノランに、子供がいる。

しかも、その子は母親のアリックスとやらに置いていかれ、今私の目の前に立ち尽くしている。

テーディ子爵家まで迎えに来た、馬車の中のノランを思い出した。彼は、私との子供はしばらくいらない、と宣言していたではないか。それなのに、自分にはもう五歳になる息子がいたとは
……！

嘘をつかれた。いや、そもそもこの結婚が嘘だらけだ。

騙された。そう、私は最初から、騙され続けている。

（裏切られた。――これだけは、嫌。ここでも踏みにじられたくなんてない！）

「聞いてらっしゃいますか？」

ようやくリカルドの声が私の耳に入ってきた。

リカルドは長い手足を振り回して、懸命に私を説得していた。

「こんなはずはありませんから！　ノラン様に子供なんて……私じゃあるまいし」

捨て身の擁護が痛々しい。あまりの展開に、立ちくらみがする。

しっかりしなければ。私まで少年みたいに、泣くわけにはいかない。

力を込めて瞬きをして深呼吸を繰り返し、どうにか自分を落ち着ける。

改めて少年を見つめると、彼は顔をくしゃくしゃに歪《ゆが》めていた。

戻らない母親と、目の前に立つ私とリカルドの反応が少年を怖がらせたのか、彼は大粒の涙を流し、鞄の中にあった丸まったタオルでそれを拭い始めていた。

(とりあえず、この状況をまずどうにかしないと!)

私はリカルドを見た。

「この周辺にまだこの子のお母さんがいるかもしれません。探してきてもらえますか?」

リカルドは表情を引き締めてからしっかりと頷き、馬を取りに走っていった。

途中で納屋から出てきたマルコを捕まえて、何やら怒濤《どとう》のごとく話しかけている。

残された私は、少年を何とか宥めようと試みた。

「ねぇ僕。お名前は?」

手紙には名前が書かれていたが、念のため聞いてみる。泣いてしゃくり上げる少年はなかなか答えられず、間が空いた。

「……ピー……ター」

「ねえピーター。お母さんはすぐには戻って来ないかもしれないの」

「……なんで?」

なんでだろう。そんなのはこちらが聞きたいくらいだ。

「お手紙にね、うちで少し待ってててって書いてあるの」

少年がタオルから顔を上げて、私を見る。儚《はかな》げな茶色い瞳が切ない。

つい無意識に、少年とノランの顔の類似点を探しかけてしまい、慌てて自分の頭を振る。

「ええと、ピーター。お昼はもう、食べた？」

少年が小さな顔を左右に振る。

「じゃ、うちで一緒に食べようか？」

「でも……。僕……」

「ジュースもあるよ？　クッキーも食べる？」

少年は顔をパッと輝かせた。

「お昼食べる！」

私はズタズタの心で笑顔をどうにか作り、少年の手を恐々《こわごわ》取ると、屋敷へ向かった。

クッキーが果たしてこの家にあるのかが、若干心配になりながら。

居間の席に少年を座らせると、台所にいたオリビアに事情を話し、彼の分の食事の用意も頼む。

オリビアは真っ青になって、言葉を失っていた。無理もない。

私はもう、倒れてしまいそうだ。

「ノラン様が早く帰ってくると良いんだけど」

「はい。本当に」

オリビアは上の空でそう呟くと、何度も居間の方を見た。

しばらく無言を貫いていたオリビアはやがて私のすぐ近くに来て、真剣な眼差しで言った。

「……こんなことがあるものですか。絶対に違いますよ。あの旦那様に限って」

そう思いたい。でも私は今の彼も、昔の彼も良く知らないのだ。

胸に重い石でものせられたような気分で、私は食糧庫を漁《あさ》った。少年の釣り餌にしたクッキーの存否を確かめたかった。

オリビアに聞けば良いのだが、頭が回らない。オリビアはオリビアで混乱しているのか、食器棚から同じ皿を出したりしまったりを、無意味に繰り返している。

そうこうするうちに、廊下から足音が聞こえてきた。

大股で歩くその音は間違いなくノランのもので、私とオリビアは同時に顔を見合わせた。

何を尋ねるべきか考えられそうにない。ただ頭の中はノランへの焦りと怒りで、はくはくと呼吸が浅くなる。

ノランは一旦居間の前で立ち止まると、すぐに回れ右をして台所の方へ歩いてきた。そのまま台所へ入ってくると、何食わぬ顔で私に聞いてくる。

「あの少年は誰だ？」

それはこっちのセリフよ、と言いたいのをぐっと我慢する。

「ご存じないんですか？」

「見覚えはないが」

(見覚えはなくても、身に覚えはあるのよね、きっと)

「ノラン様。――アリックスさんという女性を、覚えていますか？」

「アリックス？　どのアリックスだ？」

そんなに多い名前とも思えない。それとも元王子様ともなると、知り合いだけでも山ほどいるのだろうか。いや、そもそも私とは踏んできた恋愛沙汰の、場数自体が違うのだろう。

私は腰に手を当て、顎を反らして言ってやった。

「アリックス・ガソンさんです！」

「……どうかな。思い出せないが」

（思い出してよ！　まさかたった一夜、気まぐれで手を出してポイ捨てした女性だった、とか⁉）

なんだかノランが急に酷く無責任な男性に思えてくる。

もしや殿下な王子時代のノランは、今とは違って奔放な生活をしていたのかもしれない。あちこちの女性に手を出して……少年は氷山の一角でしかなく、他にもたくさん隠し子がいるのかもしれない。そういった過去の生活に懲りてダール島に引っ込み、子供は当分いらない、という結論に至ったのかもしれない。だから私に手を出してこない、とか。

妄想は勝手に私の頭の中で雪だるま式に膨らみ、怒りやら情けなさやら、ショックやらでおかしくなりそうだった。

（こんなことってある？　結婚したばかりなのに……）

私はノランをほとんど睨むように下から見上げた。

「六年くらい前に、どなたか恋人はいましたか？」

ノランは全く表情を変えなかった。彼は腕を組んで言った。

「それは何を聞いている？　分かるように説明してくれないか」

私は左手に隠し持っていた封筒から、バッと便箋を引き抜くと、広げてノランの高い鼻にぶつけそうな勢いでそれを見せた。

「ノラン様には、隠し子がいたんですね……！」

ノランはゆっくりと眉をひそめ、便箋を受け取って読んだ。すぐに顔を上げ、口を開く。

「なんと。あの時の子か。あのアリックスか。私に息子がいたとは……」

「ノラン様、それじゃやっぱり！」

「……とでも言うと思ったのか？　私の子ではない」

（なんでそんな紛らわしいお芝居をするのよ！　心臓が痛いわ……）

私は過呼吸になりそうなのを懸命にこらえ、ノランの手から便箋を取り返した。

「違うって、断言できるんですか？」

「勿論だ。私の子ではないと、誓う」

ノランは否定したのに、私は余計に不安になった。

私はノランの過去を知らない。彼がどんな恋愛をしてきたのかが、今更無性に気になった。

「でも、例えば一夜の過ちという可能性があるのでは？」

「貴女は私をどんな人間だと思っているんだ」

「うっ。わ、分かりました」

ノランが否定するのなら、これ以上はどうしようもない。

私は一人残してしまった少年の相手をしに、居間へ行こうと踵《きびす》を返した。だが二の腕を後ろから力強く摑まれ、驚いて振り返る。

ノランは私の腕を摑んだままグッと顔を覗き込み、その水色の双眸《そうぼう》で射るような眼差しを向けた。

のだろうか。

彼は私に気づくと、慌てて鞄の中身を入れ直した。鞄の中には、石ころまであった。集めている

木でできた小さな車のおもちゃを、コロコロと転がしている。

居間に戻ると、気の毒な少年は床の上に鞄の中身をぶちまけ、それで遊んでいた。

流石にすぐ近くにいる子供の母親を嘘つきとは断じられないのか、ノランは私の腕を離した。

「……だって、それじゃああの子の母親が嘘つきだと？」

「私を信じてはくれないのか？」

私は彼のすぐそばに膝をついた。

「ピーターの家では、ご飯は家族皆で食べるの？」

「うん。そうだよ」

貴族の家では、子供は親と別の部屋で食べるのが常識だった。同じテーブルで食事を取るなど余程の機会でない限り、あり得ないものだ。

もっとも私の場合は、母が亡くなってからはほぼ一人で食べていたが。

きっと皆で食卓を囲む方が、少年は落ち着いて食べられるだろう。

「そっか。じゃあ、皆でお昼ご飯を食べようか」

ノランが居間にやって来ると、全員で席に着く。ノランは少年を何の遠慮もなく観察していた。

少年は居心地悪く感じたのか、モジモジと身じろぎしては哀れな目で私を見た。

オリビアはパンやスープを運んで来ると、少年の前に置いたカップにジュースを注《つ》いだ。

少年の顔が輝く。

少年は良く食べた。この年頃の子はこんなに食べるものなのか、それとも余程空腹だったのか定かではないが、とにかくたくさん食べた。少年が四つ目の丸いパンに手を出した時、ノランがあからさまに呆《あき》れた顔をしたのを、私は見逃さなかった。

食事をしながら、私やノランは何か少年の身元の手がかりを探そう、と彼にあれこれ質問をした。だが子供の記憶というものは、本人の手の届く範囲や興味のあったことに限られでもするのか、役に立たない情報が多かった。

昼食をさっさと平らげると、ノランとマルコの二人は、リカルドのもとに行くため屋敷を出て行った。

少年の母親を探しに行ったのだ。

屋敷に残された私は、少年の相手をしなければいけなかった。

日も暮れる頃、ノラン達が帰宅した。

私とオリビアは張り切って玄関まで迎えにいった。だが彼らは三人で戻ってきており、もしかして少年の母親を連れてくるかもしれない、という私の希望はあえなく打ち砕かれた。

私の顔を見るや、リカルドが重そうに口を開く。

「それらしき女性は見つかりませんでした」

「そうでしたか……。お疲れ様です」

ノランは居間を一瞥すると、私の方を向いた。

「ピーターは？」

「もう寝かせました。二階の角の部屋を使わせています」

少年の遊びに半日付き合って、私もくたくただった。だが、まだ寝るわけにはいかない。

目下伯爵邸は一人の子供をめぐる、抜き差しならない局面にいるのだから。

私達はそのまま客間のソファに移動し、皆で今後について話し合うことになった。

オリビアがお茶を淹《い》れてくれると、マルコはかなり喉が渇いていたらしく、カップの茶を一気に飲み干した。彼が持つと、カップがママゴトのカップのように小さく見える。

「明日、朝一でマルコと叔父のところへ行ってくる」

ノランの言わんとすることが分からず、私は返事をしなかった。

「このダール伯爵領を持っていたのは、二年前までは私の母方の叔父だった。叔父は二年前に別の侯爵領を相続して、この島だけになっていた伯爵領を手放した。アリックスという女性は、ダール伯爵が代替わりした事実を知らない可能性がある」

言われてみれば、アリックスという女性の手紙の宛て先には『伯爵』としか書かれていなかった。あれはノランを指していたのではなかったのかもしれない。

とすればピーター少年の父親は、前のダール伯爵だった、ということだろうか。

私は密かに盛大に安堵《あんど》した。

しかしリカルドは渋面で呟いた。

「シラを切られないと良いのですが」

「切らせないようにする」

ピーターはここにいるのだ。その叔父さんとやらに、この屋敷に来てもらうことはできないのだろうか。それにもしかしたら顔を直《じか》に見れば、叔父さんも思うところがあるかもしれない。

そうノランに提案してみると、彼はあっさりと首を横に振った。

「まずは叔父に逃げられないように、私が直接行く方が確実だ」

「逃げる……」

「突然自分の子だと、幼児を突き出されれば、誰しも逃げたくなるものだ」

するとリカルドが大仰に首を縦に振って賛同の意を表した。

「分かります。ええ、そうでしょうとも」

過去に似た経験でもあるのか。つい白い目でリカルドを見てしまう。

「そーですか。そーいうものですか」

私の声がちょっと冷たかったからだろうか。束の間誰もが口を噤《つぐ》んだ。


寝る前に少年の部屋の様子を見に行くと、彼は掛け布団を足元まですっかり蹴散らして、枕から完全に頭が落ちた状態で寝ていた。

寝顔は穏やかだったので、胸を撫で下ろす。

どうせまた蹴飛ばすのだろうな、と思いながらも掛け布団をもう一度彼の身体に被せて部屋を後にする。

ノランはというと、彼は一階の書庫にいた。彼は埃を被った箱の中から書類や本を出して、一つ一つに目を走らせていた。

机の上や床にたくさんの冊子や書類が散乱している。

私がやって来たことに気がつくと彼は床を埋める書類を跨《また》ぎ、私の目の前まで歩いてきた。何やら不敵な笑みを浮かべている。どうしたことだろう。

ノランは私の顔の前に、一冊の書類の綴《つづ》りを突き出した。距離が近すぎて、読めない。

文字から距離を取るために頭を反らしてから書類を受け取り、かざされた書類を読む。

書面には少し掠《かす》れた黒いインクでたくさんの人物の名が書かれており、その中になんとアリックス・ガソンと記された字があった。

アリックス・ガソン。まさにあの少年の母親の名前である。

「これは?」

「叔父の時代のダール伯爵家で、雇用されていた者達の名簿だ。アリックスはこの屋敷で侍女をしていた。五年以上前に……ピーターを産む少し前にここをやめているようだ」

「それは、つまり!」

アリックスとダール伯爵が繋がった。そして、それはノランではなかった。

やはりピーター少年の父親は、前のダール伯爵なのか。

ノランは腕を組んで私を見下ろした。

「これでやっと、私の身の潔白を証明できたか?」

「え、ええ。まあ……」

動揺した私は書類を手から滑らせ、床に落としてしまった。慌てて片膝をついてそれを拾おうと屈むと、ノランがすかさず屈み込み、書類についた私の手の上に自分の手を置いてなぜかそこに一気に体重をかけた。

（えっ、な、何？　どういうつもり⁉）

私の右手が、書類とノランの手に挟まれる格好になり、身動きが取れなくなる。

ノランは結構な力を私の手の甲にかけ、痛みを感じた私は狼狽《ろうばい》した。これはどういうつもりなんだろう。

見上げれば、お互いの額が触れるほど近くにある。

「ノ、ノラン様。手が……」

「――私はあちこちで子を設けるような男に見えるか？」

「いえ。そういうわけでは、ないです」

「でも貴女は疑っていた」

ノランが私を至近距離からじっと見つめている。こちらはドキドキして、目を合わせられない。

何とか手を解放してもらいたい一心で、話を続ける。

「それは……。ノラン様が、とても格好良くて……女性から好かれそうだから」

正直にそう言ってみたが、顔から火が噴き出しそうなほど、恥ずかしい。きっと真っ赤になっている。

ノランの顔が近づいてきて、彼の額が私の額に触れる。額と額が重なり、心臓を鷲掴《わしづか》みにされたような衝撃を感じてしまう。鼓動が高鳴りすぎて、呼吸の仕方すら忘れてしまいそうだ。

「私の顔が好きか？」

どうしてそんなことを聞くのだろう。額が密着しすぎているせいで、誤魔化しがきかない。ばかばかしいほど素直に、問われたことに答えてしまう。

「……好き、です」

「そうか。そう言ってもらえて、嬉しいよ。ありがとう」

ノランがまだ離れてくれず、心臓がどうにかなってしまいそうだ。彼は僅かな沈黙の後、言った。

「リーズ、目を上げてこっちを見て」

「む、無理です。近すぎます！　今ノラン様のお顔を見たら、恥ずかしすぎて消えてしまいそうです」

途端にノランが小さく笑った。彼はなぜか、一層強く私の額に額を押しつけた。

ノランの鼻が微かに私の鼻を掠め、唇と唇が当たりそうになる寸前で、彼はようやく私の手を解放した。書類を拾うのも忘れて、弾かれたように慌てて立ち上がると、どうにか呼吸を落ち着ける。

「私はもう少し作業をしてから寝るので、貴女は先に休んでいなさい」

ノランは私の代わりに書類を拾うと、他の資料とは分けて机の上に置いた。

明日、前の伯爵のところに行く時に、大事な証拠品として持って行くつもりなのかもしれない。

「は、はい。ノラン様も、ご無理なさらず」

脱走するように書庫を出て、寝室に逃げ込んで布団の中に潜り込んでも、胸のドキドキはおさまらなかった。

ノランがあんなことをするなんて。本当にびっくりした。

私の額に額を押し当ててきたノランの温《ぬく》もりを思い出し、恥ずかしくなって柔らかな枕に顔面を押しつける。

母親は今、子供と離れて辛い心境にあるかもしれない。

少年自身は、知らない屋敷の中で初対面の人間に囲まれて不安で仕方がないだろう。

けれども今、私は不謹慎にもノランとの触れ合いに胸を高鳴らせていた。そしてそれは、頭を冷やそうとしてもなかなか冷めてはくれなかった。

何度目か分からないほどの寝返りを繰り返しているうちに、ノランが寝室にやって来た。

さっきのことを思い出して恥ずかしくなってしまい、寝台の端の方へさっと転がる。

「まだ寝ていないのか」

寝台の上に乗りながら、ノランが私に声をかけてくる。

目を開けてノランを見ると、彼は呆れたような顔でこちらを見ていた。

「そんなに端にいて、落ちないか？」

私はほんの少しだけ、真ん中へ動いた。するとノランは寝台の中央へ来ると、無言で私の身体の下に腕を差し入れた。突然のことに、驚いて悲鳴を上げそうになる。

ノランはそのまま私の身体を寝台の中央まで引き寄せ、結果的に彼の上半身は私の身体の上にのり上げる形になった。頭の中で私はもう絶叫している。

彼は全身が緊張で硬直している私の肩に触れ、するするとその手を腕から肘、そして私の手まで滑らせた。私の手は極度の緊張に、拳を握って固まっていた。

それをノランの手は包み込むように撫でた。

「私に触れられるのは、嫌か？」

息がかかるほどの距離でそう問われ、なんとか首だけを動かし、私は左右に頭を振った。

「なぜそんなに震えている？」

自分は震えているのだろうか。気がつかなかった。

私の反応は、ノランを嫌がっているみたいに見えるらしい。誤解を解こうと声を絞り出す。

「……少しだけ、怖いです」

「怖がらせるつもりはない」

「違うの。違うんです」

「何が違う?」

「だって、今まで、ノラン様ほど綺麗な男の人を、見たことがなかったので……怖くて」

するとノランはほんの少し笑い、私を正面から覗き込んだ。その整いすぎた顔で見つめられると、恥ずかしくて意識が飛んでしまいそうになる。

「おかしなことを言う。毎日見ているというのに」

そう言うとノランは私の頬にキスをした。このままでは、激しく打つ心臓の音が彼に聞こえてしまう。

(そういうちょっとした、隙をついたキスが、なんていうか――もう、反則なのよ……!!)

ノランは私からゆっくりと離れると隣に横になり、枕元の明かりを消した。

「明日は早朝に島を出る。貴女には迷惑をかけて申し訳ないが、その間ピーターの世話を頼む」

「大丈夫です。任せてください」

「……色々と苦労をかけて、すまない」

「いいえ」

私はノランの方に頭を向けて、暗がりの中にぼんやりと見える彼の顔を見つめた。

「私の方こそ、謝らないと。ノラン様をピーターの父親だなんて、疑ったりしてごめんなさい」

ノランは穏やかに微笑むと、私の手をそっと握った。


明くる朝、ノランはマルコと共に馬で屋敷を出て行った。

私は朝食を食べ終えると、少年とクッキーを作ることにした。約束をしていたクッキーは、残念ながら今屋敷になかったのだ。ないなら、作るほかない。

「古今東西、子供は手で何かを作るのが大好きなものです！」

オリビアはそう主張し、どうせ作るなら少年にもクッキー作りを手伝わせよう、と私達は台所に集まった。

サイズの大きなエプロンを、クリップで調整して少年に着せる。彼は嬉しそうな表情を見せ、私達もホッとした。母親と長く離れて不安になっているのか、朝から寂しそうな顔を見せていたからだ。

材料を混ぜて型で抜く単純な作業だが、少年が加わると大層な道のりになった。

生地を薄く伸ばして、型で抜く段階になると彼の興奮は頂点に達した。生地を粘土のように捏《こ》ね、その小さな指先で一生懸命何やら形を作っている。

「おくさま、これ何だと思う？　あてて！」

「ええと、何かな。――分かった！　木でしょう？」

「違うよ～。オバケだよ」

子供の想像力には、敵わない。

私は鼻に粉をつけて楽しそうに生地をいじる少年を、複雑な心境で観察した。ノランの子かと思い、不快な出来事の象徴だった少年だけれど、本人には邪気の欠片もない。

無邪気な笑顔が本当に可愛らしい。無心に今を楽しんでいる。

少年はちょっとしたことで笑い、驚き、必死にバターナイフで生地に模様をつけていた。

「さぁ、オーブンで焼きましょうね！　ピーター、少し時間がかかるからね。待てるかなぁ？」

並べたクッキー生地をオリビアがオーブンに入れ、少年はその前でぴょんぴょんと飛び跳ね、期待に胸膨らませていた。

「楽しみ、楽しみ！　僕のオバケちゃん！」

無邪気なその姿に、こちらまでしばし色んなことを忘れてしまう。


クッキーが焼き上がるまで、私は少年の探検ごっこに付き合った。

庭にある木々や建物全部が、彼にとって遊び道具だった。

木に登ったり、虫を捕まえたり。

なんてことない牛舎も少年には探検の価値ある場所だったらしい。

我が家の屋敷の外にある牛舎は小さなものだったが、少年はそこで牛を観察して喜んでいた。恐る恐る牛の額に手を出しては、そっと撫で、破顔一笑している。

私は突然こんなに幼い子を預けてきた彼の母親のアリックスに、あまり良い感情は持たなかったし、最初はノランの子なのかと疑ったので心中複雑すぎたが、少年自身は実に良い子だった。特に駄々をこねたりすることもなく、素直なのだ。

牛を見ていると、少年は何の脈絡もなくポツリと呟いた。

「おばあちゃんの具合が、悪いんだって」

「うん？　今なんて？」

「お母さんのお母さんが、死んじゃいそうなんだって。僕ちょっと怖いの」

もしやそれは、少年を置いてアリックスがどこかへ行ったことと、関係があるのだろうか。

「あの建物は、なぁに？」

牛舎の外へ出ると、少年はそこから少し離れたところにある、納屋を指差した。

「大きな納屋よ。まだ私も入ったことがないのよ」

「じゃあさ、じゃあ、行ってみようよ！　冒険だ！」

ニカッと笑うと、弾丸のごとき勢いで納屋に向かって駆け出していく。

慌ててその後を追うと、彼は納屋の入り口で私が到着するのをドアノブに手をかけて待っていた。

勝手に入らないところが、いじらしい。

「開けて良い？　入って良い？」

二人で扉を開けて中に入ると、だだっ広い空間がそこには広がっていた。入り口付近には台車や農耕具が並べられ、奥の方には干し草が山ほど積んであった。

少年は干し草の山を見て大興奮し、そこへ飛び込んで行った。

「柔らかくて楽しいよ！　一緒にやろうよ」

少年と同じことをするのは、少し抵抗があった。しかし、誰かが見ているわけではない。それに、子供と遊ぶ時は、一緒に楽しんでしまうのが一番だ。

一旦躊躇した後、私も彼に続いて思い切って走って干し草の山に飛び込んだ。

柔らかな干し草が私の全身を受け止め、何とも言えない解放感があった。身体を起こすと下の方の干し草が崩れ、足が埋まっていくのも面白い。干し草の香りが、心地よい。

少年は干し草を高く積んである部分から逆さまに転がり落ち、ゲラゲラと笑っていた。

「転がると気持ち良いよ！　天国のベッドみたい」

私も真似をしたせいで結果的に二人とも全身干し草まみれになり、その姿にお互い爆笑し合う。

干し草の山から下りると、少年が顔を曇らせた。

「鞄がどっかいっちゃった……！」

彼は布製の斜めがけ鞄を肩から提げていたのだが、それがなかった。どうやら干し草の山で激しく動きすぎて、落としたらしい。二人で干し草の山に手を入れて捜す。

すると奥の方を捜していた少年が、突然躓《つまず》いて転んだ。

「なんか、硬いのが下にあるよ」

彼は膝まである干し草をかき分けて、足元を探り始めた。鞄を踏んだのだろうか？

「あれっ、何これ？」

首を傾げている。私も気になって、そちらへ向かう。

干し草をどけると、床には大きな四角い扉らしきものが見えた。途中で鞄が見つかったが、彼も私も、それより扉が気になってしまい、なおも掘り進める。

少年は床にあるその扉のノブ部分に躓いたらしい。

「これ、なぁに？　ドアなの？　床下にお部屋があるの？」

「……何だろうね」

少年はいかにもワクワクした顔で扉を見ていたが、私は何だか嫌な予感がした。

干し草は、この扉を隠すように敷かれている気がしてきたのだ。

改めて納屋を見渡す。

随分広い納屋だ。この屋敷や二頭しかいない牛のために、こんなに大きな納屋がいるだろうか。

少年の期待に満ちた視線に急かされるまま、私は扉のノブに手をかけた。

単なる床下収納かもしれない。地下室ではないかもしれない。

「何があるのかな？　海賊が隠した、お宝があるのかもしれないよ⁉」

「そ、そうかな。そんなに良いものだと嬉しいけど……」

元王子の隠し財産……？

私はふとそんなことを思いついた。それならどれほど良いだろう。

ギィー、と蝶番《ちょうつがい》が軋む音を立て、扉が開く。端の方に残っていた干し草が、パラパラと中に舞い落ちていく。

扉の下には、階段が続いていた。四、五段ほどまでは明かりが届くが、その先は暗すぎて全く見えない。ましてや地下がどうなっているのかなど、予想もつかない。

だがかなり立派な階段であることから、中は思った以上に広いと思われた。

「なんか、コワイよぉ」

その暗さに怯えたのか、少年の先程までの興奮はどこへやら、私の後ろに隠れて足に抱きついてきた。

下は真っ暗で、大人の私でもとても下りていく気にはならない。

そっと扉を閉め、謎の空間へと続く道を閉ざす。

元の状態に戻すべく、干し草を扉の上に押しやりながら、ふと先程覚えた違和感を思い出した。

――埃だ。

階段の中央部は、はっきりと木の色が見えていた。

つまり最近もこの階段を誰かが行き来していた、ということだ。それ自体は別に何の問題もない。

奇妙なのは、度々下りる地下であるはずなのに、わざわざ干し草で外から分からなくしてある、ということだ。

それは、なぜだ。

干し草を戻し終えると、私は首を捻った。……後で折を見てノランに聞いてみよう。


その夜、ノランとマルコはすっかり夜が更けても屋敷に戻らなかった。リカルドも出かけてしまっていた。

主やその護衛も従者もいない屋敷の夜は、少し心許《こころもと》ない。

テーディ子爵邸はたくさんの使用人がいたし、王都は賑《にぎ》やかだった。だがこの屋敷は島の真っ暗でひと気のない場所に位置し、今やオリビアと五歳の少年しかいない。

(――泥棒でも来たら、どうしよう。怖いな)

そんな詮無いことを考えながら、落ち着かない心境で広い寝台に横たわる。

外の風の音や、窓を時折叩く葉の音が私を怯えさせる。

ノランと二人で寝台に横になるのは、いまだに緊張して慣れないというのに、こうして一人になると彼を恋しく感じる。

私は寝返りをうち、今朝ノランが寝ていた位置まで行くと、そっとそこに触れた。そうして、今は冷たいシーツに指先を滑らせる。

「ノラン様……。早く、帰ってきて」


遠くで時計がボーン、と一の時刻を知らせる音が響いた頃。廊下をカツカツと歩いてくる足音が聞こえた。

いつの間に寝ていたのか、私はハッと目を覚ました。まさかと思って飛び起きると、ゆっくりと寝室の扉が開かれ、ノランが入ってきた。

「――ノラン様！」

「起こしてしまったか？」

私はわけもなく首を左右に振った。実際には起こされたが、安堵のあまりそれどころではない。

「もうどこかに泊まってくるのかと。こんな遅くに、……真っ暗な中を帰ってきたんですか？」

「貴女が心配するといけないので」

意外な返事だった。こんなに夜遅くに、私のために暗い道のりを駆けて帰宅してくれたのだろうか。そう思うと、とても嬉しい。私が心細く怯えて待っているのを、分かってくれていたのだ。

ノランが私を大事にしてくれている。そう感じられた。

彼は寝台に腰かけ、上半身を起こした私を抱き締めた。

ドキンと心臓が跳ね上がりつつも、私も腕をそっと彼に回して応じる。外の冷気に晒《さら》されていたせいか、服が冷たい。けれどとても優しい抱擁で、気持ちは温かくなっていく。

「あの、叔父様はピーターをなんて？」

ノランは少しだけ身体を離し、微笑んだ。

「明日にでもピーターを叔父上の屋敷へ連れていくことになった。アリックスの住所を知っている使用人が今も叔父上のところにいてね。そこへ人を送った。アリックスは遠方に住む母親の危篤に立ち会うために、ピーターを置いていったらしい」

「そうだったんですか……。でも、いくらなんでも五歳の子供を置いていくなんて。ピーターも連れていくお金がなかったんでしょうか？」

「それもあるが、アリックス自身も今病気があるらしい。もっと先を見据えて、叔父上に預けたかったのかもしれない」

先を見据えて……？　きゅっと心が痛み、急に切ない気分になった。

いずれにしてもノランの叔父は、自分が少年の父親かもしれないという自覚はあったらしい。

ノランは言い終えると、私を抱き締めたままもたれかかった。

「疲れた。とても、疲れた」

上半身が密着して重かったが、ノランを少しでも癒したくて懸命に支える。

「……実は叔父上の奥方が逆上して、修羅場だった」

「そ、それはそうでしょうね」

コトがコトだけに、奥方を巻き込まないわけにはいかなかったのだろう。少年の母が「伯爵」に宛てて書いた手紙を読んだ時のショックを思い出す。今はノランの叔父の妻が同じ思いをしているのだ。彼女の気持ちを考えると、胸が痛む。

「お疲れ様でした。もう、休んでください」

私は勇気を出して、ノランの背中を撫でてみた。嫌がられたらどうしよう、と思いながら。

するとノランは視線だけ動かして、私を見下ろした。その水色の瞳は、暗がりの中で私だけを見ている。心までもぐっと距離が近づいた気がして、気怠《けだる》げな美しい双眸に、意識が丸ごと吸い込まれてしまいそうになる。

「キスしてくれ。疲れを忘れられそうだ」

緊張と嬉しさで、瞬時に胸がいっぱいになる。

私はバレないように軽く深呼吸をしてから、首を伸ばしてノランの頬にキスをした。

キス一つで、なんて満ち足りた気分になれるのだろう、と自分でも驚きながら。


朝になると私は少年の身支度を始めた。

少年はここから離れた屋敷に行ってもらうことを説明すると、困惑していた。

「お母さんが僕をお迎えに来られなくなっちゃうよ」

「大丈夫だよ。お母さんのところには人をやったから、ちゃんと伝わっているはずだよ」

少年は何度も、本当に？　と心配そうな顔で私を見上げ、確認してきた。

大人の事情で振り回される少年が気の毒だ。

オリビアは昨日私達が焼いたクッキーの残りを、小さな缶に入れて少年に手渡した。

少年はそれをまるで御守りか何かのように、両腕で大事そうに抱え込んでいた。

ノランの叔父はなかなか到着せず、私をやきもきさせた。

(もしかして、ピーターを引き取る気が失《う》せてしまったとか?)

気を揉《も》んでいると、昼過ぎにようやく一台の馬車がダール伯爵邸の前にやって来た。

馬車が近づくと、少年は私のスカートのひだを握り締めて、パッと後ろに隠れた。

降り立ったのは、一人の小太りの中年男性だった。彼は私達の顔を見るなり帽子を取り、金髪を靡《なび》かせて少し硬い面持ちで挨拶をした。

「初めまして。こちらに嫁いでこられたばかりの貴女に、私の不徳の致すところでご迷惑をおかけして、申し訳ない」

ノランの叔父は初対面の私にひたすら頭を下げた。対する私は、彼の顔を見て驚きを隠せなかった。

(——似てる! ピーターに、そっくりだわ……!)

私は密かにアリックスの勘違いという可能性も考えていたが、事実は明らかなようだ。

「君が、ピーターかな?」

ノランの叔父はおずおずと少年に話しかけた。私の背後に隠れている少年に。

「ピーター、おいで。私の屋敷で、お母さんを待とう」

ピーターはゆっくりと私のスカートの後ろから出てきた。

ノランの叔父が手を伸ばし、ちょっとぎこちない手つきでピーターの小さな手を取った。

ノランの叔父と少年が行ってしまうと、一抹の寂しさが胸に去来した。

賑やかだった屋敷が急に静かになったのだ。

私はオリビアと少年の今後についてしばし語り合い、しみじみと居間の床を眺めた。そこに座って石ころを並べていた小さな彼が、妙に懐かしい。

少年が使っていた部屋を複雑な心境で片付ける。

突然扉がバタンと乱暴に開かれ、何だろうと入り口を振り返るとノランがそこに立っていた。なぜか顔色がとても悪い。

畳んだシーツを抱えたまま呆気《あっけ》に取られている私の正面まで、彼は大股であっと言う間に迫ってきた。

「納屋へ、行ったか？」

なぜ、そんなにも剣呑な眼差しで私を見ているのだろう……？

「えっ？」

ノランは表情のない顔で、酷く低い声で私に再度尋ねてきた。

「納屋へ行ったかと尋ねている」

「あ、はい。昨日行きました」

「なぜ？」

「ピーターと遊んだからです。牛を見せた後に」

「中に入ったか？　何をした？」

ノランは私の両肩に手を当て、強く力をかけてくる。まるで詰問されているみたいで、恐怖を覚える。納屋に行ったことがそんなにも問題なのか？

私を見下ろす感情のない水色の瞳に、怯えてしまう。その冷たい色に、背筋がひやりとする。

「干し草の山で、二人で遊んだだけです。転がったり、滑ったりして」

「それから？」

「それから、ええと。……ピーターが何かに躓いて……」

「地下室の扉を開けただろう？」

ぞくり、と身体が震えた。それほどノランの声は低く、そして隠しきれない怒りを帯びていた。

「……開けて……いません」

怖くて思わず嘘をついてしまう。ノランは私の両肩を引き寄せ、部屋の角に私を押しつけた。その抗《あらが》い難いほどの強さに警戒心が極限に達し、耳の中でザワザワと音がする。

「つまらない嘘をつかないでくれ。干し草が地下室の入り口に落ちていた。貴女が開けたからだ」

随分細かいところまで見て来たらしい。そんな必要が、なぜあるのか？

「ごめんなさい。開けました。でも……」

「中に入ったか？」

私は勢い良くかぶりを振った。そうして一気に抗弁した。

「入ってません！　本当です。ピーターが怖がったし、明かりも持っていなかったので」

私は壁に押しつけられたまま、ノランの射るような視線に耐えた。その視線は獲物を睨み据える

冷たさと恐ろしさがあり、私は意識ごと壁にはりつけられたかのごとく、微動だにできなかった。

(昨夜までの、あの甘さと優しさは幻だったの?)

きっと、触れてはいけないものに触れたのだ。

「本当に中に入っていない?」

「入っていません」

「誓えるか?」

どうしてそこまでしないといけないのだろう。悔しさのあまり、声が震える。

「誓って、入っていません」

ノランは真冬の冷たい湖を思わせる瞳で、私を無言で見下ろしていた。私は何が彼をそこまで怒らせたのか全く分からないまま、その豹変《ひょうへん》ぶりに傷つき、唇を噛み締めて見上げるしかない。

ノランはしばらくの間、私をじっと眺めていた。

やがて肩から手を離したノランが口を開いた時、その口調には少しだけ優しさが戻っていた。

「納屋の地下には、二度と行ってはいけない」

「なぜ、ですか」

「地下室の床は、かなり傷んでいる。崩落の危険性がある」

嘘だ、と私は直感した。

(私に、地下室に行ってほしくないだけじゃないの? 絶対にそうよ)

「納屋には近づかないでくれ」

「……はい」

ノランは私の頬を両手で包むと、額に口づけた。

心臓が痛いほど激しく鼓動を打つ。恐怖からなのか、それとも嬉しいからなのか、もう何が何だか自分でも理解不能だ。

ノランの唇は私の額からするすると下りてきて鼻筋を伝い、それが唇まで辿り着きそうになった時、私はハッと身構えた。

(——こんな形で、初めてのキスをしたくない……!)

顔を横に向け、ノランから逃れようと動く。

「やっ……!」

だが避けたはずの私の顔はすぐに乱雑に元の位置に戻され、ノランの唇が押し当てられる。

それはすぐに離され、ノランは私を観察するように見下ろした。

「納屋には行くな。あそこはとても危険だ」

「何が……あるのですか……？　納屋の地下室に……」

地下室の崩落、という説明をまるで信じていない私の質問を、ノランは苛立《いらだ》たしげに封じた。つまり、再びその唇で私の口を塞いだのだ。今度は彼の怒りがのっているせいか、少し力が込められていて、唇が強く長く押しつけられる。

ようやくキスから解放された時、私達は互いに息が上がっていた。

「貴女はもっと、おとなしい女性だと聞いていた。——テーディ子爵家の居候娘。……部屋に押し込められて、一人読書に励んでいるのではなかったのか」

まるでおとなしくて従順な妻が欲しかったと言わんばかりのノランに、目を見開く。

私の話は、貴族達の間でそんな風に広まっていたのか。

その噂《うわさ》を信じて、リーズ・テーディに求婚を？

私は望んで屋敷の隅で息をひそめる居候娘でいたわけじゃない。もっと別の自分でありたかったし、私にも本当は意思や意見がちゃんとあるのだから。

（この屋敷では、隅になんていたくない。自分らしくいたい）

ノランに分かってもらいたくて、震える声でどうにか反論をする。

「でもこれが私です。ご期待に添えなくて、すみませんでした」

「いや、なかなかどうして、期待以上だ。……どうして良いか困るくらいに」

意外にもノランは投げやりに笑ってから、私のそばを離れた。

私と正面から目を合わせて確認するように再び言う。

「繰り返すが、納屋へは行くな」

最後に釘《くぎ》を刺すと、ノランは部屋から出て行った。残された私は、わけが分からなくてその場で右往左往した。

（納屋に、一体何があるの？　そこまで私を脅かしてでも、隠したいものが？）

大変なものが地下室にあったらどうしよう。

私が今まで読み耽った小説の数々から、納屋の地下室に対する妄想が止まらなくなっていく。

恐ろしい小説の中には、妻を次々殺害してその遺体を埋めていたものもあった。……それじゃ、次の被害者は私か。私は彼の初めての妻のはずだけど。

そもそも第四王子である彼が私に求婚してきたこと自体がおかしいのだ。この結婚劇と、もしやあの地下室は何か関係があるのだろうか……？

怖くなってしまい、ギュッと自分の身体を抱き締める。

（地下室にノランの愛人が暮らしているとか？　世には出せない猛獣を飼っているとか？　それとも、人には決して見せられない趣味の部屋とか？）

もしくはピーターが言っていたみたいに、海賊の財宝か。実はノランは海賊の頭領で、武器具をあそこに隠している、なんて。まさかこの屋敷の納屋の地下室にそんなものがあるとは思いたくない。

でも、でも。じゃあノランは何を隠したがっているのだろう。

「だめ。気になって仕方がないわ。このままじゃ、病気になってしまいそう」

思わず頭を両手で抱え込む。

地下室にとんでもないものがあったとしても、私の実家はテーディ子爵家しかない。もう二度と帰れないし、帰りたくないのに。けれどこのままでは……。

その夜はちっとも眠気が訪れてくれなかった。ぐるぐると思い悩み、すっかり冴えた目で暗い寝室の天井を見上げる。

隣に横たわるノランの様子を窺うと、彼は全く動かない。もう寝たのだろうか。

――納屋の地下室が、どうしても気になる。

崩落の危険があると言う割に、階段は立派だったし、つい最近歩いたみたいに通り道がついていた。……あれは私の見間違いだろうか？

ちょっとだけ、少しだけ。もう一度見てみたい。

階段の様子を上から確認するだけでいい。だってよく見れば本当にノランの言う通り、結構傷んでいる可能性もある。本当に危ないからこそ、彼は強い言い方で私を牽制《けんせい》したのかもしれない。

思案に暮れながら天井を見上げ続けて、どのくらい経っただろう。

私は静かに上半身を起こした。

そのまま床に滑り下りると、そっと寝室を抜け出した。抜き足差し足で廊下を抜け、静かに玄関の扉を開ける。

外は真っ暗で物音一つしなかった。

ほんの少し躊躇した後、手にしっかりとランプを握り、私は納屋に向かって駆け出した。

外は月明かりでそれほど暗くはなかった。

はあはあと肩で息をしながら、納屋の扉に辿り着く。震える手で扉を開けると、流石に納屋の中は暗かった。

「確か、地下室の入り口はあの辺だったわ」

ピーターと二人で干し草を掘った場所に目星をつけ、両手でかき分ける。身体全体を使って懸命に干し草をどけ、地下室への扉を露出させるといよいよだと呼吸を整えた。

そして私は暗がりの中、扉に顔を近づけて絶句した。

扉に南京錠が据えつけられていたのだ。

「嘘……」

こんなものは、ピーターと来た時は絶対になかった。

私と話した後で、ノランが鍵をつけたに違いない。ここまで来て、扉が開かないとは……！　試しにガチャガチャと力任せに開けてみようとするも、無駄な抵抗だ。開かない扉を前に、脱力して座り込んでしまう。

（──そうよね。入ってほしくなかったら、鍵をかけるわよね）

私に見られると、余程困るものなのだろう。でも処分はできないらしい。

私はノランを信じたい。でも信じ切れない私がいる。

座り込んだ状態で納屋の小さな窓に視線を投げる。屋敷の建物の一部がそこから見えた。

──ノランが、遠い。

この距離は物理的なものだけでなく、彼と私の心の距離でもあった。

私はうんざりするほど長い溜め息をつくと、干し草を元に戻し、項垂《うなだ》れて納屋を出た。

肩透かしを食らって屋敷に帰り、また静かに廊下を歩く。

ノランを起こさないよう、二人の寝室の扉のノブは極力慎重に回した。音を立てずに扉を開けることに成功し、ホッと胸を撫で下ろす。

寝室に一歩入ると、私は自分でも驚くほど大きな叫び声を上げてしまった。

寝台には誰も寝ておらず、ノランが窓際に立って腕を組んで私を見ていたのだ。

「……納屋へ、行っていたのか？」

ノランは、起きて窓から一切を見ていたのだ。

（一体、いつから起きていたの⁉）

納屋へひた走る私を上から眺めていたのなら、ここで偽りを述べても無駄だ。観念するしかない。

「……はい。行きました」

「貴女の誓いの言葉は、随分と軽いようだ」

「も、もう行きません。鍵がかかっていたら、どうしようもないですから」

「開き直ったのか」

呆れたようなノランを無視する。

「――本当はあの地下室に何があるんですか？」

「崩落の危険があると言わなかったか？」

「ピーターが、財宝かもしれないと言っていました」

ノランは鼻で笑った。こんなに冷たく笑うこともあるのかと微かに傷ついてしまうほど、突き放すような空気を纏って。

「そんなものは隠匿していないから、安心しなさい」

余計安心できない。想像できる中で、財宝が一番マシだからだ。

私はそれ以上部屋の中に進むことなく、寝室の入り口で固まっていた。一方のノランも黙ったまま窓際から私を見ている。

しばらくの間、両者一歩も動かぬ張り詰めた空気に包まれた。

やがて思わず漏れたような小さな息を吐くと、ノランはこちらにつかつかと歩き出した。

ほんの少し怯《ひる》んだ私が右足を一歩後ろに下げた時、ノランは素早く私の二の腕を掴んだ。その力と勢いに、心臓が跳ね上がる。

「夜中に妻が一人で外に出るものじゃない。――黙って出るなど、もっての外だ」

明かりがないからかノランの瞳の色がとても暗く見え、それが怖さを増幅させる。

私が答えられないでいると、ノランは私を摑む手に更に力を入れた。そうして二の腕をぐいっと引き、部屋の中に引っ張り込む。バタンと扉が閉まる音が後ろで続き、ノランが寝室の扉を閉めたのだと気づく。

ノランは私の二の腕を摑んだまま、もう片方の手を私の肩に回した。

「いつまで立っている気だ？」

ノランは力任せに私を寝台まで連れていくと、真後ろから強張《こわば》った声で言った。

「貴女は意外と手のかかる妻だ」

私の全身が一気に熱くなる。怒りか羞恥からか、自分でも良く分からない。

ノランが強引に私を寝台に乗せようとするので、手を振り払って反論した。

「それはどっちもどっちです！」

ノランがその形の良い眉をひそめる。

「どういう意味だ？」

「ノラン様も……しょっちゅう私を困らせています！」

「あいにくだが、妻は夫の言うことをきくものだ」

「きいています！」

「どこがきいている？」

「全部じゃないですけど、だいたいはきいています」

ノランが恐ろしく低い声で「だいたいは？」と呟く。

息が届くほどの距離からノランが腕を組んで顎を反らし、私を見下ろす。

（踏ん張らなきゃ。弱気になったら負けよ）

毅然《きぜん》とノランを見上げていると、彼は溜め息交じりに言った。

「全く。――貴女には令嬢らしさがまるでないな」

ぷいと顔を背け、私は寝台に座り込んだ。ズキズキとする胸の痛みを我慢しながら。

「エセ子爵令嬢ですもの。令嬢らしい奥方がご所望だったなら、他を当たるべきでした」

ぎこちない間が開いた。

「……悪かった。言葉がすぎた」

驚いて目を瞬きつつ、ノランを見上げる。ここで謝られるとは思っていなかった。彼は組んでいた自身の腕を解くと、私の隣に腰かけた。ギシリと寝台が軋む。

「失言だった。貴女を傷つけた。申し訳ない」

ノランはそう言うと、太腿の上に無造作に置いていた私の手に自身の手を重ねた。私の手の甲が一気に熱を帯びる。ノランは幾分気弱な声で、尋ねてきた。

「私を、許してくれるか……？　貴女が令嬢らしい必要など、ない」

すぐには答えなかった。代わりに、重ねられた手の上に視線を落とす。ノランの手が、微かに震えているのを、感じながら。――ふと、結婚の儀のことを思い出して、泣きそうになる。

あの時、手を重ねたノランが私の手をそっと包むように握ったのだ。

ドキドキと緊張しながらも私は頼みごとをした。

「ノラン様。――このまま……、ギュッてしてほしいです」

私の手を、もう一度優しく握ってほしい。

あの時、ノランを信じたいと思った気持ちと覚悟を思い出せそうだから。

ところがノランは私の手の上から自身の手をサッと放した。動揺する私に、予想外の言葉が投げられる。

「貴女は、小悪魔だな」

どういう意味なのか、とかなり傷つきながら視線を上げると、両腕を広げたノランが私に迫り、次の瞬間彼に強く抱き締められていた。

（――あ、もしかして、こっちのギュッ？　そんなつもりじゃなかったんだけど……）

力強く腕の中に収められ、どんどん恥ずかしくなってノランの肩に上気した頰を埋《うず》める。

ドクドクと自分の心臓が鳴っているのが分かる。最早《もはや》、寝間着越しに彼に伝わってしまいそうなほどだ。

（――ああ、どうしよう。……物凄く、嬉しい）

少し長めの抱擁が終わると、私は恥ずかしくてノランから慌てて離れた。そのまま寝台の上を這《は》うと枕元まで行き、急いで寝具に潜り込んで彼に背を向けて丸くなる。

布団を額の上まで引き上げ、顔を隠した。

第三章　殿下は、荷馬車で買い物に出かける

ピーターが出て行った翌日。

ノランとリカルドは朝から馬に荷馬車をつけていた。

ノランは庭に出てきた私を見つけると、声をかけて来た。

「今からダール島の外に出て、酒の買い付けに行く。貴女も来なさい」

「い、今からですか？　随分と急なお誘いで……」

「貴女の昼食も積んである。後十五分ほどで出発する。準備してくれ」

「実は、やり残した芝刈りをする予定なんです。雑草が伸び放題になっているので」

「貴女は実によく働いてくれるが、流石に芝刈りまでやる必要はない」

私達の様子を窺っていたリカルドが、荷馬車から声をかけてきた。

「奥様、芝刈りなら後で私がやっておきますよ～！」

優男風の羽根のように軽い笑顔が、信用ならない。

だがふと振り返るといつの間にマルコもいたのか、彼はまたしても猛烈な勢いで雑草を抜き始めた。芝まで根っこから抜いていいそうでちょっと怖い。

（マルコ……違うの。私がやりたいのは、芝を刈り揃えることであって、根こそぎ絶やすことじゃ

ないの……)

得意満面のマルコを傷つけずにどう説明すべきか迷っていると、マルコと目が合う。

するとマルコはニカッと笑った。

「自分がやっておくっす!」

続けてノランが言い足した。

「女性は荷物が多いと相場は決まっている。リーズ、早く支度を」

女性の荷物に偏見があるらしい。しかし、ここで行きたくない、と強情を張っても仕方がない。

私は芝刈り用に被っていた、色気もへったくれもない作業用帽子を脱いだ。

昨日こっそりと一人で納屋に行ってノランに咎《とが》められたばかりだ。今朝は流石に何も言ってこないけれど、彼もそれを忘れたはずがない。

(――ノランは、もしかして自分が外出中に、私が納屋に行くのを疑っているのかしら? だから、私も連れ出そうとしている、とか?)

そんなことを邪推しつつも、手間のかからない妻らしく、従順に出かける準備をする。

座席は御者の座る一番前の部分にしかない。つまるところ、私とノランは荷台に座るしかない。

リカルドが御者として前に座ると、ノランの手を借りて荷台部分に乗り込む。

荷馬車の荷台は板張りだった。そのため、荷馬車が動き始めると私は座っていた中央部から、振動のたびに少しずつ後ろへ流されていき、終《しま》いには一番後ろの壁にしがみついていた。

ノランはそんな私を見て、呟いた。

「貴女は端が好きだな」

「好きでここに座っているんじゃありません。不可抗力です」

ノランはリカルドのすぐ近くにいたが、摑まっていた手を離すと、私の隣までやって来た。彼は必死で壁にしがみついている私を見て、おかしそうに言った。

「意外と落ちたりはしない。先は長いのだから、ずっとその姿勢でいると持たないぞ」

でも、さっきからお尻がポンポン跳ねているのだ。とても安心して座っていられない。ノランの説得を無視してしがみついていると、彼は至極冷静な顔で言った。

「貴女は飛ばされるほど軽くないはずだ」

「軽いんです！」

ムッとして睨みながら反論すると、ノランは黙った。


荷馬車が島を出るころ、私は両腕の筋力に限界を感じ、結局突っ伏すように座り込んでいた。荷馬車は地面の起伏が伝わりやすく、凄く気持ちが悪くなってきたのだ。要するに私は酔っていた。

ノランは涼しげに荷物に腰かけたまま言った。

「今度ダール島の湖でボート大会がある。毎年ダール伯爵家は大会に参加する島民に、酒を振る舞うことになっているんだ」

「はあ。そのお酒を買いに行くんですね」

「去年は島の業者に頼んだのだが……、かなり高くつくんだ。今年の我が家の経済状況では、仲介を挟むわけにはいかない」

「そ、それでご自身で買い付けに行かれるんですか」

島の外で買う方が、島内で買うよりお得なのだろう。

荷馬車に突っ伏し、死んだ魚のような目でノランを見上げる。

元殿下な金欠伯爵は、車酔いする妻を荷馬車に乗せてまで、酒代をケチるために朝っぱらから出かけている。そう思うと、なんだかおかしくなってくる。

ノランは正体不明な夫だが、やることがどこか滑稽だ。彼のそんなところは親近感を覚えさせてくれて、実は良いなと思ってしまうのだけれど。

私がもの言わずノランを見つめていると、彼は私の肩を軽く叩いた。

「起き上がって、景色を見た方が良い。そうしていると、酔うぞ」

私は首を左右に振ってノランの提案を却下した。

既にあまりに気持ち悪く、起き上がれそうにないのだ。

そうしてノランの助言を無視していると、彼は怪訝な目つきで私を見つめながら畳みかけた。

「意地を張るな。この先はあまり揺れないから心配いらない」

私は口元を押さえながら呻《うめ》くように言った。

「……ません」

「えっ？」

「吐きそうで、動けません」

一瞬ノランの水色の双眸に、殺意が宿った気がした。

（絶対今、「手がかかる妻だ」って思ったわよね⁉）

少しでも気分を誤魔化そうと、目を閉じる。だがその直後、突然両肩を摑まれて驚いた。

慌てて目を開けると、ノランが私に手をかけて起こそうとしている。

「だから、変な姿勢でいるなと言ったのに……」

ノランの手を借りて渋々上体を起こす。

間違っても王子様の上に嘔吐《おうと》してはならない、と死に体で距離を取ろうとするが、なぜかノランは私の腕を掴んで自分の方に引き寄せる。

そのままノランは私の背中に手を当て、上下に摩ってくれた。

「リーズ。下を見ていないで、景色を見た方が良い」

助言を受けて、のろのろと視線を上げる。

壁も天井もない荷馬車からは、島内の景色を存分に堪能できた。なだらかな芝の丘や、キラキラと輝く大小様々な湖。

思わず目を見張る。

ダール島の、かけ値なしに美しい自然が三六〇度広がっていた。

どこを切り取っても絵画になりそうだ。確かに、寝転がっているより良いかもしれない。

心地いい風が頬を撫で、鮮やかな緑のダール島を眺めるのは、気持ちよかった。

ノランがテーディ邸を訪れた時に、伯爵領を素敵なところだと言っていたのを思い出す。その言葉には偽りがなかった。

島を出てからは、一番近くにある街へ向かった。

荷馬車は乗り心地が決して良くないので、目的地があまり遠いところでないことに、胸を撫で下ろす。

私達は街中の大きな通りにある酒屋に行った。ノランはそこで数種類の酒を選び、次々と大量に注文していく。

どうやらノランにはお目当ての酒があったようだが、その内の一種類がこの店には入荷されていなかった。そのことをノランが尋ねると、店主は困った顔をした。

「今朝、イティアで暴動があったらしいんだよ」

「イティア？」

イティアは王都とダール島の中間に位置する、大きな街だ。

「道がいくつか兵達に封鎖されていて、今日は仕入れができなかった酒があるんだ。タイミングが悪くてすまないねぇ」

横から話を聞いていた私は、思わず話に割り込んだ。

「暴動って、何が起きたんですか？」

店主は酒瓶を棚から下ろす作業を一旦中断して、話し出した。

「王都を始めとして、大きな街に新たに税金がかけられることになっただろう？　それに対する暴動が起きたようだよ」

ここのところ、長引く戦争による国家の財政負担が大きくなり、増税が続いていた。なりふり構わぬ増税が、あちこちで不満をくすぶらせている。

店主は肩を竦めた。

「くだらない戦争に肩入れするからだね。もともと他の国同士の戦争なのに」

隣国セベスタ王国は、その隣に位置するリョルカ王国と戦争をしていた。我が国ティーガロ王国は長年セベスタを支援していて、リョルカに断続的な攻撃をしていた。セベスタへの援助は、我が国ティーガロの財政を確実に蝕《むしば》んでいた。

ノランは店主を見ると言った。

「リョルカは強い。そもそも、他国の喧嘩《けんか》に割って入るのが間違っている。民は困窮していく一方だというのに」

国王の息子であるノランが戦争を非難する口ぶりだったので、私はとても驚いた。

第一王子は反戦の立場を取っていることで有名で、国王とあまり折り合いが良くないとは聞いている。だが第四王子のノランまでそうだとは、聞いたことがなかった。

当然ながら店主はノランが誰かを知らないようだ。店主は大仰に頷くと、ノランに同調した。

「今の陛下はダメだな。もう懲り懲りだよ」

国王を批判する話をノランにこれ以上聞かせたくない私は、慌てて話題を別の方向へ逸らした。

「暴動はもう収まったんですか？」

「軍隊が出てきて鎮圧したらしいが……。当分は別のルートで仕入れることにしてるよ」

荷台に大量の酒を積み込むと、私達は行きとは違って速度を落として進んだ。

買い付けた酒樽《さかだる》はたくさんあり、積みきれなかった分は後日発送となった。

途中、ノランはダール島のボート大会の話を詳しくしてくれた。

どうやらボート大会には毎年ダール伯爵夫妻も招待され、観覧席から見物をするらしい。

長閑な島での活気のある行事にわくわくしつつも、少し気後れしてしまう。伯爵夫人として公衆の面前で扱われることに、いまだ気恥ずかしさを感じるのだ。

ボート大会当日は、朝からよく晴れていた。雲一つない青空の下、緑の丘が眩しいほどに輝く。

ここは本当にダール島だろうか、と驚くほど人が押し寄せていた。

島で一番大きな湖が会場となっており、私達が馬車で到着すると、大会を取り仕切る運営委員達が出迎えてくれた。

彼らはかしこまってノランと私に挨拶をしてくれたのだが、ノランが大変社交的な笑みを浮かべていたので、多少は屋敷で見慣れたはずのその顔を私は二度見してしまった。

私が見たこともないほど、それはそれは誠実そうで気さくな笑顔を披露していた。

「伯爵夫人、お席までご案内致します！」

伯爵夫人と呼ばれるのは、なんとなくこそばゆい。

この島の領主であるノランと私には、立派な観覧席が用意されていた。

湖が一望できる位置に設けられた私達の席は、布製の屋根もかかっていて、湖を渡る涼しい風も吹きつけ、居心地が良かった。

私が観覧席に着いてもノランはまだ座らず、運んで来た酒について委員にあれこれと指示を出していた。その際も彼は大層きらきらしい表情を見せ、思わずそんなノランを私は観覧席から観察してしまった。

しばらくしてからノランが隣にやって来てやっと席に座ると、私は真横から彼を見上げた。

運営委員の前で見せていたさも上機嫌な明るい表情は、見事にかき消えている。

「私の顔に何かついているか？」

ノランの怪訝な表情を見て考えた。ノランなりに、気の良い領主という印象を島民に与えたかったのだろう。なんだかそれがちょっと面白くて、彼を可愛く感じる。

「いいえ。ただいつものご様子とだいぶ違ったので」

「どういう意味だ」

「深い意味はありません」

「では、どういう浅い意味があったんだ。教えてくれ」

意外にも、ノランが食い下がってくる。眉根を寄せて、ちょっと不機嫌そうになりながら。

私は悪戯心も手伝って、少し助言してみることにした。

「笑っている方が素敵ですよ、ノラン様。ノラン様はとても格好良いですから」

「知っている」

(――え、どっちを？)

「リーズ、貴女も笑っている方が素敵だ」

「えっ!? あ、あの……」

突然褒め返され、しどろもどろになってしまう。自分も同じことをノランに言ったのに。

ノランが私と目を合わせたまま、先程委員に見せていた眩《まばゆ》い笑顔を浮かべる。

(そのセリフの後の、その笑顔は反則よ！)

恥ずかしすぎて顔が向けられず、そっぽを向くしかない。観覧席まで吹き渡る湖からの風が、上気した顔をなんとか冷ましてくれないだろうか。

チラリと視線を横に向けてノランの様子を窺うと、彼の水色の瞳としっかり目が合った。私を見て、至極嬉しそうに笑っている。

「そんなに、笑わないでください！」

「さっきと言っていることが違うじゃないか」

文句を言いつつも、ノランは上機嫌そうに輝くばかりの笑顔を見せた。


ノランの従者達も、それぞれの方法でボート大会を楽しんでいた。

マルコは湖の浅瀬で、島の子供達を両手に抱えて人間遊具と化していた。彼の伸ばした腕に子供達がぶら下がり、開いた足からも別の子がよじ登っている。

やがて彼は子供達を振り回してから、皆で浅瀬に飛び込んではしゃぎだした。子供達が可愛らしくキャッキャと騒いでいる。

リカルドは女性達が集まって飲み物を用意している場所へ行くと、いつもの嫌みのない薄利多売の笑顔を披露していた。女性達の黄色い歓声が響く。

私は観覧席からリカルドに視線を釘付けにしながら、隣に座るノランに尋ねた。

「ねぇノラン様。リカルドは、女性が大好きですよね」

「私はその点に関しては、干渉せず、放任している」

「でも彼は既婚者なんですよね？」

「ああ。五年前に結婚している」

リカルドはノランが都落ちするにあたり、奥さんと子供を王都の屋敷に残したまま、ダール島へやって来たらしい。いわば、単身赴任中だ。

「奥さん、怒らないんでしょうか」

「怒っても無駄だと既に悟っているのだろう」

「そんなものでしょうか。リカルドさんが凄いのは、女性には年齢関係なく、いつも笑顔ですよね」

「私にはとても真似できない」

その真似はしてほしくないかもしれない。


やがて運営委員の開会の言葉を皮切りに、ボート大会が始まった。

色とりどりの細長いボートが湖の上に並び、そこに二列に座る男達が一斉にオールを漕《こ》ぎだす。

漕ぎ手達は衣装までお揃いで、そんな彼らが一糸乱れずオールを操っていく様子は、とても見応えがあった。

スタート地点は湖のあちこちにあり、漕ぎ出しのタイミングまでバラバラだった。

結果的に私は一体どこで何が行われているのか、よく分からなくなった。

島民達は湖にギリギリまで近寄り、大きな歓声で大会を盛り上げている。彼らにはルールが分かるらしい。

湖の上は最早ボートだらけだった。これでは私にはどのチームが優勝しそうなのかも、さっぱり分からない。

とりあえず盛り上がりに水を差してはならない、と考えて私も応援してみたり、終始なんとか笑みを絶やさないようにしたり頑張った。

ボート大会を見に来た人々は多くが家族連れで、彼らは湖のそばに敷物を敷いて飲み食いしながら観戦していた。この大会は長閑な島で生活する人々にとっては、貴重な娯楽の一つなのだ。

湖の端の一画では若い女の子達が集まって、服を膝上近くまで上げてキャッキャとはしゃぎながら足を水に浸《つ》けていた。

ふと視線を上げれば、近くに立っていたリカルドもそちらを見ている。彼にはボートの試合を見るより、魅力的な光景なのだろう。

私は少し後でリカルドを近くに呼ぶと、尋ねた。

「あの、リカルドさんはどうして結婚指輪をつけないいんですか?」

リカルドは優しく笑った。

「結婚指輪をつけていると、変に警戒されてしまいますので。つけない方が良いのです」

警戒されるとなんの不都合があるのだろう。腑《ふ》に落ちない。

ひときわ大きな歓声が上がると、青い衣装を身につけた団体がボートの上で諸手《もろて》を挙げて喜んでいた。大勢の観客が彼らの近くまで駆け寄る。

「あれは、何を騒いでるんですか?」

隣に座るノランに尋ねると、彼はやや呆れた声で答えた。

「何をも何も。今年の勝者が決まったからだろう」

「えっ、あのチームが優勝したんですか?」

「分からなかったのか……」

ノランに呆れられてしまい、悔しい。次の大会までには、しっかりルールの予習をしてこなければ。

優勝したチームが決まると、間もなく表彰式が始まった。

皆に讃《たた》えられながら優勝者達が会場の真ん中まで連れて来られると、運営委員長からトロフィーを手渡される。

大歓声が上がり、優勝者達が弾ける笑顔を見せ、観客達も惜しみない拍手を彼らに送った。

大会の締めくくりには、領主から皆に酒が振る舞われた。樽が次々と会場に運び込まれ、歓声を上げる大人達がそれを囲む。

酒は参加者だけでなく観客達にも配られ、男女関係なくやがて会場は飲めや歌えやの盛り上がりを見せた。

「凄く楽しそうですね。最後のノラン様からのお酒が、この大会の最高潮なんですね」

盛り上がる島民達を隣で見ているノランに話しかけると、彼は嬉しげに頷いた。

「これが領主の醍醐味《だいごみ》なのかもしれないな。私も知らなかった」

酒が飲み干されると今度は島民の一人がバイオリンを鳴らし始め、一人、二人と周囲の者達が音に合わせて踊り始めた。その輪はあっと言う間に広がり、ボート大会はダンスパーティーへと変貌していた。

リカルドは私と目が合った途端にウインクをしてきた。

「毎年、ボート大会の最後は無礼講のダンスパーティーになるらしいですよ」

「楽しそうね。小さな子供達まで、踊っているわ」

ステップはめちゃくちゃでも、楽しめれば良いのだろう。

バイオリン演奏者はやや腕に難ありだった。音がかなり飛び、楽器も弦が一本足りていない。

「あの人、ずっと弾いていてダンスができないわね。誰か交代してあげられれば、いいけど」

同意を求めてノランと目を合わせると、彼は視線をさっと逸らした。

どうしたのだろう。何かおかしなことを言っただろうか。

即席ダンスパーティーを見物していると、リカルドが「奥様」とまた話しかけてきた。彼はチラリとノランを見てから、言った。

「無礼講ですので、ダール伯爵夫妻は毎年島民と踊っていたようですよ。——奥様も、いかがです？」

えっ、と驚く私の返事を待たず、リカルドは私の背を押して立ち上がらせた。そのままやや強引に、リカルドの誘導で観覧席から下ろされる。

湖岸はダンスに興じる島民達でごった返しており、気をつけないとぶつかりそうだ。

リカルドが丁度ダンスが終わったらしき体格の良い若い男性に声をかける。

「君、若き伯爵夫人の、今日のダンスの一人目のお相手を務めてくれないかい？」

(ええっ!?　この人と私を、踊らせようというの？)

思いもよらない展開に焦っていると、頬に朱が差したほろ酔い顔で、男性が笑顔を見せる。

「喜んで！　大変光栄でございます！　さぁ奥様、お手をどうぞ！」

「えっと、あの、そうね」

急展開に戸惑い、中途半端な返事をする私に男性が丸太のように太い腕を伸ばし、私の手どころか腰までガシッと掴む。右手を繋がれ、彼は音楽に合わせて豪快に踊り始めた。

貴族の館で繰り広げられるような、格式ばったダンスではない。動きに決まりなどなく、ただ音に合わせて好きに動くダンスだ。

(不思議だわ。適当すぎて何が正しいのか分からないけれど……)

けれど。皆で自由に身体を動かすのは、楽しい。

「楽しくて素敵な行事ですね。ボート大会って」

思わず話しかけると、男性は誇らしげに言った。

「はい！　ダール島は世界一の場所です。その領主様の奥様と踊れるとは、大変な栄誉です！」

物言いが大げさすぎるので、面白くてくすくすと笑ってしまう。すると男性も、照れたように笑った。

ふと視線が観覧席に止まる。リカルドはノランのそばに戻っており、何やら二人で言い合いをしているようだ。リカルドが肩を竦め、ノランがやや不機嫌そうに眉根を寄せて彼に話している。

(何を喧嘩しているのかしら。こんな楽しい行事の最中に)

ノランがリカルドに何か言い、リカルドが口をへの字にして、頭を振る。直後、ノランは目に見えるほど大きな溜め息をついて、席を立ち上がった。大きくマントを払うと、そのまま観覧席からこちらに下りてくる。

もしかして、リカルドはノランも島民達と踊って交流するよう、進言したのかもしれない。

ノランは大股で歩いてダンスの輪の中に飛び込むと、意外にも真っすぐに私のところにやって来た。

クルクルと回っている私の前まで来るなり、急に私の肩に手をかける。

「は、伯爵様⁉」

驚いた男性が動きを止め、私から手を放す。

「すまないが、妻は昨日まで熱を出していてね。体調が優れないんだ。あまり無理させたくない」

「そうでしたか！　存じ上げず、激しい動きに付き合わせてしまい、申し訳ございません！」

ノランは気にするな、というように手をひらひらと振ると、私の肩を抱いた。

（ノラン様？　ええと、私が一体いつ、熱なんて出したって言ったのかしら……）

なぜそんな嘘をつくのかわけも分からずノランに引っ張られるようにして、観覧席に戻される。

「ノラン様、どうしたんです？　熱があったなんて、どうして嘘を？」

「君に、――ああいう踊りをせず、席に戻ってほしかったからだ」

「私、もしやダンスがそんなに下手でした？　動きに決まりがあるのか分からなくて」

恥ずかしい。ここから見ていて、私のダンスはかなり珍妙だったのかもしれない。

「そうじゃない。ただ、ちょっと……」

ノランが言い澱《よど》み、続きを言わないので「ノラン様？」と見上げる。

「とにかく、君はここにおとなしく座っていなさい」

肩に手をかけられて観覧席に再び座らされると、近くでリカルドがおかしさを隠し切れない、といった様子で口元を歪め、私とノランに視線を投げている。

リカルドは笑いで肩を揺らしながら、ノランに尋ねてきた。

「正直に仰れば良いと思いますよ？　奥様が心配で居ても立ってもいられなかったと」

するとノランは表情をやや曇らせ、弁解するように私に説明した。

「いくら無礼講とはいえ、動きが大きくて君が転ばないか心配だった」

「あの人、ちゃんと私を支えてくれていましたよ。手もしっかり握ってくれていましたし」

ノランが余計に不機嫌そうに眉間に陰を作る。怒らせた理由が分からず、焦ってしまう。

「――だが、彼は少し強く君を引き寄せすぎに見えた。君が、痛がっているのではないかと」

「ノラン様。お優しいんですね。心配してくださって、ありがとうございます」

ここでワハハ、とリカルドが笑い出した。身体を折り、腹まで抱えている。

「笑うな、リカルド。お前のせいだぞ」

ノランが冷たい目でリカルドを睨む。

「申し訳ございません。ですが、いやはや。奥様は旦那様が仰る通り、鈍くてらっしゃる」

（えっ、何？　私が鈍いことになるの？）

かつて結婚式の後、馬車の中でノランに鈍いと言われた時のことを思い出す。

どう考えても、私はあんなことを言われる筋合いはなかったのに――。


ボート大会の平和な一日が終わった夜。

伯爵邸の居間では、眉間に皺《しわ》を寄せたノランが手紙を手に、何度も溜め息をついていた。

（何かしら。よっぽど困るお知らせが書いてあるの？　まさか、借金の取り立てとか……？）

ノランは何度目かの溜め息の後で、やっと決心がついたのか、私に話しかけてきた。

「リーズ。来月、父の在位二十周年を記念する祝典が王宮で行われるんだ」

ノランが父、と呼ぶのは、この国の王様に他ならない。

隣から覗き込んでみれば、ノランが持っているのは式典への招待状のようだ。王子の称号を捨てていたが、息子として呼ばれたのだろう。

「行くんですか？　王宮に」

ノランは少し逡巡《しゅんじゅん》している様子だったが、しっかりとした口調で答えた。

「行こうと思っている」

彼は私がこの島に来てからは王家との関わりを避けていたので、少し意外だった。流石に父親の大事なお祝いとなれば、断るわけにもいかないらしい。

「父上のご年齢を考えると、そろそろ次期国王の指名をなさるだろう。式典の折にされるかもしれない。私もそれは、見届けたい」

次期国王――。後継として今有力なのは第二王子で、それに少し遅れて第一王子だと聞いている。

この島に一人残されるのは心細いが、ノランにとって大事な機会だ。

「分かりました。お気をつけて行ってらっしゃいませ」

「……貴女と招待されている」

咄嗟《とっさ》になんと返事すべきか迷った。だって、私は元子爵家の居候でしかないのに。

「私なんかが、行っても良いのですか？」

「勿論だ。こういった行事は妻帯者は夫婦で出席するものだ。気負う必要はない。弟のことがあったばかりだから、それほど大規模なものにはならない。それに丁度良い機会だから、貴女を私の家族に紹介したい」

家族に……。俄《にわ》かに身が引き締まる思いだ。

私が、王宮の行事に参加する……？

経験がないので、何も分からない。ただノランについて行けば良いのだろうか。

それにこうなると地味に困るのは服装だった。

こんな島で着ているような素朴で質素な服では王宮に行きづらい。

テーディ邸にいた頃に義父に買ってもらった上等なアクセサリーは、皆義姉に掠め取られてしまっていた。今更ながら、彼女が憎らしい。

私が恥を忍んで衣服や装身具について相談すると、ノランは買い揃えるつもりだ、と言ってきた。

かく言うノランが纏う服装も、私は結婚以来質素なものしか見たことがない。

元殿下な王子様に大変失礼ながら、尋ねてみる。

「ノラン様は王宮の式典にふさわしい正装を、まだ持っていますか？」

率直に尋ねると彼は苦笑した。

「いくつかは持っている」

それなら一安心だ。流石は王子様だと安堵するが、問題はやはり私自身の服だ。

するとノランは私がみなまで言わずとも察したのか、言った。

「心配ない。貴女の分は式典までに全て新調する」

「でも、うちにはそんなものを買うゆとりはないでしょう？」

「そのくらいはなんとかする」

実は最近牛舎の屋根が壊れ、かなりの大枚をはたいて直したばかりなのだ。

どうやってお金を捻出《ねんしゅつ》するんだろう。

「まさか牛を売ったりしないですよね？」

「そんなつもりはない。牛乳が手に入らなくなる」

「馬もだめですよ」

「ああ。もっとだめだな」

私達はなんとなく二人で笑ってしまった。


私は王宮に行ったことがなかった。

そのため、王宮へ出発する日は緊張でとてもドキドキしていた。

朝早くに屋敷を出たので、島を出てからしばらく経つ頃には眠ってしまった。何度か寝たり起きたりを繰り返し、終いにはぐっすり寝入っていた。

式典を前に、王都へと向かう道はいつもよりも混雑していて時間がかかった。そのため途中の町で一度、予定外の宿泊をしなければならなくなった。

急遽《きゅうきょ》押さえられたのは、決して高級とは言えない宿だった。

簡素なロビーを抜けた先にある客室は、これまたかなり小ざっぱりとしていた。扉を開けるとすぐ目の前に寝台があり、少し離れてその先にもう一台の寝台が置かれている。

しかも微妙に寝台そのものが短く、細い。まさかとは思うが、子供用なのだろうか。

ノランをチラリと振り返ると、彼は眉間に皺を寄せて室内に視線を巡らせていた。

まずい。とてもだけど上機嫌には見えない。

「狭いな。これほどとは」

「でも、必要なものは全部揃っていますよ」

つとめて明るい声で言ってみる。そして、勝手に奥の寝台を自分のものと決めると、そこに腰かけた。するとやや遅れて、ノランも私の隣に腰かけた。

「こんなにうらぶれた宿に貴女を泊めなければならない。貴女に惨めな思いばかりさせて、本当に情けなく思っている」

ノランの澄んだ色の瞳がいつになく陰っている。ノランは世の中の伯爵に比べて経済的に随分劣る自分の状況を相当気にしているらしい。元々王子様だったから、仕方がないのだろうか。

次に彼が口を開いた時、その口調はかなり弱気だった。

「私に嫁いできたことを、後悔しているか？」

思いもよらぬ質問に、虚を衝《つ》かれる。驚いて数秒瞬きを繰り返したのち、はにかみながら笑った。

「私、ダール島が好きですよ。それにダールのお屋敷はとても居心地が良いです」

「本当か？　テーディ子爵家に帰りたいと思っているのでは？」

「ノラン様はまだそんなことを？　私、テーディ邸では義理の兄や兄嫁に、散々意地悪をされていたんです。リーズ、って呼んでもらえることもなかったし」

「子爵は貴女を、なんと呼んでいたのだ？」

「お前とか居候娘って呼んでいましたねえ。あ、たまにお荷物とも。まあ、基本的に呼ばれることもほぼなかったですが」

母が産んだ血の繋がった妹ですら、他人に思える時が多々あった。レティシアは私とあの家を繋ぐ唯一の存在であり、私を庇う唯一の存在だった。たまに私は、高貴な妹の情けで自分が子爵家にいるのを許されているという気さえした。

レティシアは可愛い妹ではあったが、掘り下げていけば私には妹に対する複雑な感情もあった。テーディ家を離れ、ダール島にいる今の生活の方がずっといい。私には宿の質素さなど全く気にならないのに。それを伝えたい。

静かな部屋の中、私は思い切って彼に寄りかかってみた。するとノランは腕を回して、私の肩を抱いてくれた。

（——なんだか、本当の夫婦みたい。こうしていると、気持ちが満たされる……）

宿の部屋はノランの言う通り狭いけれど、奇妙な充足感があった。

私達は目の前にある小さな窓を見ていた。三階の窓から見える景色はお世辞にも素敵なものではなく、向かいのやや小汚い建物とその玄関が見える。

そこから白いエプロンをした中年の女性が出てきて、手に持った袋を外に置かれたバケツに捨てている。

すると突然視界に灰色の鳩《はと》が乱入してきた。窓の外の張り出し部分に、一羽の鳩がとまったのだ。鳩は首を動かしながら数歩歩き、私達に気づくなり物凄く驚いた様子でビクリと頭をこちらに向けた。その真ん丸の目が、面白かった。

「見ましたか？　今あの鳩、滅茶苦茶びっくりした顔しましたね」

私が笑うと、ノランも釣られたように笑った。

同じものに注目して、同じことに面白さを感じた。そこに心から満足をする。


翌朝、私達は再び我が家の馬車に乗り込んだ。

改めてここから一路、王都を目指すのだ。

正午に差しかかったところで、馬車は一旦昼食のためにとまった。

馬車を降りて開けた場所に敷物を敷き、街で出発前に購入していたパンや果物を食べる。オリビアは私のためにクッキーを焼いて持たせてくれていたので、それも有り難く頂いた。甘いお菓子は、疲れた身体を内側から癒してくれる。

私はうーん、と唸《うな》りながら腕や背中を伸ばした。ずっと座りっぱなしで背骨や腰が怠くなっていたので、外に出てしばらく過ごすのは馬車の旅には不可欠なのだ。

日が沈みかけ、景色の輪郭が曖昧になり始めた頃、私達はついに王都に到着した。

高く大きな建物と、たくさんの人々。それらが作り出す独特の圧迫感。

(――懐かしい。ふた月ほど王都を離れていただけなのに)

私にとって、王都は生まれ育った場所だったが、久しぶりに来るとその賑わいに気が引き締まる。

今回はただ王都に戻っただけではない。これから私達はこのティーガロ王国の王宮に行くのだ。

リカルドが御者をする我が家の馬車は、迷うことなく真っすぐに王宮の入り口を目指した。

王都の中ほどにある王宮は白く優美な横に広がる建物で、その上部には灰色で統一されたたくさんの小さな塔がついていた。

王宮の正門を通ると、寸分の狂いなく植えられた庭園の植物が私達を出迎える。よく手入れされたその庭の奥に馬に跨《またが》る騎士の像があり、周りには放射線状に水を噴出させる大きな噴水があった。

「殿下……！　ノラン様！」

私達が馬車から降りるなり、あちこちから声が上がる。いつの間にか私達はたくさんの人々に囲まれて、ノランが笑顔で彼らと挨拶を交わしていく。

私などと結婚をしてしばらく王宮から離れていたノランであったが、こうして彼が親しげに友人に出迎えてもらう姿を見ることができて嬉しいし、初めて見る姿が新鮮で目が離せない。

私は王宮には場違いな出自であったので、なるべく目立たないように小さくなっていた。だがふと気づけば、彼らは一様に私を見ているではないか。それも、興奮したような目で。

なぜだろうと首を傾げた後で、すぐに思い出す。

（そうだった。私って王宮では「王子に称号を捨てさせた、時の人」だったわ……）

静かなダール島の生活でひと時、忘れていた。

自分の身体を貫通しそうなほどの視線を感じる。

きっと皆実物の居候娘を見て、ガッカリした気持ちを必死に隠しているに違いない。絶世の美女でも想像していただろうから。

いたたまれなくて、何よりノランが恥ずかしい思いをするのではないかと気になって、俯き加減で歩いてしまう。

馬車を降りて以来ずっとびくびくしつつも、私達はすぐに国王夫妻に謁見することになった。

控え室では侍従らしき男性が、私にしつこく謁見のマナーを説明してくれた。

入室したら、何歩進むか。膝の角度はどのくらいが正しいか。

「陛下からのお言葉に対して、お答えするのです。どんな時も、決して先んじて口を開かれてはなりません」

「はい。分かりました。こちらから話しかけては、いけないのですね」

くどくどと説かれる私を、ノランはちょっと面白そうに眺めていた。身近な人間が国王に会うためにマナーを一から教わる様子など、今までほとんどなかったのだろう。


謁見の間はとても広かった。

薄いクリーム色の壁に黄金の装飾が幾重にも貼られ、天井からぶら下がるシャンデリアと共に輝き、実に煌《きら》びやかだ。

意外にも国王達は奥にある玉座には座らず、謁見の間の中央に立って私達を迎えてくれた。

その肩にかけられているのは、国王であることを示す真紅のマントだ。

国王はノランより厳《いか》つい骨格をしていたが、目や鼻の形はノランに良く似ていた。特に澄んだ水色の瞳の色は、ノランと全く同じものだった。

隣に立つ王妃は驚くほど痩身で、けれど大変に美しい女性だった。年齢相応の皺が顔に刻まれてはいたが、若かりし頃はどれほど人目を引いただろうか、と想像してしまうほどの美人だった。この母親がいたからノランのような美形が誕生したのだろう、とある意味納得に近い感心をしてしまう。

「ノラン、良く来てくれた。息災であったか？」

「お陰様で、長閑な領地でのんびりとやっております」

ノランは国王からの問いかけに淀《よど》みなく答えた。

国王はその水色の瞳を今度は私に向けた。やや渋い、苦虫を噛み潰したような表情をしている。ここまでの経緯を考えれば、無理もない。緊張で身体が引き締まる。

「そなたがノランを夢中にさせた、伯爵夫人だな？　名はなんと？」

「リーズ・テーディと申します」

私は舞い上がってしまっていて、自分の回答の過りに全く気づいていなかった。その代わり、場におかしな空気が漂い始めたことには敏感に気づく。なぜか国王が目を丸くし、その隣に立つ王妃は当惑して私を見下ろしている。

（……私、何か変なことを言ったかな？）

まごつく私の代わりに、ノランが平板な口調で答えた。

「父上。リーズはテーディ子爵家から私に嫁いだのです。申し訳ありません」

ようやく自分の過りに気づき、赤面してしまう。テーディ家を名乗ってしまうなんて。

幸いにも国王の不興を買ったわけではないらしく、彼は大きな声を上げて笑った。

王妃がそんな国王をちらりと見てから、私に話しかける。

「リーズ。貴女に会うのをとても楽しみにしていました。明日は私とお茶をしてもらえるかしら？」

王妃様とお茶――。ハードルが高すぎるお誘いに、頭が一瞬真っ白になってしまう。

（こ、断りたい……。でもそんなの、勿論だめよね）

頑張って捻り出した笑顔を見せ、王妃に答える。

「身に余る光栄に存じます」

すると国王が朗らかに口を開いた。

「久々に私の息子達が揃ったな。明日の式典の前に、今夜は小さな夜会がある。ノラン、お前の可愛らしい新妻を、存分に披露するが良い。皆、結婚式に行けなかったから、興味津々なのだ」

（えっ？　夜会？）

早々と頭を下げて退出の挨拶を述べているノランと、夜会という情報の両方に驚いたまま、私は慌ててノランに続いて謁見の間を後にした。

扉が閉まると、早速ノランに質問をする。

「久しぶりにご両親にお会いできたのに、謁見って短いんですね。ところで、夜会ってなんですか？」

「内輪の小さなパーティーだろう。気負わず参加してくれ」

小さいということは、参加者は十人くらいだろうか……？

それならなんとか頑張れるかもしれない。続けて私は何気ない感想を言った。

「ノラン様は国王陛下と王妃様どちらにも似ているんですね！」

ノランはそれには答えてはくれなかった。

私が育ったテーディ子爵邸は、自慢ではないがかなり立派な屋敷だった。

だが王宮の建物は、それとは桁違いに豪華だった。

全ての規模が大きく、最早息苦しさすら感じるほどに絢爛《けんらん》で、人目につかないような廊下の隅にある窓の装飾に至るまで、手抜きのない細かな意匠が凝らされている。

私達に用意された部屋も大層素晴らしく、装飾の豪華さにその部屋にいるだけで肩が凝りそうなのに、更に女官がすぐ横に常時待機していて、私が何かを言いつけるのを待っている様子なのだ。

——特に用事はない。

というか、いなくても良いくらいだ。本人には言えないけれど。

とりあえず夜会とやらに出るための支度をしよう、と早速自分の荷物を漁り始める。

荷物の中から二番目に質の良い薄紅色のドレスを選ぶと、女官達が無言で私の着替えを手伝い始めた。彼女達がこのドレスをどう思ったのかは分からない。だが一応新調したドレスの一つなので、そこそこ良い物だと自負はあった。

私は支度にかなりの時間を割いたのに、ノランの方はあっと言う間に終わった。彼は黒地に銀糸の刺繍が施された、見栄えする衣装を着込んでいた。

(こんな立派な服も、持っていたのね。見惚《みと》れちゃう)

夜会の会場に向かう道すがら、ノランはとても堂々として見えた。

ダール島での簡素な衣服に身を包んだ彼と、王宮を慣れた足取りで歩く彼が、全くの別人に見える。それに豪華な服が、本当に良く似合う。日が落ちた薄暗い廊下の中でも輝くプラチナブロンドの髪が、とても良く映えるのだ。

ダール島にいたのは、本当にこの人？

牛の乳搾りをしていたのは、同じ人？

こんなに素敵な人が私の夫だったなんて、と誇らしくなってドキドキと胸を高鳴らせてしまう。

一方で、今更ながら隣を歩くことに引け目を感じてしまう。やっぱり私は妻には不相応かもしれない、とどうしても気遅れする自分がいる。

歩きながらノランの方をチラチラと観察するのを、やめられなかった。


夜会の会場は室内ではなく、大きなテラスだった。

心地好い風が吹き込むそのテラスにはたくさんのテーブルやソファが出され、音楽隊もいる。

（こ、これのどこが、小さなパーティーなの⁉）

テラスでは百人近い人々が談笑していた。

小さなパーティーというのは、居間に十人程度が集まる規模を言うのではないのか。

会場に着くなり、私達はすぐに王子達のもとへ挨拶回りをしに行った。まずノランは入り口近くにいた第三王子に話しかけた。既に勢力を失っているという王子だ。

第三王子は、実に影の薄い人物だった。

ノランとは三歳違いと聞いていたが、年齢の割に寂しい髪の毛すらも、彼を更に寂しげに見せていた。彼はどこかやさぐれた雰囲気を纏っていて、始まったばかりの夜会なのに既に頬を赤らめ、引っ切りなしに酒を呷《あお》っていた。彼は私を見て、開口一番に言った。

「君が、ノランに称号を捨てさせた世紀の美女かぁ。意外だなぁ……」

正直すぎる反応に、返す言葉に困ってしまう。

第二王子のシェファンは、ノランに良く似ていた。ノランよりも華やかな雰囲気があり、例えるならば彼とノランは日と月のようだった。

ノランに似ているので、思わず親しみを感じて微笑みかけてしまう。すると第二王子は私の手を取り、甲に口づけた。

「弟の新しい家族は、私の家族でもある。短い滞在かもしれないが、楽しんでいってくれ」

滲むような笑顔が、見惚れるほど美しい。

きっとノランもこんな風に笑えば、今と印象がガラッと変わるのだろう。

第二王子は自分の容貌が他者に与える影響を熟知していると思えた。その確信に満ちた言動が、彼の魅力を更に大きく見せているのかもしれない。

第二王子は私の手を離すと、少し離れたところにいた女性に声をかけた。

「ロージー！　こちらへ来なさい」

ロージーと呼ばれた女性はけぶるような黄金色の髪をした、実に美しい女性だった。髪には豪華な赤い貴石と真珠の髪飾りをつけていたが、その豪華な髪飾りにも全く負けていない、ハッとするほど整った顔立ちをしていた。

引き込まれるような力のある青い瞳は、どこか凛《りん》としていた。第二王子は彼女が近くまで来ると、その華奢《きゃしゃ》な腰に手を回し、自分の方へ引きつけた。

「私の妃《きさき》のロージーだ」

どこからどう見ても、美男美女の素敵な夫婦だ。第二王子は唇をロージーの耳元に寄せ、視線は私とノランに向けたまま言った。

「ロージー、こちらはノランの奥方のリーズだよ。義理の姉妹らしく、仲良くしておくれ」

ロージーの大きな青い瞳が、微かに揺れる。彼女は少し驚いた表情で私をじっと見た。私が期待したような美女ではないから、困惑しているのかもしれない。繰り返されるこの反応にいい加減悲しくなりつつ、ぎこちなく膝を折り「よろしくお願い致します」と当たり障りない挨拶をする。

ややあってからロージーは私に言った。

「貴女が……。そう。よろしくね」

ロージーの視線は私からスッと離れ、ノランに向かった。二人が目を合わせた直後、横から野太い声がした。

「よぉ！　ノラン！　全く、何ヶ月ぶりだ！」

突然恰幅《かっぷく》の良い男性が私達の間に割り込み、ノランを抱き締めた。

大声に身を固くするが、抱きつかれたノランは満更でもないみたいに、嬉しそうな声で笑って答えた。

「イーサン兄上！　お元気でしたか？」

抱きついていた男性は、身体を離すとノランの顔をまじまじと見た。

「思ったより元気そうじゃないか！　顔色も良い！」

どうやら、この筋骨隆々とした男性が第一王子のイーサンらしかった。ガッチリとした体型に短い金色の髪と薄い水色の目の持ち主で、まるで獅子《しし》のようだ。しかもやたらと声がデカい。

第一王子はノランから手を離すと、今度は私を視界に捉えた。

「君がリーズだな！」

いきなり大きな声を上げるので、驚いてびくりと震えてしまった。すると第一王子はガハハ、と威勢良く笑った。

困惑する私に、ノランが説明をしてくれる。

「リーズ、イーサン兄上は王都騎兵隊長をされている。王都で不動の人気を誇る隊長なんだ」

第一王子は再び大きな声で笑った。

王都の治安を守る騎兵隊は良家の子息の武人としての登竜門であり、その制服の格好良さも手伝い、人気を博している。

確かに目の前に立つ分厚い胸板の第一王子からは、いかにも武人らしい雰囲気が溢れていた。

第一王子は私に屈託のない笑みを向けた。

「ノランは言葉足らずな上に、突っ走るところがあるだろ？　色々君を困らせたりするかもしれないが、根は良い奴なんだ！」

ノランが抗議するように「兄上」と第一王子を睨む。

続けて私を連れてノランが向かったのは、一番若い王子のところだった。

歳の頃はまだ十代半ばと思われた。

彼はノランにキラキラとした若々しい瞳を向け、兄上、と口を開いた。――ノランの下にはもう、一人しか弟がいないはずだ。第五王子は既にこの世にいないからだ。

となれば彼が、第六王子に違いない。

第六王子は他の王子達と違い、まだ幼い顔立ちをしていた。優しげな瞳は、おとなしそうな印象を与える。

「ノラン兄上、ご結婚おめでとうございます」

まだ少し幼さの残る高い声。

初々しくも第六王子は頬を赤らめて、ノランと私に挨拶をした。

夜会の最中、ノランは第一王子や第六王子としばしば談笑をしたが、それ以外の王子達とはあまり話さなかった。

同じ血を分けた兄弟とはいえ、色々と複雑な事情があるのか、皆が円満な関係なわけでもないようだ。

よく見ていると、とりわけ第一王子と第二王子はお互い目すら合わせないようだった。

おそらく次の国王の座を争っている最中の二人は、馴《な》れ合わないようにしているのだろう。

王家の人々は一般人とは家族関係の築き方も違うのだ、と痛感してしまう。

粗方の紹介が済み、皆の酔いが回った頃。

私達のもとには、徐々にノランの友人達が集まった。

若い男女に囲まれ、ノランもとても落ち着いた表情をしていた。皆貴族然とした格好をしていて華やかで、エセ子爵令嬢でしかない私にとっては、少し気後れしてしまう人々だった。

(でも、ノラン様には気心の知れた友人達なのよね。きっと)

私がダール島で見たノランは、交友関係を全く見せなかったが、王宮では人望があったことが分かり、微笑ましく感じる。

ノランは友人達ととりとめのない話で楽しそうに盛り上がると、その内音楽の腕前の話題になった。

気さくそうな男性の一人が、笑顔で私に話を振る。

「殿下……、じゃなくて、ノラン様はバイオリンがプロ並みにお上手だとご存じでしたか？」

「いいえ。初めて聞きました……！」

バイオリンはおろか、ノランが楽器を演奏するところ自体を見たことがない。ダール島のボート大会でも、彼は弾ける素振りも見せなかった。

すると、辺りにいた人達はドッと盛り上がった。

「なんてもったいない！」

「久しぶりに聴かせて！」

ノランは弾く気がないらしく、やんわりとそれを断っていた。だが友人達は存外しつこく、終いには私の肩に手を当ててノランに迫った。

「今宵は奥方をお披露目する、大切な夜じゃないか。奥方も聴きたいに違いない！」

皆が私の顔を見るので、私もノランに言ってみる。

「私も、ノラン様の弾くバイオリンを聴いてみたいです」

ノランが困ったように「今バイオリンを持っていない」と言うと、どこからともなく一台のバイオリンが彼の前に差し出された。

「こんな機会もあろうかと、ちゃんと持って参りましたよ！」

差し出した男性は、いかにも得意満面な様子でそう言った。

ノランは参ったな、といった顔つきで苦笑しつつもそのバイオリンを受け取ると、左肩の上に構えた。

私はそんなノランの様子を、少し意外な気持ちで見つめていた。

私が知らないノランが、まだまだいる。

王宮の人々にとってはノランのバイオリンの腕前は有名なのか、わざわざ椅子を引っ張ってきて近くに腰かけて、曲を堪能しようとしている女性達までいた。

ノランは開放弦で軽く弾き鳴らして調弦を済ませると、わざわざ松脂《まつやに》をバイオリンの弓に塗り直した。あまり乗り気ではなかったようだが、弾くからには手を抜きたくないのだろう。

使い終わった松脂を友人に向かって放り、その友人が軽やかに片手で受け取る。

ノランは周りに集まったわくわく顔の友人達に視線を走らせると、彼らに尋ねた。

「予め言っておくが、一曲だけだ。どの曲がいい？」

皆の表情がパッと華やぎ、バイオリンをノランに差し出した男性が即答する。

「ノラン様がお得意のブイエの曲をお願いしたい！」

すると周囲の友人達が、次々に注文をつける。

「それならブイエの変奏曲第二番が良いのではないか？」

「そうだ！　二番の副題は新婚のお二人にまさにふさわしい！」

そこでドッと歓声が上がった。不思議なことに、皆が私を見て盛り上がっている。

ブイエは有名な作曲家なので知っているが、変奏曲第二番が良く分からない。どうして私をここで面白そうに見るのだろう。皆からの視線を浴び、恥ずかしくてたまらない。

一方のノランはというと、薄い笑みを浮かべて困ったように首を小さく左右に振り、けれど何も反論する気はないらしく、周囲の歓声を受け流している。

ノランは弓を右手で持ち直すと、弦に当てた。

そうして、滑らかに曲が始まった。

弾き始めのたった一つの音符から、私はノランの音楽に引き込まれた。

右手で持つ弓は何度も上下に動き、弦を押さえる左指も激しく、けれど軽やかに動いた。

紡ぎ出される音は、ひたすら優雅で美しかった。

バイオリンにありがちな、弦を擦《こす》るガサツな音や、弓の折り返しによるほんの少しの、けれど耳障りな雑音も一切ない。

随所に散りばめられたビブラートは、うっとりと瞳を閉じてしまいたくなるほど胸に迫る。

ノランが弾くバイオリンは最早単なる楽器ではなく、彼自身の身体の一部かと思わせるほど、自在に音楽を奏でていた。

曲が終わると、名残惜しそうな溜め息があちこちから漏れた。

「本当に、目の保養になるわねぇ……」

「耳の保養、でしょ」

喜ぶ彼の友人達と共に、私も笑顔でノランに拍手をする。とはいえ、心境は複雑だった。

ノランにこんな素敵な特技があって、嬉しいような、誇らしいような。

彼にこんな一面があるなんて、私は今まで知らなかったのだ。どうして彼は、伯爵邸では弾かなかったのだろう。ダール島での日々は、彼に音楽を楽しむゆとりを与えていなかったのだろうか。

そうだとしたら、私は妻としてとても切ない。歓声が沸く中、私も拍手で彼を讃えながら、密かな胸の痛みに耐える。

宴もたけなわといったところになると、夜会の参加者達は小集団に分かれてそれぞれお喋《しゃべ》りに花を咲かせていた。

朝からの慣れない日程に疲れ切っていた私は、ソファに座ってちょこちょこと食べ物をつまんでお腹を満たしていた。

テーブルの上には大量の皿が重ねられており、どれも白く薄い、いかにも高級そうな磁器製の皿で、表側ばかりか裏面にも華やかで繊細な模様が描かれていた。

（あのお皿、良いなぁ。島の屋敷にあったらなぁ）

つい、卑しいことを考えてしまう。五枚くらいコッソリ頂戴してもバレやしないのではないだろうか。いや、ここは謙虚に四枚でも良い。

「どうかな？　初めての王宮は」

物欲しそうな目で皿を睨んでいた私は、唐突に話しかけられて急いで顔を上げた。笑顔を取り繕いながら見上げると、正面に立っているのは第一王子だ。

「イーサン殿下。……高貴な方々に囲まれて、夢心地です」

そう言うと第一王子は笑った。

私はサッと視線をさまよわせ、急いでノランを探した。正直なところ、第一王子と何を話せば良いのか分からず困ってしまう。でも、肝心のノランは近くに見当たらない。

第一王子はどっこらしょ、とややジジくさいセリフを吐きながら私の隣に腰かけた。

そして神妙な顔つきになり、少し声を落として言った。

「今だから言えるが、ノランから結婚したいと聞いた時は、驚いたよ。実は、反対したんだ」

「はい。分かります」

素直にそう言うと、第一王子は面食らったように目を大きくして、高速で瞬きした。

そして、彼は破顔一笑した。

「君は面白い人だね」

第一王子は笑いを収めると、豪快な見た目とは対照的にふぅ、と可愛らしい溜め息をついた。

「幸せそうなノランの姿を見られてホッとしたよ。……あの事件以来のノランは、本当に沈んでいたから。結婚を決めたあいつは間違っていなかったな」

あの事件――。去年の第五王子殺害事件のことだろうか。

「ノラン様と、……第五王子様はご兄弟の中で一番仲が良かったそうですね」

「ああ。あの後のノランは、本当に酷かった……。凄く沈んで……、まあ、元より明るい奴じゃないけどな！」

沈んでしまった空気を追い払うようにガハハと笑う第一王子に釣られ、私も笑う。

ひとしきり話すと、彼は自分の膝の上で手を組み、真剣な顔つきで尋ねてきた。

「ノランは、ダール島でどうしている？　屋敷は随分古いと聞いているが……」

思わず苦笑してしまう。

だが第一王子の目付きはとても真面目で、本気でノランを心配しているようだった。私はまだ手に持っていたフォークを皿の上に置くと、私達のダール島での生活について語り始めた。

決して小さくはない夜会がお開きになると、私は明日の支度のために部屋に戻ることにした。明日の式典では、今日の夜会以上の人々が集まるのだ。せめて十分な睡眠時間を取り、化粧ノリを良くしたい。

ノランは友人達に一緒に庭園で飲み直そう、と熱烈に絡まれて……いや、誘われていた。

侍女達がテラスのテーブルや料理を片付け始めると、友人達はまだ中身が入っている酒瓶やつまみの皿を掠め取り、テラスの先に広がる庭園に勝手に置き始めた。そこへ、車座になって集い出す。若い女性達まで、高価そうなドレスが芝で汚れるのを気にもとめずに、地面に座り込んで楽しそうにつまみを食べ始めていた。皆赤ら顔で陽気な表情になっていて、かなり酔っているようだ。

上品にお高くとまって見える人々も、酔ってしまえばかなり砕けるものらしい。

「まだ夜会は終わりませんよぉ！」

「付き合ってくれたら、このバイオリンを殿下ぁ、じゃなかった、伯爵殿に差し上げよう～！」

呂律《ろれつ》が回らない様子で楽器を小脇に抱えた男性が叫び、ノランの肩に腕を回す。

「式典が終われば、またダーン島に帰ってしまわれるじゃないか！　今夜は飲もう！　飲みましょう！」

「そうそー、私も妻なんか、知りません！　伯爵様も、奥方ほっといて、ご一緒に！」

「酔いすぎだぞ。あと、ダール島だ」

友人達の誘いを受け、ノランは結局飲み直すことにしたようだった。最初は私に遠慮していたが、何せ彼にとっては今や滅多に会えなくなってしまった友人達だ。私は快く彼を庭園の特設二次会場へと送り出した。

ノランと別れて一足先に自室に戻ると、私は豪華な寝台に身体を沈めた。背もたれ部分にまで立派な装飾がある寝台で、間違えて頭をぶつけでもしたら大怪我をしそうだ。

寝ぼけ眼で時計を見ると、まだ寝るには早かった。だが、もう瞼《まぶた》が重たい……。

どのくらい経っただろうか。不意に目が覚めた。

ハッと横を確認すると、大きな寝台には私一人しかいない。

まだノランは帰って来ていないのだろうか。頭を起こして確認すると、だだっ広く絢爛な暗い部屋の中にいるのは、私一人だけだ。

枕元に置かれていた時計を引き寄せて時刻を見てみれば、既にいつもならノランも就寝しているはずの時間だった。

(まさかどこかで、酔い潰れていたりして)

一緒に飲み直していた友人達は、あの時点で既にかなり酔っているみたいだったから余計に心配だ。皆で庭園で寝てしまっているかもしれない。

寝台の上でやきもきしながら、ノランが戻るのを今か今かとしばらく待ってみるも、一向に帰ってくる気配がない。

心配になった私は、起き出して寝台を下りた。上着を羽織り、部屋を出る。

そのままそろそろと歩いて、夜会の会場へ向かった。

テラスは既に綺麗に片付けられ、誰もいなかった。

ノランは、どこだろう……？

心細く感じながら、テラスを下りて庭園に出る。片付け損ねたらしき酒瓶が二本だけ、芝の上に転がっていた。

辺りは無人だった。だが、庭園はまだ奥まで続いており、暗くて良く見えない。

まさか皆で庭園の奥に移動したのだろうか。

考えにくい気もしたが、実際ノランは戻っていない。

念のため、庭園の先も確認してみよう。

サクサクと、良く整備された芝を私が踏み締める音だけが聞こえる。密集して生え、短く刈られた芝は、質の良い絨毯のようだ。ダール島の我が家の庭の芝と、なんという差だろう。

歩きながら私は思った。

(そもそも、私は不慣れな王宮にいるんだから、できればノラン様に近くにいてほしいのに。こんなに長時間私を放ったらかして、一体どこへ行ったの?)

微かにノランに対して苛立ちながら、歩みを進める。

明かりはパーティーのために灯《とも》されていただけなのか、奥の方へと進むと次第に暗くなっていった。

ブーン、と虫の羽音が耳の間近で聞こえ、驚かされる。耳のそばで手を振り回したが、薄暗いので何の虫だか、よく分からない。

気持ち悪い。もう引き返そうか、どうしようか。

だが立ち止まっていると、奥の方から人の囁《ささや》き声が漏れ聞こえてきた。

誰かいるようだ。

無意識に足音を消しながら、声の方までゆっくりと近づく。

明かりがほとんどないため、良く見えない。視界の先には蔦《つた》が絡まる仕切りがあり、その更に向こうまで庭園は続いているようだった。

耳をそば立てていると、男女がヒソヒソと会話をしているのが聞こえる。

ノランと友人達だろうか。

でも、いくら耳をそば立てても二人分の声しか聞こえてこない。……それに、なんだか様子がおかしい気がする。

こんなところで、まるで人目を避けるように男女が何をしているのだろう。気になる。

いわゆる逢引《あいび》きというやつだろうか。

一体どんな人がイチャついているのか、好奇心のみで先へと進む。

蔦の絡まった木の陰まで進み、まさにその地点で耳を疑った。

男性の声に聞き覚えがあるのだ。

(この声……まさか、ノラン様⁉)

嘘だ。嘘であってほしい。

震える指先で蔦から出ている大きな葉に触れ、かき分ける。すると仕切りの向こう側が見えた。

思わず目を凝らす。

私の想像は当たり、低木に囲まれた暗い中で女性と身体を寄せて話し合っているのは、誰あろうノランその人だった。

息が止まるほど驚いて、彼らを仕切り越しに呆然としながら見つめる。

私の耳に飛び込んできたのは、高く澄んだ声だった。

「ノラン！　貴方がとても心配なの。知っているでしょう？　貴方はわたくしにとって初恋の人だと……」

危ういセリフを吐きながら私の夫にしがみついたのは、ロージーだった。

（第二王子の妃が、どうしてノランとこんなところにいるの？　二人で何をしているの？）

もう、頭の中は大混乱だ。心臓がバクバクと嫌な音を立てる。

ノランが低く、抑えた声で言った。

「ロージー。……私を案じてくれるのは嬉しいが、その必要などない」

ロージーに答えるノランの声は、今まで聞いたこともないほど、とても優しかった。こんなに優しい声が出せるのか、と最早目眩がするほどに。

ノランの優しい声が、私の心の中を抉《えぐ》るように響く。

「ロージー。それにこんな夜中に庭園の奥深くまで、夫以外の男と来るものじゃない」

「話があって誘ったのよ。……最近の貴方が、あまりに自暴自棄になっているのではないかと思って」

美女は悲しげに顔を歪めていても、見惚れるほど可憐《かれん》だった。そんなロージーの細い背中を、ノランがそっと撫でる。見間違いだと思いたかったが、現実は残酷だ。

ノランの手つきはとても優しく見え、身を寄せ合う二人の姿を前に、頭の奥が痺《しび》れたようなショックを受ける。

（ノラン様。ロージーに触らないで。ロージーに、そんなに優しくしないで……！）

二人は至近距離でじっと見つめ合っていた。

身を寄せ合い見つめ合う美男美女は、とても耽美《たんび》で絵のように美しい。

私は何だろう。ここで彼らを見つめている私は。

見たくない。でも、見たい。いや、見なければならない。

心の中では悲鳴を上げ続けている。でも足だけは馬鹿みたいに力を失い、その場から動けない。

ロージーの甘えるような、気怠い声がした。

「ノラン。本当は、あの子――リーズなんて貴方は好きではないのでしょう?」

私の名前が突然会話に出てきて、ビクリと震えてしまう。

「わたくし、あの子を見て直感したわ。一目惚れなんて嘘だと。だって貴方は面食いだったはずだもの。そうでしょう?」

傷口にベッタリと塩を塗られた思いがした。

「それにあの子が貴方を見る目――。まるで他人を見ているみたいだったわ」

私が、ノランを見る目? それはもしやノランがバイオリンを弾いている時の目だろうか。私はただ、ノランをずっと遠くに感じたのだ。周りからはそんな風に見えていたなんて、思いもしなかった。

手で避けていた葉に力が入りすぎたのか、葉が千切れ、ヒラヒラと私の手の中からこぼれ落ちる。

「貴方達は形だけの夫婦なのでしょう? あんな子のために王宮を後にしたなんて言わないで」

「……そんな下世話な質問を、妃殿下がするものじゃない」

「誤魔化さないで。本当のことを話して頂戴」

「全部、貴女の誤解だ」

「教えて、貴方の本心を。貴方がとても大切なの。だってわたくし達、かつては結婚を夢見た仲だったわ」

「それは子供の頃の話だろう」

全身から血が引いて、頭の中に分厚い霞《かすみ》が下りてきたように朦朧《もうろう》としてくる。瞼が異様に重く感じ、力が入らない。それなのに、目の前にいるノランとロージーの二人だけは明瞭に視界に入る。

「ねえ、本当はあの町娘なんて好きではないのでしょう？」

町娘。そんな風に呼ばれたことは、今までなかった。

「なぜそんなことを聞く？」

ノランは黙ってロージーの顔を優しく見下ろしている。

「もしかして貴方は、アーロン殿下のあの夜の現場で、何か見たの？　だってあの時から貴方、本当におかしいわ。わたくしは貴方が心配なのよ。わたくしにとって、貴方は特別な義弟なの」

ノランが、唐突に笑った。とても低く、乾いた笑い方だった。

「ノラン？」

「ロージー、変わらず美しい。容姿ばかりはあの頃と変わらないのに……」

ノランがやや乱雑にロージーの背に手を回し、彼女の身体を抱き締めた。

ロージーはされるがままになっていた。急にノランの顔が不機嫌そうに歪む。

「兄上の妃ともあろう身で、私に抱き締められても抵抗もしないのか？」

「の、ノラン……？」

「男を誘うような真似をして、何かあったらどうする？」

「貴方が心配なだけよ。ノラン……」

ノランの腕の中でロージーは甘えたような声でノランの名を呼び、顔を上げた。少し距離を詰めれば顔と顔が触れ合いそうなほどの近さで、二人は見つめ合っている。

それは決して長い時間ではなかったが、私には途方もなく長く感じられた。

ショックのあまり、頭の中は爆発しそうだ。

——信じてた。ノランを信じようと、頑張ったのに。

なのに、どうしてノランは兄王子の妃なんかを抱き締めているんだろう。妻であるはずの私以外の女性に、こんなにも優しく甘い顔を見せるのだろう。悔しいし、悲しい。

この二人は一体どんな関係なのか。

そもそも……私はノランにとって、どういう存在なのだろうか。ずっとずっと疑問に思っていたことが、答えを求めて痛みと共に胸から溢れ出す。

心を脆《もろ》くも打ち砕かれ、膝から崩れそうだ。

だがその寸前でノランが口を開いた。

「兄上に愛を囁きながら、私にも大切だと縋《すが》るのか。女とは、実に恐ろしいものだな」

その声は異常に低く、冷徹な響きをはらんでいた。

ノランの腕がロージーを解放し、二人はどちらからともなく身体を離した。

ロージーは数歩、後ずさった。その顔は引きつり、白さが増して見える。

ノランは凄みのある冷たい眼差しを彼女に向けている。

「わたくしは、ただ、……別に……」

「誰かから、私に探りを入れるよう、命じられたのだろう？　差し詰め、シェファン兄上か？　私が敢えて田舎に引っ込み、何か企《たくら》んでいるようにでも見えたのか？」

「誤解よ、そんなこと……」

「それとも別の誰かに頼まれたのか？」

「ち、違うわ！」

ノランは大きく一歩ロージーに近づくと、彼女の白い左手を取った。そして彼女と第二王子との指輪がはまる薬指に、侮蔑を込めた視線を落とした。

「確かにかつて貴女とは将来を誓い合った仲だったな。だが、貴女は私が王位に興味がないと分かるや、あっさりと離れていった。——貴女は未来の国王妃の座が、欲しいだけだ」

「ノラン。——貴方は、王子に生まれたのに、その最大級の権力を手にしたいとは思わないの？野心がないの？」

「私は、父のようになるつもりはない」

ノランはロージーの手を放した。そうして、突き放すように言った。

「貴女は野心と結婚したのだな」

「ノラン。では貴方は小さな島にくすぶって、満足だというの？」

「小さな島、か。それでも私の妻は、大きな屋敷だと言っていた。貴女にとっては何もない島でも、リーズの目にはたくさんの価値あるものが映っている」

ノランの口から私の名前が出て、心臓が跳ね上がった。

ロージーが震える声で尋ねる。

「あの子を……リーズを愛していると、……言うの？」

「彼女と小さな家さえあれば、私は満足だ」

信じられない思いで、私は両目を見開いた。

そんなことを言ってもらえるなんて、思ってもいなかった。

（今のは、本当？　ノランの本心だと思って、いいの？）

ノランに、私は認めてもらえているのだろうか。

ノランが、私を必要としてくれている？

手を蔦から離し、動揺する自分の心臓を抑えるように胸に手を当てる。

「貴方って、つまらない男だわ……！」

ロージーは上品な美しい顔からは想像もできないようなセリフを吐き捨てた。

「兄上にぜひそう伝えるといい。誤解が解けるだろう」

ノランがそう言い終えるや否や、ロージーは身を翻し駆け出した。

――こっちに来る！

驚いた私は慌てて近くに立つ糸杉の木の裏に入り込み、身を隠す。朧《おぼろ》げな月光のみを頼りに動いたため距離感が掴めず、身体の前に出していた手のひらが鋭利な葉の束に触れ、その痛みに咄嗟に手を引っ込める。

そうして息を殺して耳をそばだてていると、ロージーが芝の上を走り去って行く足音が聞こえた。

やがてそれが余韻さえ残さないほどに遠ざかった後で、私は安堵の溜め息をついた。

そっと糸杉の陰から様子を覗き見れば、今度はノランがこちらに歩いてきていた。

ノランは蔦が絡まる木の向こうから姿を現し、糸杉の裏から顔を出す私にはまるで気づいていない様子で、テラスへと歩き出していた。彼の後を、そっとついて行く。

ノランは私が数歩進んだところで、ピタリと立ち止まった。

そして敏捷《びんしょう》な動作で後ろを、すなわち私を振り返った。

その目がみるみると驚愕《きょうがく》に見開かれていく。

「リーズ……？」

まるで幽霊にでも遭遇したみたいな顔をしている。それが自分の妻を見る態度だろうか？

私はゆっくりと歩いて、ノランの正面に立った。

「なぜ？　いつから、聞いていた？」

「良く覚えていません」

混乱しすぎて。

するとノランは両手で私の肩を掴んできた。まるで私を揺さぶるように。

「いつから⁉」

「い、いつからだって良いじゃないですか！」

動揺のあまり、我知らず大きな声を出してしまう。ノランが少し驚いたのか、目を瞬く。

「良くない。大問題だ」

「そう、大問題です。でも問題なのは全部貴方です！　何なんですかっ。女の人とこんな時間に二人で、こんなところまで来て」

改めて周囲を見渡せば、真っ暗じゃないか。

さっきまで不用意にもロージーを抱き寄せていたノランの姿が、脳裏に蘇《よみがえ》る。そのとても優しい声までも。

その光景を見せつけられていた時は困惑とショックばかりが優先し、夫であるはずのノランに裏切られたという怒りは、湧き起こる余地がなかった。だが今は怒りの感情が、ふつふつと腹の底から浮かぶ。

「どうして、のこのこと既婚男女が、こんな場所まで好き好んで来るのよ！」

「リーズ、聞いてくれ……」

「隠し子の次は、初恋の人ですか！　どんだけ色恋沙汰の宝庫なんですか！」

私は腕を振り回して、ノランの両手を払った。

「しかも結婚を誓い合った仲、ですって？　お義兄《にい》さんの妃なのに！」

「――全て聞いていたのか」

「そんな人がいたなら、なんで……、なんで私なんかに！」

そのまま怒りに任せて、ノランの胸を押しのけて距離を取った。すぐに踵を返して、走り去ろうとする。

この場にいるのが耐えられない。彼の顔をまともに見ていられなかった。

けれどもノランは後ろから私の二の腕を掴み、私を引き留めた。それはかなりの力だった。

ロージーを抱いた手つきはあんなに優しかったのに。なのに、これはどうだろう。

腕を掴まれたまま私はノランを振り返り、その顔を睨んだ。

「もしかして兄弟で一人の女性を取り合ったんですか？」

「中途半端に聞いていたのか。聞いてくれ。確かにロージーとは、かつて仲の良い友人だった。

――十代前半の頃は、将来も語り合う仲だった。だが、彼女の方から徐々に離れていったんだ」

「それじゃ振られたんですか？　つまりノラン様の方はまだ彼女に未練が？」

「違う！」

「じゃあなんで、ロージーに誘われるままついて行ったんです！　すぐに部屋に戻ってくれなかったんですか？　私は、慣れない王宮の中に一人でいて心細かったのに……」

「私が悪かった」

そうだ。ノランが悪い。――でも今圧倒的に惨めなのは私の方だ。

私はノランに腕を掴まれたまま彼を睨み上げていた。彼の気持ちが分からなすぎて、問うべき言葉が形をなさない。

ノランは幾分手の力を緩めて、囁くような小さな声で言った。

「シェファン兄上が何を考えているのか、知りたかったのだ」

第二王子……つまり、ロージーの夫が？

「探りを入れていたのは、ノラン様の方だったということですか？」

――本当に？　本当に、それを信じていいんだろうか。

ノランは私を引き寄せてぎゅっと抱き締めた。それは随分力任せで、痛かった。これを抱擁と形容すべきか分からない。

「痛いです。ロージーには、あんなに優しくしていたのに……」

嫌みを精一杯込めて言ってみる。

「声も、とっても優しくて、挙げ句に抱き締めたりもして！」

「あれは愚かな行為を自覚してもらうために、脅しただけだ」

「嘘……」

「嘘ではない」

「だって一目惚れも、どうせ嘘なのに……！」

余計なことまで口走ってしまった。その瞬間、ビクリとノランの身体が強張った。

しまった、と私が口を噤むとノランは私の名を呼んだ。

「おかしな気があってロージーの誘いに乗ったのではない。彼女に対して、貴女が疑っているような特別な感情は、もうとうにない」

ノランの胸を押しのけようとしていた手から、私はゆっくりと力を抜いていった。

それが呼び水になったかのように、ノランは私の額にそっとキスをした。その優しい感触に、尖《とが》っていた気持ちがほんの少しだけ和らぐ。そうしてその直後に、単純すぎる自分の気持ちが嫌になる。

「こんなことをするのは、貴女にだけだ」

「私は町娘と言われようと、――私にだって……ノラン様しかいないいんです」

「リーズ。貴女が私の妻だ。それに私達は少しずつ、互いの距離を縮めてきたと思っている。私にも、貴女しかいない」

信じて良いいんだろうか。私は大きく息を吐きながら、たまらず顔をノランの胸に埋めた。

私達はしばらくの間、そうやって抱き合って立ち尽くしていた。

しっかりと抱き合っているのに、私達はまだどこかすれ違っている。ノランの方も、それを自覚しているに違いない。

だからこそ、彼が私を抱き締める腕は妙に力が入っていて、どこか強引なのだ。

それが、もどかしい。


翌日、国王の即位二十周年を祝うために、私達は王宮正門前にある広場に集った。

広場に繋がる道路は全て封鎖され、いつもは行き交う王都の人々で賑わう広場が、今朝は式典に参加する王侯貴族で賑わっている。

広場には椅子が整然と並べられ、予め決められていた席次に従い、私達は席に着いた。

一般の人々には解放されていなかったが、道を塞ぐために配置された兵達とフェンスの向こうにはたくさんの市民達が押し寄せていて、何重にも列を作ってこちらを見学している。

周囲の建物の窓からも、無数の視線を感じた。

国王と王妃は遅れて会場にやって来た。

国王だけが着用を許されている真紅のマントは遠目にも大変目立ち、万人の目は自然と彼に吸い寄せられる。

国王夫妻の登場と共に音楽隊による演奏が始まり、広場に響き渡る。

演奏される曲はこの式典のために作曲されたものであり、格調の高さを感じさせながらも、参加者を飽きさせぬよう適度に短い曲だった。

続けて着飾った可愛らしい子供達による、国王への花束贈呈が行われた。

式典の最大の見所は、国王の即位二十周年を祝って建てられた銅像を披露することだ。

広場に設置された真新しい銅像には、全体を覆うように大きな白い布がかけられていた。

国王の合図に合わせて白い布が取り去られ、巨大な銅像がその姿を見せる。すると観衆達は一斉に拍手をした。銅像は非常に大きく立派で、尚且つ優美だった。王都の守護神である女神をモデルにしたもので、背中から大きな羽がしなやかに伸び右手には剣を、左手に本を抱えている。これからこの広場で、半永久的に人々を見守る存在になるのだろう。

国王は大変満足そうな顔をしており、自身も大きく手を叩いていた。

式典の終盤に差しかかると、民衆が押し寄せるのを遮っていたフェンスの一箇所で騒ぎが起こった。

広場の貴族達が、何事かと不安そうにそちらを振り返りだす。

貴婦人達は扇を口元に当て、眉根を寄せてひそひそと囁き合っている。

よく見ると観衆が何やら叫びながら手を振り上げ、兵達に文句をつけているようだった。兵達がバラバラとそこへ向かい、騒ぎ出した観衆によって倒れそうになったフェンスを支える。

怒声を上げげる観衆の一部から、セベスタ王国への援軍反対、という声が切れ切れに聞こえてきた。

国王を始めとして、王族や貴族達は見て見ぬふりをしていたが、私は気になってチラチラと目を向けてしまう。

秩序を乱した観衆達はすぐに取り押さえられ、間もなく再び静寂が戻った。

騒ぎは僅かの間に収束したが、騒ぎを起こした者達は祝いの場である式典に水を差すことに確実に成功していた。国王のこんなにもすぐ近くに政策に対して反対意見を主張する者達がいる事実は、この目出度《めでた》い日に暗い影を落とした。

ノランが期待した国王の後継者の発表は、残念ながらされなかったので、私はいくらか肩透かしをくらった。或いは騒ぎが起きたから、重大な発表を控えたのかもしれない。

こうして緊張していた式典がようやく終わった。

終了してみるとそれはあっと言う間で、慣れない大舞台を色々と案じていたことが、嘘みたいに思えた。

そして式典という山場を乗り越え、肩の荷を下ろしかけて一安心していた私に、女官からあまり嬉しくない報せがあった。

王妃とのお茶会が今から始まるとのことで、彼女がもう私を待っている状態らしかった。

国で一番尊い身分の女性とお茶を飲むなんて。気が遠くなりそうだ。


お茶会は王宮の庭園にある、温室で開かれるとのことだった。

迎えに来た王妃の侍女の後ろを、ノランと歩く。

侍女は静かに私達を案内したので、庭園を歩く間は鳥の囀《さえず》りだけが聞こえていた。ノランと並んで歩きながらも昨夜の庭園での出来事が私の中でわだかまりとなっていて、この無言の間を埋めるために彼に話しかける気にはなれない。温室までの道のりを互いに目を合わせることなく進む。今はとにかく初めてで分からないことだらけのお茶会に、集中するしかない。

到着してみれば、庭園に建つそのガラス張りの温室は驚くほど大きく、立派なものだった。

世の中にこれほど大きな温室があるとは思ってもいなかった。想像をはるかに超える規模に、唖然としてしまう。

中は外より少し暖かい程度の温度が保たれ、一歩入るなり、私達はたくさんの植物に迎えられた。花壇には愛らしい花々が咲き誇り、鮮やかな色を披露している。

背の高さの異なる多種多様な木々が茂る一画は、そこだけ切り取ればまるで密林の中に迷い込んだように鬱蒼《うっそう》としている。

レンガが敷き詰められた歩道沿いには、葉を動物の形に整えられた木々が並び、私はその一つ一つに目を奪われながら進んだ。

温室の中には蝶《ちょう》が放たれており、時折視界にヒラヒラとうつり込む。黄色や縞《しま》模様といった色とりどりの蝶が舞う様は、温室をとても幻想的な空間に変えていた。

温室の中はどこもかしこも大変綺麗だ。まだ新しい設備なのだろう。

感心して目を丸くする私の隣で、ノランは少し不機嫌そうな顔をしていた。微かに寄せられた眉が眉間に皺を作り、水色の目は冬の湖面のように冷たい視線を周囲に投げている。

この温室に良い感情は抱いていないらしい。

温室の中央部には白と黒の石のタイルが敷かれ、テーブルセットが置かれていた。白い華奢な椅子に座っていた王妃が顔を上げてふんわりと微笑む。

国王とのパレードはもう終わったため、王妃は式典のドレスは着替えて、少し動きやすそうな紫色のドレスを纏っている。光沢あるその布地は王妃の動きに合わせて柔らかく輝き、美しい王妃を更に魅力的に見せていた。

幻想的な空間に美貌の王妃が佇《たたず》んでいると、その場が浮世離れした場所に変わって見える。

私の目の前に広がる光景なのに、私が歩くレンガの歩道と王妃がいるその先が繋がっていないかのようだ。現実を見ているのか、過去か未来の映像でも見ているのか分からなくなるような、不思議な感覚に襲われる。それほどに彼女には異次元の美と、得も言われぬ儚さがあった。

どこからともなく鳥の鳴き声が聞こえ、現実に引き戻される。

ノランと私が席に着くと、王妃は私に真っすぐに瞳を向けた。

見つめられて、どきんと心臓が鳴る。

「リーズ。ダール島での生活には慣れましたか？」

王妃は私に話を振っていたが、本当はノランの生活が気になるのだろう。

私はノランの自尊心を傷つけないように配慮しながら、ダール島のことを話した。

茶を飲み、話をしていても、王妃は鳥肌が立つほど美しい。おまけに話し方はどこまでもたおやかで、口元は微笑みを浮かべていても、彼女の灰色の瞳はなぜか人形のように表情がなかった。

正直なところ、一緒にいてこちらが何となく不安に感じるほど、危うげな美女だ。

しどろもどろになりつつも私が一生懸命ダール島の美しさを説明していると、王妃の視線が私を飛び越えて後方へ投げられた。

彼女は微かに驚いた顔をしていた。なんだろうと後ろを振り返ると、温室の入り口から国王が入ってくる。

王妃とノラン、私の三人は急いで起立をし、膝を折って挨拶をした。遅れをとらなかったことに内心ホッとしてしまう。

国王は満足げな笑顔で言った。

「私がプレゼントした温室で、王妃が茶会を開いていると聞いてな」

するとノランが不機嫌そうに口を開いた。

「もう少し小さな温室でも良かったのではありませんか？　母上に対する父上の贈り物は、時折度を越しています」

ぎくりと私の心臓が跳ねる。国王を非難するようなことを言うなんて。……なぜか私が焦ってしまう。

国王は苦笑しつつ、ノランに言った。

「手厳しいな、私の息子は」

肩を竦めながら席に着いた国王は、テーブルの上の焼き菓子に手を伸ばしそれを無造作に口に放り込んだ。

私達は揃って再び腰を落ち着けたが、ノランはまだあからさまに不快そうな顔をしている。

「失礼ながら、父上は財務状況の見通しが甘すぎます。今は民に我慢を強いている時期だというのに」

「相変わらずお前はものを率直に言うな」

「ダール島の周辺では既に暴動が何度か起きています。父上のお膝元に飛び火するのは時間の問題ですよ」

俄かに国王の表情が険しくなり、王妃が少し咎める口調でノラン、と言う。

だがノランは気にする素振りを見せず、国王から目を逸らさない。

国王は不機嫌そうに眉を寄せた。

「お前がイーサンと同じようなことを言うとは思わなかったぞ。私と同じ信条を持っていると思っていたのだがな。……田舎暮らしで思想が変わったのか？」

「これまで意見がなかったわけでも、変化したわけでもありません。表明しなかっただけです」

国王はついとノランから目を逸らし、席に寄りかかると足を組み直した。膝がテーブルに当たり、その衝撃を受けてカップを満たす茶がゆらゆらと揺れる。その小さなさざ波を少しの間、私も国王も、ノランも見つめていた。

茶の揺れが収まると国王は別の話をし始めた。

「ノラン、お前は大丈夫なのか？　ダール島で経済難に陥っている、と聞き齧《かじ》ったが」

そんなことを国王にまで知られているのか、と私が焦ってしまう。

「父上。ダール島は小さいですが、貧しくはありません。まずは領主として投資に力を入れているのです。領民が豊かになれば、領地収入はその後増えましょう。ご心配には及びません」

「お前は私の息子であることを忘れるな。品位は常に保たねばならぬ」

「勿論、理解しております」

やや厳しい表情でノランに語る国王とは対照的に、ノランは無表情で淡々と答えていた。

私は思わず日頃のノランを思い浮かべた。

――品位とは、なんだろう？

ダール島の屋敷はかなりガタがきていた。屋敷内は隙間風が吹いていた。強風が吹いて部屋に入れば、窓を閉めていてもカーテンが揺れたし、使っていない部屋の家具は壊れても放置された状態だ。

　でも、ノランに品がないとは思ったことがない。

　思案に暮れていると、国王と目が合った。

「リーズ、といったか。ノランは良くやっているか？」

　急に飛んできた質問に、張り切って答える。

「はい！　ノラン様はとても素晴らしい領主です。先日も、ダール島の井戸を技術者に混じって、お手ずから修理なさったんです」

　……どうもあまり良いフォローではなかったようだ。

　国王は眉と眉の間に皺を寄せた。ノランと同じ水色の目に、不満そうな色が浮かぶ。

　多分、国王は王子に力仕事をしてほしくないのかもしれない。慌てて言い足す。

「ノラン様はとても、ダール島の人々から尊敬されています」

　国王はやっと頷いてくれた。

　そうして、諭すようにゆっくりとノランに語りかけた。

「ダール島で学ぶことも多かろう。だが決して忘れるな。お前はこの国の王の子なのだ」

　勝手に狼狽える私をよそに、ノランは一貫して無表情なままだった。

　国王が探るような目つきでノランを見つめると、ようやくノランは答えた。

「私は、ダール島の生活を気に入っております。どうかご案じなさいますな」

　国王は菓子をもう一つつまむと、席を立った。

　私達も国王の動きに合わせて、起立する。

どうやら国王はもう政務に戻るようだ。忙しい合間を縫って、私達に会いにきてくれたらしい。

なんだかんだ言っても、そこに父親としての息子に対する愛情を感じる。

「もうお戻りですか？」と抑揚のない声で尋ねる王妃の額に口づけると、国王はノランと軽く抱き合った。

温室を去って行く国王の後ろ姿に視線を投げながら王妃が再び席に座ると、ノランは座らずに私の手を取って引き寄せた。

「母上。今日中に王都を発《た》つ予定ですので、もう失礼致します」

「早いのね。式典は終わったばかりよ」

「色々と、忙しいのです。貧乏領主ですので」

ノランが自虐的に笑うと、王妃は小首を傾げた。その白く細い首は、年齢を感じさせないほど滑らかで細い。

「でも、もう少しゆっくりしていっても……。ここは貴方の育った王宮よ？」

「またきっと、母上をお尋ねします。では、失礼致します」

「皆、行ってしまうのね」

「母上？」

王妃は首を左右に振った。

ノランはゆっくりと王妃の手を取ると、その甲に口づけた。まだ物言いたげにノランを見つめる王妃を置いて、ノランは私の手を引いてその場を離れた。

外の世界から切り離されたような愛らしい温室の空間から王宮の庭園に出て行くと、外は思ったよりも涼しく、瞬間ぶるりと身体が震えた。

なんとなく後ろを振り返る。曇り一つない綺麗なガラスの壁越しに、いまだ席に着いたままの王妃の姿が見えた。

彼女はこちらではなく、宙に目をやり、どこか遠くを見ているようだった。

輝くガラスのドームによって守られた、王宮から切り取られたような温室。咲き誇る花々と、鬱蒼と緑を茂らせる木々。そしてヒラヒラと愛らしく舞う、色とりどりの蝶達。

美しい王妃はただ一人、その世界にいた。

私には王妃だけがこの温室に取り残された存在のように見えてしまった。

王宮の建物を目指して広い庭園を歩きながら、私はノランに話しかけた。

「陛下も王妃様もノラン様がご心配だったんですね。お忙しいでしょうに、わざわざお茶会に来てくださって」

「そう見えたか？」

「えっ？　……ええ」

隣を歩くノランを見上げると、彼は首を左右に振った。

「ならば、良いのだが」

それは気になる言い方だった。

「あの、ノラン様？」

「後で、話そう。少し予定より遅れた。すぐに王都を出る準備に取りかかろう」

そう言いながら、ノランは周囲に素早く視線を走らせた。

早く帰りたいから話を切り上げたのではない。

ここで話したくないのだろう。ノランはどこで誰が聞いているか分からない、と思っているようだった。王宮とは、常に気を張る必要があるところなのだろう。

王宮の人の多さと広さに、私も辟易《へきえき》してきた。

「早くダール島に帰りたいですね」

ノランは少し表情を緩めて、私を見下ろした。

「ああ、そうだな。本当にそう思う。早く一緒に帰ろう」

同意してもらえたこともさることながら「一緒に」と言ってくれたことが嬉しくて、胸がくすぐったい。


私達は昼前に王宮を出発した。

短い滞在だったが、正直王宮を何ごともなく出られて、とてもホッとしていた。

王都を離れると、長閑な景色が広がった。

それに呼応するように、私の気持ちも緊張から解き放たれていく。

景色を眺めるのにも飽きた頃、私はノランの様子を窺った。

ノランは馬車にたくさんの本を積んでいた。座席の隅に積まれた本の山と背もたれに挟まれて、一台のバイオリンケースの先端が見える。

する。


「ノラン様、あのバイオリンって……」

ノランは私が声をかけるとチラリと視線をバイオリンケースに移した。

「ああ、あれは友人が夜会の後にくれたものだ」

そういえば、二次会に参加したらバイオリンをあげる、とノランの友人が酔って叫んでいた気がする。

「――ちゃっかり貰《もら》ってきたんですね」

「当たり前だ。くれると言ったのだから、貰ったまでだ」

至極当然だ、という口調でそう言い終えると、ノランはバイオリンを満足げに見つめた。

「なかなかの逸品だ。――ダールの屋敷にある私のバイオリンには劣るが」

屋敷にちゃんと自分の楽器があるのだ。私が来てから一度も弾いていないけれど。あんなに素晴らしい腕前なのに弾かないなんて、宝の持ち腐れだ。

「ノラン様が一級のバイオリニストだったなんて、知りませんでした。どうして、ダール島では演奏されなかったんですか？」

何気なく尋ねてみると、ノランの顔色がさっと変わった。

(あれ？　聞いてはいけないことだった？)

ノランは大きく息を吸い、同じだけ再び吐くと、呟いた。

「ダール島に行く少し前から、バイオリンは弾けなくなっていたんだ。――バイオリンは、亡くなった弟も得意だった。二人で違うパートを担当して、よく弾いていた。バイオリンを奏でると、弟を思い出しそうになる」

そんな事情があったなんて。

私はダール島に来たばかりの頃、屋敷の掃除をしている時に見かけたガラスの置物を思い出した。

「もしかして家の居間にある楽器隊の飾りは、アーロン殿下の形見でしたか？」

「そうだ。弟は、音楽をこよなく愛していた」

水色の瞳は昏《くら》い色を帯びていたが、話してくれたことに嬉しさが込み上げてくる。辛そうに視線を落とすノランの気持ちを少しでも上向かせてあげたくて、私は自分の素直な気持ちを伝えることにした。

「あの、私、ダール島を出て王宮に行くのは、少し気が重かったんですけれど。でも、行って良かったと今は思えます。だって、――ノラン様のバイオリンの演奏を聴くことができて、それにとてもお上手だと知ることができたから」

「リーズ」と私の名を呼びながら、ノランが意外そうに目を見開いて、私を見つめる。

「つ、妻として、とっても誇らしかったです……」

態度の大きいことを言ってしまっただろうか。途端に恥ずかしくなり、顔が赤くなっていくのが自分でも分かる。でもノランを勇気づけようと思っているのに、今目を逸らしたくない。

「夜会でのノラン様の演奏、とても素敵でした」

「ありがとう。誰よりも貴女にそう言ってもらえるのが嬉しい。……あれは貴女のために弾いたのだから」

――私のため？

束の間の驚きの後、胸の奥からじわじわと喜びが溢れてきて、それは全身を満たす。

隠しきれない笑顔で私はノランに言った。

「私のためだなんて。私もそう言ってもらえて凄く、嬉しいです」

ノランの水色の瞳が真っすぐに私を見る。彼は何度か瞬きをすると、再び目を逸らして苦笑した。

「随分と嬉しそうだな」

「はい。嬉しいです」

美しい音色を思い出しながら、なおも頬を緩めて向かいに座るノランを見つめていると、彼はぎこちなく膝を組み直し、やや居心地悪そうに私を見た。

「そんなにも喜ばれるとは思っていなかった」

あの天から降ってきたみたいな素晴らしい演奏を、自分のためだと言ってもらって喜ばない人はいないだろう。

「ブイエの、ええと……なんていう曲でしたっけ。第二番ですか？　そういえば皆さん、私達にふさわしいと仰ってましたけど、副題はなんというのですか？」

夜会の記憶を手繰り寄せながらそう尋ねると、ノランは固まった。

「ノラン様？」

「――本気で聞いているのか……？」

「ええ。初めて聞いた曲でした。ブイエの曲でしたよね？」

ノランが視線を下の方に流してから、ボソリと曲名らしきものを呟いたが、馬車の車輪の音でかき消された。

「えっ？　聞こえません。もっと大きい声で言ってください」

顔を傾けて良く聞き耳を立てると、ノランはやや呆れた顔をした。

「……変奏曲第二番、『愛しい妻に捧《ささ》げる曲』、だ」

「えっ……」

——愛しい妻……？　そんな副題の曲だったとは知らなかった！

真っすぐに見つめられ、自分でも顔が真っ赤になったのが分かった。視線を受け止めきれなくて、強張る笑顔で私は一度軽く頷き、目を逸らす。

するとどこか咎めるような声が正面から飛んできた。

「——聞いてきたくせに、なぜ赤くなる」

答えられず、私は馬車の座席に深く座り直した。背を丸めてモジモジしてしまう。

（だって。愛しい、って。愛しい妻だなんて!!）

「だからあの時、夜会にいた人達は私を見てはやし立てたんですね」

あの場で私だけがノランが弾いた曲の意味を理解せず、ただその腕前に感激していたのかと思うと、滑稽な気がした。

ノランは友達にあの曲を弾くよう頼まれたから、弾いただけだ。選曲は彼がしたわけじゃない。でも。それでも。震える声で、私はノランに言った。

「副題を知った上で、ちゃんと聴きたかったです！」

ノランは微かに目を見開いた。その後でそっと私から目を逸らし、呟いた。

「——可愛いことを言ってくれるじゃないか」

ノランの返事が一層、私を舞い上がらせる。よく見れば、既に窓の方に視線を向けている彼の耳が微かに赤くなっている。

やがてノランは本を引っ張りだすと、読書に集中し始めた。


気がつくと私は車内で寝ていた。

目を覚ますと、ノランはまだ本を読んでいた。彼が膝の上にのせているのは、領地経営についての本のようだ。本の間に手書きの表を挟んで、何やら真剣に考えごとをしている。

隣から覗き込むと、表はダール島の人口変動を表したものらしかった。私は思わず口を挟んだ。

「ダール島の領民は、減る一方なんですね」

「そうなんだ。それが、目下一番の問題だ」

「やっぱり島より大都市に憧れるのが人の性《さが》ですもんね。結婚して離れていく若者が多いんでしょうか」

ノランは眉を跳ね上げ、意外そうに私を見た。

「ご明察。まさかテーディ子爵領でも同じ問題が?」

つい笑ってしまった。

テーディ子爵家では、領地経営について語る者など誰もいなかった。子爵家は質の良い宝石を産出する山を領内に抱えていた。昔から代々、特産品となっている貴石を用いて商売をしている。たくさんの職人を育て、宝石商としても名を知られていたのだ。

だが経営は完全に下の者に任せ、私の実家はそれが生み出す富の上に、胡座《あぐら》をかいているだけだった。

そのため、私は子爵である義兄が、こんな類の書物を読んでいるのを見たことはなかった。言葉は悪いがたいして努力しなくても、何も困ることはなかったのだ。

「私は本で読んだことがあるだけです。お役に立てず、すみません」

本で知識を集めることと、実際に領民の生活を立て直していくことは、天と地ほども違うだろう。

ノランは自分を貧乏領主だなどと言っているが、伯爵としての役割に真摯に向き合い、懸命に果たそうとしているのだ。それはとても立派なことだと思う。

王都からダール島までは距離があるため、馬車は一度、途中にある街でとまった。

その頃には猛烈に空腹になっていた私とノランは、街に入るなり目についた大衆食堂に飛び込んだ。

食堂に堂々と入っていくノランは、なかなかサマになっていた。

私もノランも王宮を出発する直前に質素な身なりに変えていたため、浮くことはなかったがそれでもノランがあまりに颯爽と慣れた足取りだったので、彼に尋ねた。

「王子様も、こんな食堂に食べに来るんですね」

「王子全員ではない。イーサン兄上は砕けた食堂がお好きで、良くいらしているらしい。だがシェファン兄上など、死んでも来ないだろう」

ノランの身内には失礼ながら、噴き出してしまった。

店内では軽装の人々がガヤガヤお喋りし、騒がしい。木のテーブルに触ってみると、どこかべたべたしている。椅子はおびただしいキズがあり、動かす度ガタガタと鳴る。

――第二王子だけでなく彼のお妃のロージーも、ここに来るのは嫌がりそうだ。

店の奥にはたくさんの酒樽がオブジェのように並べられていた。天井近くまで重ねられた酒樽はなかなか見ごたえがあり、見入ってしまう。

まだ陽の高い時刻だったが、離れた席には既に酒を飲んでいるのか、赤ら顔で討論に興じる男達もいた。

「問題は、この手の食堂は振り幅の大きい当たり外れがあるという点だ」

「なんとなく、仰る意味が分かります。美味しいと良いですね」

私達は注文をした料理が届くと、食べ始めた。

一口食べたその瞬間、私は店選びに失敗したことを悟った。

まず手を出したのは、スープだった。香辛料が斬新なまでに効いた味だった。雑多なスパイスが脳天を穿《うが》つ。

先に口を開いたのはノランだった。王宮育ちの王子様としては、黙っていられない味だったのだろう。

「そのスープも凄いが、この豆料理も食べてみてくれ」

「……や、柔らかいですね」

「赤ん坊から年寄りまで、食べられそうな柔らかさだ」

「ええ。離乳食でしょうか。むしろ、そうでないと納得できないくらい柔らかいですね」

料理は矢継ぎ早に配膳された。

いつ作っているのか。いやむしろ、いつ盛りつけたのか。

一秒も無駄にはしたくない、といった風情の素早い動きで給仕が肉料理を二人の間に置く。

皿に指が入っているどころか、勢い余って料理が少しテーブルにこぼれた。もう、目が点だ。

ノランは豆料理を放り出し、肉料理に照準を定めた。

「これも凄い。素材の味を活かしたいのだろう。味付けがほとんどない」

「ええ。素材の味もほぼしないですけど」

私達は一瞬黙り込んだ後、あまりの味の悪さについに顔を見合わせて笑ってしまった。

するとノランは感心したように言った。

「貴女はなんでも笑うんだな。これさえも、楽しんでしまう」

そう言われて、はたと気づいた。

食堂へ来たのが楽しくて笑ったのではない。私は、ノランと楽しく話せたのが嬉しくて、笑ったのだ。

でもそれは言わないでおいた。言うには流石に照れ臭すぎる。

「貴女は良く笑う」

「そうですか？　気づきませんでした」

「良く笑うし、良く怒る」

「良く怒ってなんていません！」

一転して私はむっとして顔をしかめた。

だがノランは笑って言った。

「ほら、ご覧。怒っただろう？」

「怒っていません。これは、怒りそうになっているだけです！」

「根が暗い私には、実に新鮮だ」

「ノラン様は暗くなんてないですよ」

決して明るくもないが。

良く笑う、なんて今まで言われたことがない。ノランには私が良く笑っているように見えるのだとしたら、それは私が彼といるから笑っているだけだ。彼とのダール島での生活が、私を変えたのだろう。

肉料理にかけられた方向性が分からない味のソースに首を捻っていると、ノランが私をじっと見つめていることに気がついた。

「ノラン様？」

「貴女を見ていると、干し草を思い出す」

「えっ？　干し草⁉」

干し草を連想されたのなんて初めてだ。

私が干し草みたいだと言いたいのだろうか。あまり女性への比喩表現としては、ふさわしくないのではないか。女性どころか、人間全般でも使わない気がする。

真意が全く分からず、眉根を寄せてしまう。

「ええとそれは、私が枯れている、という意味でしょうか」

おずおずと説明を求めると、ノランは驚いたように顔を上げた。

「勿論、違う。……私にとって干し草は、日差しの暖かさと香りそのものなのだ」

そうだったのか。それなら、きっと喜ぶべきなのだろう。

私には干し草って、単なる枯れた草だったけれど。

「そうでしたか……私はええと、なら、ノラン様の干し草になれるよう、頑張ります」

元気良く言うと、ノランは心底おかしそうに声を立てて笑った。

ノランがこれほど大きな声を上げて笑うのを初めて見た気がする。それが嬉しくて、私も釣られて笑ってしまった。

味は今一つだったが残すわけにもいかず、二人で着実に食べ進めていく。食事に集中していると、やがて酒を飲みながら討論している男性達の声がこちらにまで聞こえてきた。

「いつまでもリョルカとセベスタの戦争に首を突っ込みやがって！」

「今の国王になってから、ロクなことねぇ」

どうやら国王の批判をしているらしい。

その剣幕を心配したのか、近くのテーブルに着いていたマルコとリカルドがこちらを注視し、マルコが腰を上げる。

私はノランの様子を窺ったが、彼は平然と豆料理を食べていた。やがて私の視線に気づき、小さな声で言う。

「あれが、民意というものだ。中にこもっていれば、絶対に気づかないものだ」

中――とは、王宮のことだろうか。

昼食が済むと、私達を乗せた馬車は一路、ダール島へと走り続けた。

味の方はアレだったが、しっかりと満たされたお腹に満足し、私は座席にクッションを敷いてもたれながら、身体を休めた。

一方のノランは相変わらずスラリと綺麗に背筋を伸ばし、車窓に目をやっている。腕だけは肘掛けに、やや無造作に投げ出されていた。

ノランは幾度も溜め息をついた。

馬車が王都から離れていくにつれ、どこかその表情は少しずつ暗くなっていった。

(──どうしたんだろう?)

座席にゴロリと横になりながら、チラチラと私はノランの様子を盗み見た。

しばらくしてから、ノランに話しかける。王宮で話が途中になっていた話題だ。

「──王妃様は、ノラン様のダール島での生活を色々とご心配されていましたね」

ノランは流れゆく車窓から目を離して答えた。

「そうなのだろうか。私は正直なところ、母上が本当に私にご関心があるのか自信がない」

「と言いますと……?」

「母上はああいった方なのだ。昔から。子供の頃から、第五王子のアーロンだけはとりわけ可愛がられていたが」

確かに、王妃はあまり感情を表に出すような人には見えなかったけれど。

私が初めて会った王妃は、話していても表情が乏しく、心の動きが全く読めなかった。

でも自分の息子達の内、誰か一人だけを愛することがあるのだろうか。

あのテーディ家で育った私が言うのもどうかと思うけれど。

もしかしてノランもあまり母親の愛を感じられずに育ったのかもしれない。そう思うと今更ながら、その点は彼に対して妙な親近感が湧いてきた。

ノランはその水色の瞳を静かに上げると、私と目を合わせた。

「残念ながら王家の者達の仲は、かなり微妙だ。国王一家というのは、特殊な家族だと思う。特に王位を争っている兄達同士などは、決して仲が良いとは言えない。兄達は常に一定の距離を取っている」

私は身体をもたれさせていたクッションから、そっと起き上がった。

「そう言えば夜会でも第一王子様と第二王子様のお二人は、ほとんどお話しされていませんでした」

「そうだな。それが一体いつからなのか、既に私も覚えていないが」

揺れる車内で、私とノランは僅かな時間、無言で見つめ合っていた。ノランは真っすぐに私を捉えたまま言葉を続けた。

「良い関係とは思えない家族だったが、私にとって第五王子のアーロンだけは別格の存在だった。アーロンと私は、多分正反対の性格をしていたからこそ、仲が良かった」

第五王子はどんな王子だったのだろう。私は胸に去来した思いを何気なく漏らした。

「アーロン殿下に、私もお会いしてみたかったです」

するとノランは朧げに笑み返してくれた後、すぐに真顔に戻り、私から目を逸らした。

（余計なことを言ったかしら？　無神経なことを言っちゃった？）

ノランの表情が、引きつって見える。

窓の外を眺めだしたノランは、その後まるで私の方を見ない。代わりに窓から見える、次々と後ろへ飛び去っていく道沿いの木々にひたと顔を向けていた。

その横顔は、ひたすら綺麗だった。

私達はまだまだぎこちないけれど、それでもようやくほんの少し見慣れたノランの顔――私の夫の顔だ。見慣れたと思えることに少し安心する。

遠くを見つめたままの、澄んだ湖のような瞳に、尋ねたくなる。

――何を考えているの？　と。

やがて馬車が休憩のために停車した。

ドスン、と地面が揺れる音がして、御者をしていたマルコが御者席から降りたのだと分かる。ようやく地面に降りた安堵から「ふあああ」と叫びながら、大きく伸びをしている。

身の危険でも察知したのか、辺りの木立の枝の先から小鳥達が飛び立って散り散りに飛んで行く。

「奥様、お手を」

馬車の扉を開けたリカルドが、私に丁寧な仕草で手を差し出した。

馬車を降りるとマルコが車体を道の端に寄せ、車輪や車体を念入りにチェックし始めた。

私はしばらくやることがないので、辺りをぶらつくことにした。

長閑な田園地帯が広がり、少し先の方に小川が流れているのが見える。小川の先の方には、橋が架かっているようだ。

その石橋は半円型をしていて手すりもない簡素なものだったが、石と石の隙間に草がびっしりと生えており、どことなく風情があった。人工物であることを忘却させるほどに自然の景色と融合している。

ゆっくりと橋まで歩いていき、草に覆われたその上を渡る。

橋の中ほどまで歩いて辺りを見渡すと、曲がりくねった小川の先に小さな村の家並みが見える。ウロコのような壁を持つ赤茶けた石の建物が、小川に沿って建っている。

ノランも私の近くまで歩いてきていたので、彼にもここからの眺めを見てほしくて話しかけた。

「ノラン様、可愛い村が見えますよ。こっちに来てください」

私が声をかけると、ノランは橋の表面を革靴の裏で幾度か小突いた。どうやら橋の強度が気になるらしい。

「大丈夫ですよ！　ほら」

その場でぴょんと一つ跳ねて見せると、ノランはさっと手をこちらに伸ばした。

「危ない。いつ作った橋か、分かったものじゃない」

そう言いつつもノランは慎重に橋の真ん中まで進んできて、そこから村の方角を見てくれた。

二人で並んで橋の上に立つのは、なかなか素敵だった。

橋の下を流れる小川のせせらぎが、心を静かにさせる。

自然って良いものだ。

私は同意を求めるようにノランに言った。

「ここの自然も素敵ですけど、やっぱりダール島が一番ですね」

「ダール島は気に入ったか？」

「はい！　住めば都と言いますけど、その通りですね。ダール島は素敵なところだし、島民の皆さんも良い人達です」

照れ臭そうに微笑むノランが少し可愛い。

乗って来た馬車の方角を見ると、マルコが屈んでまだ何やら作業をしているようだった。

リカルドの姿は見当たらない。

馬車から視線を外すと私は今更のように慌てて付け足した。

「あ、勿論ノラン様も含めて、という意味ですよ！」

中途半端な笑みを浮かべる私の横で、ノランは真顔に戻った。

しばらく黙った後で、ノランは口を開いた。

「……私は、貴女が思ってくれているような善良な人間ではない」

ノランはそう呟くと、橋の真ん中から宙を見るように水色の瞳を小川に投げた。

私はノランが何を言いたいのか分からず、彼の顔を注視しながら隣に立って続きを待った。

サラサラと小川の水が流れる音と、近くの木立にとまっているのであろう、鳥の囀りが時折聞こえる。

ノランは平板な口調で言った。

「去年、私の弟が――アーロンが何者かに襲撃されて亡くなったのを貴女も知っているだろう」

「はい。知っています」

即座に頷いた。

第五王子はノランより一歳年下だった。彼は昨年、当時大人気だった歌劇を観に行った帰り道に、何者かに襲撃されて命を落とした。まだ十九歳の若い王子だった。あの時は王都が大変な騒ぎになったから、まだ記憶に新しい。

怪しい浮浪者から、近くにいた窃盗集団、名うての殺し屋まで様々な者達が捕らえられ、そして嫌疑不十分として釈放されていった。

犯人はついに特定されなかったのである。

しかしなぜその話題が今登場するのか、心の中で首を傾げてしまう。そして微かに緊張をする。

前方に視線を投げたまま、ノランは言った。

「私が、殺したのだ」

「えっ？　はい？」

──なに？　何を言っているのだろう、ノランは。

困惑して顔を覗き込む私の方を一切見ることなく、ノランは続けた。

「私が、弟のアーロンを殺したのだ」

「こ、ころした？」

自分の夫が言っていることが理解できず、震える声で問い直す。

ノランはすぐには答えず、場違いなほど耳に心地よい涼やかなせせらぎの音だけが、辺りを満たしている。

目を皿のようにして私が見つめていると、ノランは静かに語りだした。

「あの日──アーロンはあの歌劇の後、王宮に戻ったら私を訪ねる約束をしていた」

「歌劇……」

「弟のアーロンが亡くなったあの日に、観た歌劇だ」

私ははっと息を呑んだ。

ノランはなおも小川に視線を投げていた。

彼は今、第五王子が殺害されたその日のことを話し出そうとしている。

今まで私達の会話の中で第五王子の話が出てきても、彼の死についての話は禁忌のように避けてきたつもりだった。それなのにノランの方から今その話題に触れたので私は物凄く緊張をし、ごくりと唾を飲み込んだ。

「あの歌劇は当時とても人気で、あの日は開演も遅れたんだ。終演後も鳴り止《や》まぬ拍手に、幕がなかなか下りなかった」

「ええ……。去年一躍有名になった作曲家の歌劇でしたよね……」

亡くなった第五王子が観に行っていた歌劇は、新進気鋭の若手作曲家による新作で、異例の長期公演が行われるほどの人気作だった。

私の義兄夫妻も何度も観に行っていた。とりわけ義姉が夢中で、観に行くたびに物凄く張り切っていたのを覚えている。

もっとも、私は一度も観たことはないけれど……。

横から見上げていると、ノランの顔はいまだかつてないほど白く見えた。まるでその肌の下の血が透けそうなほどだ。彼は少しの沈黙の後、口を開くと一気に話し出した。

「天性の明るさから友人の多かったアーロンは、帰りに歌劇場で遭遇した友人達に話しかけられ、更に出発が遅れた。そのため急いで私に会うために、アーロンは行きに使った馬車ではなく、馬に乗って帰路についたのだ」

そう、第五王子は夜の路上で、騎乗しているところを襲われたと聞いている……。

「約束した時間に現れないアーロンを心配し、私は王宮の入り口まで出て行って弟を待っていた。あまりに遅いので、私が近衛《このえ》を連れて歌劇場まで様子を見に行こうと馬を走らせて間もなく、血相を変えた弟の従者と鉢合わせたのだ」

身体中を異様な緊張感が走る。

まさか、その後……？

ノランは間違いなく、第五王子惨殺のまさにその時のことを今語っている。

「助けを求めて駆けてきた従者の後について行くと、もう遅かった。警護の騎士と一緒に、弟は血まみれで呻きながら夜の道路に倒れていた」

私は無意識に、自分の口元に手を当てた。

ノランは弟の無残な姿を目の前で見たのだ。そんなこと、全然知らなかった。

彼は眼下を穏やかに流れていく小川の向こうにある小さな村の景色に目を向けてはいたが、きっと今その目には残酷すぎる過去の記憶しか映っていない。

ノランはただ淡々と語った。微かに震える声で。

「してやれることは何もなかった。出血が多量すぎた。間もなく訪れるであろう死が、弟を痛みから解き放ってくれるのを、ただ名を呼んで待つしかなかった」

夜のとばりの下りた中で血を流す弟を抱き上げ、両膝を地面につき、慟哭《どうこく》するノランの姿が目に浮かぶ。なんて辛い経験をしたのだろう。いや、辛いなんて言葉では到底表現しきれない。

ノランは一度その目を閉じ、震える呼吸と共に続きを吐き出した。

「弟が壮絶な苦しみをくぐり抜けて、ようやく静かになった時、私は安堵すら感じた。私はあの時の自分の汚さと弱さを、死ぬまで呪うだろう」

ノランは、一番仲が良かった弟を看取ったのだ。

第五王子亡き後、ノランはその墓前に一晩立ち尽くして肺炎になっていた。その噂を聞いた時、私はかつてなんと思ったか——人騒がせな王子、だ。

心に深い傷を負った人間に対して、そんな風にしか思えなかったことが申し訳ない。

今苦しんでいるノランに、なんと声をかけてあげるべきなのか分からない。何かしてあげたいのに。

(——手を……せめて手を握りたい)


勇気を出して、そろそろと手を伸ばす。そのままノランの手に触れ、両手で包む。

ノランの手は大きかった。それでも、私の小さな手が彼を慰めようとしていた。

「溢れる鮮血の温かさと、苦悶《くもん》に歪む弟の顔を、私は生涯忘れないだろう」

私はただノランの手を優しく握り続けた。

貴方は一人じゃない、とどうにかして伝えたかった。私がいる、と。

「母上は私が弟と会う約束をしていたことを知ると、大いに取り乱して泣きながら私に言ったのだ。

『お前がもっと早くに迎えに行っていれば……なぜよりによってわたくしの可愛いアーロンなの』と」

それは、もしノランが一緒にいたら、襲われなかったかもしれないから?

解釈に少し困っていると、ノランは吐き捨てるように呟いた。

「あれはどういう意味だったのだろう、と今でも戸惑うことがある」

答えようがなく、私は黙って彼の話を聞くしかなかった。

「アーロンは私のせいで騎乗したのだ。そしておそらく近道をするために治安の悪い地区を通った。――あの時、渋るアーロンに私が無理やり約束をねじ込まなければ、と繰り返し考えている。忙しかった弟の帰路を更に急がせたのは私だ。……私は弟を助けられなかったのではない。私が弟を殺したようなものなのだ」

殺しただなんて。

それは違う、と言いたかった。だがノランの顔があまりに辛そうで、かける言葉すら思いつかない。どんな言葉も陳腐な慰めになってしまいそうで。

「あの日アーロンが暗殺されたのは、私の責任なのだ」

「それは、……」

(ちょっと待って。――暗殺?)

第五王子の事件に関しては、物盗《ものと》りが犯人だと言われていたが、犯人が捕まらなかったので、色々な噂があった。だがノランは暗殺だとなぜ断言するのだろう。

「暗殺ってどういうことですか?」

ノランの水色の瞳に、一瞬冷たい感情が走った。

見つめられて密かに背筋がひやりとする。

「……我が国の歴代の王子達は、王位を巡って兄弟で争いを繰り広げてきた」

「は、はい……そう聞いていますけど」

「第三王子の兄上は若い頃の失策と父の不興があり、もう芽がない。王位争いからは完全に脱落している」

「き、厳しい世界なのですね」

「私はもともと継ぐ気がないと表明していたし、見ての通り、もう王位からは程遠い」

見ただけでは到底分からないが、王位から遠いのは私を妻にするために王子の称号を棄てたせいだろう。

「だが当時アーロンには、セベスタ王国の王女との縁談が持ち上がっていた。王女は良くティーガロの王宮に遊びに来ていて、アーロンと恋仲になっていたから」

「確かアーロン殿下の葬儀にも、いらしていたと聞きました。ずっと泣いていらしたとか」

「もし二人が結婚していたら、父上は間違いなくアーロンを後継として選んでいただろう」

つまり王女との結婚を機に、王位争いで第五王子が有利に立ちそうだった。だから、それを良しとしない何者かが、彼を殺そうとした——ということ？

「誰がそんな、恐ろしいことを……？」

「まだ確信があるわけではない」

「まだ……？」

そう語るノランの鋭い目つきを見て、私は考えた。

もしや、ノランは犯人の心当たりがもうあるのだろうか？

そしてその件について、密かに調べているのではないか。

彼やリカルドがたまに何も告げずにどこかへ出かけるのは、そのためなのではないだろうか。

聞くのは怖い。でも、ずっと——結婚当初からずっと疑問に思っていたことを問うなら、今しかない。彼の手の温もりから、勇気を得る。

「ねえ、ノラン様。教えてください。貴方はアーロン殿下の死に責任を感じて王子の称号の返上を？　そのために……私に求婚を……？」

どうにか声を震わせることなく話せた。

心持ちか、私の手の中のノランの指先が冷たくなっていく気がする。私はぎゅっとその手を握り返す。

私の手は、今震えているかもしれない。

小川を見ていたノランの水色の瞳がゆっくりと景色から離れ、私に向けられる。彼は一度目を閉じてから、真っすぐに私の瞳を捉えて言った。

「それだけではない……。アーロンの葬儀が終わると、セベスタ王国の王女と私の縁談が水面下で取り沙汰されるようになった。私の兄達は皆既婚者だからだ。……セベスタ王は、戦争の援助を末長く我が国から引き出すために、何としても縁を作りたかったのだろう。父上も両国のために乗り気なようだったが、私は何より弟の恋人を奪いたくなかった」

私を見つめるノランの明るい水色の瞳の奥に、仄暗《ほのぐら》い感情が見えて息を呑む。

「だから、――セベスタ王女との縁談を進ませないために……慌てて結婚されたんですね」

「そうだ。……その通りだ。貴女については、貴族の間では色々と以前から噂になっていた。子爵は貴女の話を王宮で良くしていたのだ」

だからノランは私に白羽の矢を立てたのか。

私の血筋であれば、王子の称号を棄てなければ結婚が認められないだろうから。

それでも末端とは言え、貴族の端くれの私を選んだのは、国王の大反対にあわないためだろうか。

もしくはノランの王子としての僅かな矜持だろうか。

「一番下の弟は結婚には若すぎるし、王位を継ぐには性格的に幼なすぎる。結果的にセベスタ王女と我が国の王子の縁談は、流れた」

私とノランの結婚騒動が他国の王女の嫁ぎ先を揺るがしていたとは、思いもしなかった。畏れ多すぎて立ち眩《くら》みを覚え、一瞬足元の感覚が遠のく。改めてノランは、なんてことに私を引きずり込んだのか。――彼の妻という立場から、身を引くつもりはさらさらないけれど。

先日王宮で私と初めて会った時の国王の顔を思い出す。あの時、国王はどんな気持ちで私を見ていたのだろう。私は彼の計画を台無しにした、とんでもない疫病神か何かに思えたに違いない。そう思うと、やはりいたたまれない。

自分の意思とは全く関係なく、ちっぽけな我が身が与えてしまった影響の大きさにゾッとしていると、ノランは硬い声色で口を開いた。

「私は貴女との結婚を利用したのだ。……私はあの日、テーディ邸の前で馬車を降りて、初めて貴女を見た」

「それは……分かっていました。薄々疑うどころか、ほとんど確信していましたよ」

私にこの第四王子が求婚してきたのは私とは無関係の、全く異なる目的を果たすための、単なる手段でしかなかった。それがたとえ私の人生設計を根底からひっくり返すものだとしても。

当然そこにはひとかけらの愛情も有りはしなかった。

愛情どころか、一日たりともこの王子は私を見たことがなかった。分かっていたことだけれど、本人から真実を告げられると、キュッと胸が縮んでしまったように痛む。

「初めから、疑っていました。だから、あの頃何回もノラン様に一目惚れのことを聞いたんです」

一目惚れなんて嘘だと、知っていた。

「貴女を、傷つけた。本当に申し訳なく思っている」

「あの頃は、わけが分からなくて。傷つく暇もありませんでしたよ」

でも今私は、はっきりと傷ついていた。なぜか今更、心を乱暴に踏みつけられたみたいに痛む。

どうしてもノランを見ていられなくて、俯いてしまう。

覚悟していた事実だったはず。

それでもずきずきと痛みを訴える胸に、どうにか蓋をして感じないように努める。

私は自分を落ち着かせようと、私達二人が出会ってからのダール島での毎日を急いで振り返った。

たとえ一目惚れが嘘だったとしても、屋敷で一緒に過ごした日々が消えるわけじゃない。私達の間にロマンチックな出会いはなかったけれど、今ノランは私の一番近くにいるのが自然な人になっていた。

いつもはクールで凄く美形なのに、元殿下とは思えないくらいケチだし、私に対して妙に夫気取りで偉そうなのに……それでもこうして時折弱さを見せてくれるノランは、すっかり私の心の中に入り込み、重要な場所に居座っていた。

王子様のくせに、おかしなノラン。

そんな彼が、私はもうとっくに好きになっていた。

だからきっかけはどうあれ、今は彼の役に立ちたい。そう思う。

複雑な心境を整理して長々と項垂れる私に対し、ノランが苦しそうに呟く。

「……リーズ。すまなかった」

気まずい雰囲気になってしまった。

それを払拭するために、慌てて情けない笑顔を浮かべて、顔を上げる。

「知っていましたから。良いんです。——だって、……ノラン様みたいなカッコいい男性が、しかも王子様が、私に一目で心奪われるわけがないじゃないですか」

——大丈夫。私はほんのちょっと傷ついただけ。

「なぜそんなことを言う。貴女は自分を卑下しすぎだ」

「ノラン様こそ……、第五王子様を殺したなんて。そんな考え方はおかしいです」

私にも似た経験があった。

ノランから目を逸らさず、私は彼に話し出した。私が十歳の時から抱え続けてきた悲しい思い出を。

「私の母は、私が子供の頃に旅の途中で馬車の事故にあい、亡くなりました。その朝出発する母をとめられたのは、今振り返ると多分私だけでした」

母が旅に出ようと馬車に乗ったあの早朝。

私はあの時、一人でテーディ邸に置いて行ってほしくなくて、母に旅をやめさせるか、もしくは馬車に共に乗り込み一緒に行ってしまいたかったのだ。だがそれは叶わず、母は私を置いて行った。

私がもっと馬車に縋りつき、渾身の力で訴えていれば。そうして母があの時、旅を延期してくれていれば。

「ノラン様。私は——母を殺したと思いますか？」

「勿論、思わない。貴女は何も悪くない」

「ではノラン様と第五王子様の不幸な事件も、それと同じはずです」

ノランは掠れた声で、ありがとう、と呟いた。やがて彼は私を見つめながら自嘲気味に言った。

「だが私の犯した過ちは本当に罪深いのだ。――私はどうしてもアーロンがあの日、急がなければならない原因を作った」

それは具体的にどういうことか、と問う機会は失われた。私達は背後から突然声をかけられたのだ。

振り返ると後ろにリカルドが立っていた。彼が音もなく唐突にすぐ後ろにいたので、私は一瞬とても驚いた。

いつから私達のそばにいたのだろう？

リカルドはお得意の当たり障りのない笑顔を口元に浮かべ、ノランを見つめた。

「ノラン様、休憩はこの辺で終わりにしましょう」

二人はしばし無言で見つめ合っていた。

物言いたげな視線を絡ませあってからしばらくして、ノランはリカルドに言った。

「分かった。すぐに行くから、先に馬車まで戻っていてくれ」

リカルドが丁寧に頭を下げてから橋を下り、道を戻って行く。その姿がだいぶ先の方まで進んでから、ノランは私の方を改めて振り返った。

「貴女を妻に選んだ理由を、貴女には決して話すつもりがなかったのに、話してしまった。……これ以上貴女に嘘をつきたくなかった」

「いいんです。話してくれて、ほっとしました」

だって第五王子の話も含めて、私を信用したから話してくれたのだろうから。

私達はどちらからともなく、身体を寄せ合った。

そうして互いの身体に寄りかかった。相手の背にそっと手を当てて、引き寄せ合う。こうしているとノランの体温が伝わり、まるで互いに慰め合っているかのような気分になった。

「申し訳なかった。私はこの結婚を、利用していた」

「……いいえ。お辛い話を、ちゃんと私に話してくれて……、そして私を選んでくれて、ありがとうございます」

礼を言わねばならないのは私だ、とノランが囁く。そして彼は少しの不安をのせて私に尋ねた。

「私が嫌いになったか？」

いいえ、と反射的に答えようとした矢先、ノランは先に首を左右に振って私が口を挟む間を与えなかった。

「いや、愚問だったな。そもそも初めから貴女が私を好きなはずがないな」

それはそうかもしれない。でも私は寄り添おうと努めたつもりだ。多分ノランもそれは同じだ。

私達はお互いを傷つけ合いながらも、ぴったりと身体を寄せ合ってしばらくの間離れようとはしなかった。

少しの沈黙の後、彼は口を開いた。

「さあ、馬車に戻ろう」

気持ちを切り替えるように穏やかにそう言うと、ノランは私の背に腕を回し、共に橋を下り始めた。

　顔を上げると、道の先でリカルドが腰に両手を当て、仁王立ちで私達二人が歩いてくるのを待ち構えている。その更に向こうには、道端にとめた馬車の扉を開けて私達を乗せる準備をしているマルコがいた。

　歩きながらノランは言った。

「本当はリョルカ王国のように、我が国も誕生時より王太子を決めておくべきなのだ」

　王子であるノランが私達の国と長年敵対している国の制度を讃えたので、私はギクリとした。

　王位は生まれた順ではなく、より優秀な王子が継ぐべきだ——その考えにのっとり、ティーガロ王国は王位争奪戦に勝ち抜いた王子が王位を継承してきた。

　争奪戦の過程でより人心を集める、より優秀な王子だけが王位に辿り着き、その資格のないものは淘汰《とうた》されるのだ。

　国王の座は寝ていれば転がり込んでくる生温いものではない。

　リョルカ王国では生まれた順で王位が決まる。だが時としてそれは、不適格な者が王位に就く可能性がある。

　ティーガロ王国のやり方は、合理的に思えた。内紛を生むことを除けば。

　でも、ノランはそうは思わないのだ。

　夕暮れ時のダール島は、一層美しかった。

　陸側から眺めると、島は赤い空に浮かび上がるように見え、そこへと繋がる橋を渡りながら、私はやっと帰ってきたことにホッと胸を撫で下ろした。

「帰ってきましたね」

私がそう呟くと、ノランは腕を伸ばして私を引き寄せた。

（――ええっと……？　どうしよう……）

思わぬ展開に、どうすべきか分からない。肩と腰が彼に当たり、凄く密着している。急に胸が早鐘を打つ。

ノランは首を傾け、私の頭の上にコツンと頭をもたれさせながら、言った。

「今は、私の妻は貴女でなければ嫌だと、断言できる」

「嬉しいです。私で良かったのかと、いつも疑問に思っていました」

私の腰回りにしっかりと回されたノランの腕に、猛烈に緊張する。しばらく心の中で盛大に焦った後で分かった。

――どうもしなくても良いんだ、きっと。

なんとなく身体を寄せ合っていれば良いのだろう。だってこれだけで、お互いを大切に思っていて、心にも寄り添いたいと思っていることが、十分伝わるから。

ノランの意外な行動に軽く驚きつつも、そう思ってじっとしていた。

ドキドキして速くなる鼓動をどうにか落ち着けようと、こっそり深呼吸をして凌《しの》ぐ。

夕闇の中、島に点在する湖は、まるで地に開いた黒い巨大な穴のように見えた。

私とノランは二人で窓の外に点々と現れては過ぎて行くその穴を、そのまま無言で見つめていた。

第四章　殿下は、妻の代わりに一矢報いる

「旦那様は体調がどこかお悪いのかしら」

オリビアは台所の窓から外を眺め、私に声をかけてきた。彼女の視線の先には、一人庭先に立ち尽くすノランの姿があった。

橙色《だいだいいろ》の強烈な明かりを放つ夕日の方を向いて、ノランが腕を組んで立っている。黄昏時《たそがれどき》にふさわしく、物思いに耽っているようだ。

ノランは王宮からダール島に戻って来てからここ数日、浮かない表情で考えごとをしている時間が増えた。

相変わらずノランは朝早くに起きて、一日中動き回ってはいたが、私も様子が気になっていた。

「体調は、悪くないと思うんだけど……」

心配してくれているオリビアに、そう答えるしかないのが情けない。

私もノランを手助けしたい。

一緒に悩み、彼を支えたい。

でも私と彼の間に横たわる、まだまだ深い心の溝がそうさせてくれない。

「もう少し妻らしく、ノラン様を支えられたら良いんですけど」

弱音を吐くとオリビアが背中を撫でてくれた。

「最初からうまくいったりはしませんよ。徐々に夫婦らしくなっていくものです。他人同士がある日突然、夫婦になるのですから」

おまけに私とノランには滑り出しから大きな嘘が存在していたのだ。そして多分、ノランはまだ私に言えない何かを抱えている。

一人で深く悩むノランを見るのは、辛かった。私に悩みを共有してくれたらいいのに。

窓の外のノランを見ると、風に吹かれてプラチナブロンドの髪を夕闇の中で靡かせている。夕方の風は冷たくなっているに違いない。

何か、ちょっとでもノランを元気にできるものを……。

私は少しの間考えてから、ホットワインをカップに入れその上に梨のコンポートをのせた。それを携え、ノランがいまだ立つ庭先に向かう。

敢えて声はかけなかった。

足音を立てないようにして背後からにじり寄り、ノランの真後ろまで来てから私は腕を伸ばしてカップをノランの右頬に当てた。

「うわっ！」

ノランは弾かれたように左側に飛んだ。

すぐに私を振り返ると、目を丸くする。

「リーズ……。何をしてる」

「寒そうなので、温かいものをお持ちしました」

そう言いながらカップの中にあるホットワインを見せる。香辛料が良く効いているから、身体が芯から温まるはず。

ダール島は島のせいか、朝夕がかなり冷える。

時折とても強い風が吹きつける。

ノランは私の手の中のカップを見ながら大真面目な顔で言った。

「夕食前にまた随分甘いものを……」

流石は元殿下。やたらに間食などしないのだろう。躾が行き届いてらっしゃる。

思わずくすりと笑いながら、口を開く。

「この梨、私とオリビアが散歩の最中に見つけたんですよ」

「近くに梨の木が？　それは気づかなかった」

得意満面でノランを見上げると、彼はかなり真剣な眼差しで言った。

「後で木の場所を教えてくれ」

残念ながら採ってきた実は、そのまま食べるにはまだあまり甘くなかった。

けれどオリビアとコンポートにしたら、とても美味しかったのだ。これならパンにも合うし、デザートにもピッタリだ。

顔を綻ばせてカップを覗き込む。

甘くてジューシーな梨のコンポートが、私を見上げている。折角持って来たのにノランはカップを受け取る様子がない。

夕食前だからってこれを食べないなんて、もったいないじゃないか。わざわざ温めてきたのだし。

仕方なく私が美味しく頂き始める。

するとノランは腕を組んだまま呆れたように言った。

「誰のために持って来たのだ」

梨の大きな塊をつるんと口に入れ、モグモグと食べ終えてから私は答えた。

「だって、冷めちゃったら……」

私は言い終えることができなかった。

ノランが両手をこちらに伸ばして、私を急に抱き寄せたのだ。びっくりして息を止めている私の耳元に、ノランは唇を寄せると囁いた。

「私はワインより、こうしている方が温かい」

「ノラン様……」

ノランの腕の中で、カップが傾かないように懸命に持つ。あまりにドキドキしすぎて、息が上がる。

「ノラン様は予告なしにこういうことをなさるから、心臓に悪いです」

「こういうこととは、どんなことだ?」

そこを聞かれるとは思っていなかった。凄く答えにくい。私は消え入りそうな声で答えた。

「例えば……キスをしてきたり……」

「普通は予告などしないだろう」

「そ、そうなんですか?」

「リーズ」

「はい？」

「リーズ」

「はいっ？」

首を動かして訝《いぶか》しげにノランを見上げると、彼は悪戯っぽく笑った。

「何でもない。呼んでみただけだ」

「何ですか、それ……」

「貴女の名を呼ぶと、気持ちがふわふわするな。不思議だ」

ノランがそんなことを言うなんて、意外だ。自分でも驚くほど顔が熱くなる。

しばらくしてからノランが抱き締めていた腕を解いた。その瞬間、それをとても残念に感じてしまう。

もう少し――後ちょっとだけ、腕の中にいさせてもらいたかった。

そんな感情をノランに読まれるのが恥ずかしく、誤魔化そうと残りのコンポートをかき込む。

最後に残ったワインを飲もうと、カップを傾ける。

すると唐突にノランが手を伸ばして私のカップを奪った。彼はそのまま最後のワインを飲み干してしまった。

「ええっ⁉　何するんですか！」

言い終える前にノランは声を立てて笑った。

「私のために持って来てくれたのではないのか？」

「で、でも、いらないって……！」

「いらないとは言っていない」

「言いました！」

「いや、誓って言っていない」

言ったじゃない！　……いや、言ってないか？　断言はしていなかったかもしれない。

私が動揺しつつ目を泳がせていると、ノランは愉快そうに笑った。

「貴女は困らせると面白いな」

「面白がらないでください！」

ノランはなおも笑いながら、私の片手に自分の指を絡めた。前触れなく手を繋がれ、心臓が跳ねる。

指と指の間に差し込まれたノランの手の温もりが、私の血流を押し上げる。

「確かに寒いな。屋敷に戻ろう」

手を繋いだまま私達は屋敷に向かって歩き出した。

屋敷に戻るまでの距離がもっと長ければ良いのに、と思う私がいた。


その日の夜、私は廊下の窓辺に立つノランを見つけた。彼はただ、何をするでもなく、大きな窓から外に視線を投げていた。

外は真っ暗で、見るべきものは何もない。

何を見ているのだろう、と首を傾げてぎくりと気がついた。

——納屋だ。

ノランは今は夜の闇に包まれて視界に入らない、我が家の納屋を見ていた。彼がここ数日悩んでいる様子なことと、納屋が関係あるとは思っていなかった。

何に苦しんでいるのだろう。ノランは、何を悩んでいるのだろう。

（きっと納屋の地下室の秘密を、いつか私に話してくれる。そうよね？）

そう思いながらも、このままだと納屋の地下室が、ノランを私から遠くに連れ去ってしまうような気がしてならなかった。


王都から戻って一週間ほど経った頃だった。

私がダール島に来てから初めて、オリビアが外泊をすることになった。

この日、私は朝からせっせと台所仕事をしていた。

オリビアは私が捏ねているパイ生地をチラリと見て、助言をくれた。

「奥様、捏ねすぎると焼き上がりが硬くなってしまうかもしれませんよ」

「分かっているから、オリビアは早く荷支度をしなきゃ。お孫さん、産まれちゃうよ？」

私の料理を心配するオリビアは、台所をなかなか離れようとしなかった。オリビアの娘の一人が、産気づいたと先程知らせがあったのだ。

オリビアは産後の娘を手伝うために、数日屋敷を留守にする予定だった。

「パイ生地を焼く前に、重しをのせるのをお忘れなく！」

「うん、分かってる。大丈夫！」

――しまった。忘れるところだった。重しはどこの引き出しにあるのだろう？

「何かあったら、呼んでくださいね。どうせ初産ですぐには生まれませんから」

屋敷の玄関で肩に大きな鞄をかけたまま私を心配するオリビアに礼を言いながら、彼女を見送る。

オリビアの実家が寄越した荷馬車に乗って彼女が屋敷を去って行ってしまうと、屋敷の中は急に静かになった。

自分が屋敷の中を歩く足音がやけに響くように感じる。

私は台所へ向かって野菜とひき肉を炒《いた》め始めた。正直、自分が作った料理をノランに食べてもらうのは、かなり照れ臭い。なぜなら、オリビアは料理が上手だったから。

振り返ればダフネが義兄に手料理を振る舞うところなんて、見たことがない。

でもこれも、自称貧乏な伯爵に嫁いだ醍醐味だろう。テーディ邸で多少は台所仕事を手伝っていて、良かった。

さあパイが焼き上がるぞ、という段階でノランとマルコが戻って来た。

（ちょうど良いところに！　お昼ご飯にしよう）

心躍らせつつ玄関に駆けつけると、ノランと目が合う。彼は玄関の椅子に座り、作業用のブーツから動き易《やす》い室内履きに替えているところだった。

私はわくわくとノランに話しかけた。

「ノラン様、お腹が空《す》いてませんか？」

「すまないが、すぐに出かける」

「えっ？　……ど、どちらに？」

「バルダ子爵のところだ」

バルダ子爵。その名は私も知っていた。同じ王都に住んでいた子爵だからだ。

でもノランは貴族達との交流を避けていたはずではないのか。

「で、では王都に行かれるんですか？　今から？」

「いや、バルダ子爵は今、私の叔父の家にいらしているらしい。わざわざ私に会いに。だから、すまないがすぐに発つ」

せっかくパイが出来立てなのに。

こんな時に限ってなぜ。バルダ子爵もタイミングが悪い。

そんな文句を言ったらノランに嫌がられそうで、言えない。取り分けて持って行ってもらおうか、と思いついたが、ノランは急いでいたので言い出せない。

かわいそうな私のパイ。

支度のために二階へ上がったノランを、私は階段の踊り場で所在無く見上げていた。

マルコはそんな私に気づいてか階段を駆け上がり、二階の廊下でノランに話しかけていた。

「ノラン様、台所から凄く良い香りがするっす。――なんでしょうね？」

「お前も早く支度をしてくれ」

「ええと、ノラン様。台所に行かれてみては？」

「マルコ。空腹ならそう言え。先に行っているから、食べて出ろ」

「えっ？　違うっす。そうじゃなくて……」

「それなら、支度しろ！　早く出ないと帰りが遅くなる」

私は階段の踊り場で、木偶《でく》の坊みたいに立ち尽くして主従の会話を聞いていた。

マルコはどうにかノランの注意を私の料理に向けようと努力しているようだった。でも、急いでいるノランはその真意に気づく様子もない。

二人がバタバタと階下へ下りて来る。

私は、オロオロと彼らを見送るしかなかった。

ノランが急いで乗馬用のブーツを履き、玄関の扉を開ける。その直後、ノランは気づいたようにこちらを振り返り、立ち尽くしたままの私を引き寄せると、額に軽い口づけをくれた。

「行ってくる。夜には帰る」

こうして、私は屋敷に急に一人になった。

台所にトボトボと引き返すと、脱力して椅子に座り込んでしまった。

（焼き立てが一番美味しいのに）

張り切って作ったのに、今このパイの正面に座っているのは、私だけ。

シーンと静まり返った屋敷の中で、ゆらゆらと湯気がのぼるパイを一人ぼんやり眺めた。

リカルドもオリビアもいない屋敷の中は、静寂に包まれていた。

屋敷を囲む木々や湖といった豊かな自然は、いつもは美しいと感じるのに、今日は寂しさを助長させている。

家事が一通り終わってしまうと、退屈さに飽き飽きした。

心が乾いてしまいそうだ。

陽が沈むと私は待ちきれず、外套《がいとう》を羽織って屋敷の前で彼らの帰還を待ちわびた。

やがて蹄の音が辺りに響き、私は目を凝らした。

(――ノラン様達が帰って来た?)

こちらへやって来るのは一台の見覚えある馬車だった。

馬車の窓越しに見える人物の、横に大きな丸い体格はノランでもマルコでもあり得ない。まるで大きなボールが座席に置かれているみたいだ。

「あれは……。どうして、ここに?」

ノランだと思った興奮が、一瞬にして冷めていく。

こちらへやって来る人物が誰か分かると、私は硬直した。

馬車に乗って私のもとへ来たのは、テーディ邸にいるはずの私の義理の兄、シャルル・テーディとその妻のダフネ、そして義兄の乳兄弟のピエールだった。

義兄は馬車からボトリと降りた。

その後に続いて少し遅れて、ダフネが下車する。

義兄は私の顔を一瞥すると、すぐに目を逸らし、ぶっきらぼうに言った。

「あー、殿下……、伯爵に会いに来た」

「ノラン様は、今外出していていません」

すると義兄は太い眉をグッと寄せ、不機嫌そうな表情を浮かべた。

「いない？　こんな時間にいないのか」

「あの……ノラン様に何か御用ですか？」

「レティシアは来ていないか？」

「レティシア？　ここにですか？　まさか。来ていません」

なぜそんなことを尋ねるのだろう。

レティシアがダール島にいるわけがないのに。

説明を求めてピエールを見ると、ピエールが義兄と義姉の顔色を窺いながらも、話してくれた。

「レティシア様が、家を飛び出してしまわれたのです」

家を飛び出た？　と私は間抜けな声を上げた。

「シャルル様と口論をなさって、屋敷を馬で飛び出されたんです。王都のめぼしいところは当たったんですが、いらっしゃらず……」

「それで、うちにレティシアが来たと思って、捜しに来たのね？」

ピエールは弱り顔で大きく頷いた。

（――こんなに遠くまでレティシアが？）

妹は乗馬があまり好きではなかった。そんなあの子が島まで駆けてきたかもしれない、と思うと怖くなる。

目の前にいるピエールを見れば、あちこち駆け回って来たためか、服は砂だらけで白っぽくなっていた。義兄も汗と脂で、黒髪がギットリと頭皮にはり付いている。義姉は――いつもと変わりない。

義兄は肩を落として呻いた。

「ここにも来ていないのか……。一体どこに行ったんだ！」

すると義姉が辺りを見渡して、細い眉をひそめて苛立ったように言った。

「王都から駆けつけたのよ？　お茶くらい、出ないのかしら」

私は慌てて彼らを屋敷の中に案内した。

玄関から居間までの廊下を歩いていると、義兄は鼻で笑った。

「おい、誰もいないのか？　伯爵家には使用人すらいないとはな！」

オリビアはたまたま今いないだけだったが、どうせ事情を話したところで、では一人しかいないのか、と馬鹿にされそうだ。私は黙って彼らを案内した。

取り敢えず居間に通すと、義姉は飾り棚に置いてある絵皿を検分するかのように腕組みしつつ、端から端まで見ていた。

「こんな田舎の島の屋敷だけれど、流石は第四王子殿下の持ち物ね。素敵なものばかり」

義兄はどっかりとソファに腰を下ろした。スプリングが激しく軋んだ音がして、座面が壊れなかったか不安になる。

「ああ、疲れた！　それに足が痛い。……喉が渇いて死にそうだ」

ボヤく義兄に急き立てられるようにして、私は台所に行くと茶の準備をした。

食器棚からなるべく高価そうなカップを選ぶ。――つまらない見栄だ。

三人分の茶を用意すると、トレイにのせて居間まで運ぶ。

義姉は驚いたことに、まだ不躾にもジロジロと屋敷の内装を見回していた。その小さな青い目には隠しきれないあくなき物欲が浮かんでいる気がした。

屋敷の中をそうやって観察されるのは、まるで自分自身を見られているような、そんな居心地の悪さがある。

ピエールは茶を飲むと、すぐにソファから立ち上がった。

「もしや島の中で迷われているのかもしれません。辺りを捜しましょう」

義兄も顔をしかめながら、ソファから重たそうな尻を上げた。義姉は、まるでピエールの話など聞こえなかったかのように動かない。

私は窓の外を見た。

外はもう真っ暗だ。この島の道に不慣れな義兄達が迷いでもしたら面倒だ。

彼らが王都の屋敷から乗り回して来た馬達も、かなり疲れているだろう。背中に重い義兄が乗ったら潰れてしまうかもしれない。

その上どうやら義兄は足首の辺りを捻挫したらしく、しきりに痛い痛いと不満を漏らしていた。

ほとんど馬車に乗っていたのになぜ足が痛いのだ、痛めた覚えがない、と彼はブツブツと文句を垂れ流していた。

だが私は義兄が馬車から降りた場面を思い出した。

あの時に痛めたのではないだろうか。

馬車の高さと、義兄の体重を考えればあり得ない話ではない。

「お義兄様達はここで休憩していてください。私が行きます」

そう切り出すと、ピエールは即答した。

「大丈夫です。私も行きます。人数は多い方が良いでしょう」

「勝手に決めるな、ピエール。俺は骨折してるんだぞ。世話係がいなくては困る」

「折れてはいないと思います。足はどこも腫れたりしていないようですから。ですがお義兄様はこの土地に詳しくないでしょう？　だから、私が行くのが筋です」

板挟みになったピエールを私は宥めた。

「もしかしたらレティシアが来るかもしれないので、皆はここに残ってください。ピエールはレティシアがもし来たら、私に教えに来て」

困ったように義兄の方を見ながら、ピエールは渋々私の提案に同意した。


「レティシア！　いるなら返事して、レティシア！」

馬を小走りにさせながら、私はダール島の道を辿った。屋敷までの道は一本ではないし、獣道のような小道もある。ここに初めて来たならば、どこかに迷い込んでいてもおかしくはない。もしくは、遭難してどこかの家に保護されているかもしれない。私は島の豪農の家も、何軒か尋ねて回った。

だが、妹は見つからなかった。

――二人は一体どんな口論をしたの？　家を飛び出すなんて、ただごとじゃない。

天使のようにフワフワと愛らしい妹だったが、その容貌とは対照的に気丈な子だった。それでも、今まで屋敷を飛び出したことなんて一度もなかった。

主要な道を一通り捜しても、妹は見つからなかった。微かな明かりを提供してくれていた夜空に浮かぶ月に雲の帯がかかり、視界が急激に悪くなる。島の木々は夜の闇と同化し、道と藪の区別もつかなくなってしまった。時間の経過と共に、焦りが募る。

馬も無駄な足踏みやいななきを始め、それ以上暗がりを駆けるのを渋り出す。目を瞬き、手の甲で擦っても視界は一向に良くならない。

「レティシア……。いるの⁉　お願いよ、レティシアっ！」

私の叫びは虚しく暗闇に吸い込まれていくだけだった。あまりの静けさと暗さに、今更ながら身が竦む。結局私は断腸の思いで屋敷に引き返すことにした。

――もうすぐノラン達が帰って来る。

屋敷に義兄達が居座っていたら、お互いびっくりしてしまうかもしれない。

できれば事情を話して、ノラン達にもレティシアを捜すのを手伝ってもらいたい。

屋敷に戻り、夜風にあおられて冷え切った頬を擦りながら玄関の扉を開けると、すぐに異変に気がついた。

男性の大きな声が中から響いてきた。はたと足を止め、耳をそばだてる。

それはノランの声だった。

（帰ってきてたんだ！　ああ、良かった）

声は居間の方から聞こえてきた。そちらへ急いで向かうと、ノランの声がはっきりと聞こえた。

「暗くて危ないから？　ならばなぜリーズを一人で捜しに行かせたんです！」

それに対して、義兄のオロオロとした声が続く。

「ですが、レティシアが……妹も道に迷っているかもしれないですし……」

居間に顔を出すと、ノランと目が合った。

彼は一瞬驚いたように目を見開き、つかつかと大股で私のもとにやって来ると、私を抱き締めた。

「良かった。……一人で夜に出かけないでくれ」

ノランの声が微かに震えている。彼の安堵の吐息が耳元を掠め、同時に私の張り詰めていた気持ちが緩んでいく。私の存在を確かめるように背に回された腕は、いつもより力が入っている。

心の底から心配してくれたのだと分かり、こんな時なのに感動してしまう。

「あの、妹が……」

「聞いている。マルコが人手を集めて、もう捜しに出た。貴女は危ないから、家にいなさい」

マルコも先程帰宅したばかりだろうに、申し訳ない。

義兄を見ると、彼はソファの隅で大きな身体を必死に小さくして座っていた。義姉はバツが悪そうに、口を噤んで床を眺めている。

「お義兄様、レティシアとどうして喧嘩したんですか？　何が原因で……」

「黙れ！　お前には関係ないだろ」

「関係ないなら捜す必要もありませんね」

ノランが感情のこもらない声で言う。

バリバリと頭皮を掻き毟《むし》り、義兄は嫌々声を絞り出した。

「レティシアに縁談を勧めたんだよ」

「縁談？　あの子はまだ十四なのに」

「ダフネの姉は十三で嫁いだ。貴族の娘なら、おかしくはない」

——呆れた。

いくら貴族の娘でも、十四はかなり早い方だ。だが義姉は結婚を勧めたことを正当化するかのように、ウンウンと何度も頷いた。

義兄はきっと自分の妻にそそのかされたのだろう。私がいなくなったついでに、義姉は小姑を追い出したくなったのかもしれない。

「お義兄様は、レティシアにどんな縁談を勧めたの？」

「どんなも何も……。名家の男性ばかりだ。普通の娘なら泣いて喜ぶようなお相手達だよ」

泣いて喜ぶどころか泣いて逃げたんじゃないか。レティシアの気持ちを思うと、たまらない。


結局捜索にはノランとピエール、遅れて帰宅したリカルドも加わることになり、屋敷を出発した。

ノランは島民のうち、屈強な者達を十人ほど集めて捜索隊の人数を確保した。私の妹のために、夜中に駆り出させてしまって、島民にも申し訳ない。

どうかレティシアが見つかりますように、と祈りながら彼らの後ろ姿を見送る。

皆がバタバタと出て行ってしまうと、義姉はさっさと客用の寝室で休んでしまい、私が客間で義兄の面倒を見なければならなくなった。

義兄はソファにしんどそうに寄りかかりながら口を開いた。

「そういえばお前、王宮に行っただろう」

「はい？」

「陛下の御即位二十周年の式典に来ていただろう。お前も」

なぜそれを知っているのだろう。

そう尋ねると、義兄はフンと鼻を鳴らした。

「俺も参加していたからに決まっているだろ。気づかなかったのか」

義兄もあの時式典にいたなんて。全く気がつかなかった。

あの時は、自分のことでいっぱいいっぱいだったから。

「我が家の居候娘が王族の席に座るなんて、たいした出世だよ、全く」

義兄の皮肉を私は聞き流した。いちいち相手にすると疲労困憊《ひろうこんぱい》するからだ。

何も言わずにいる私を義兄はしばらくの間じっと見つめてから、眉をひそめて尋ねてきた。

「お前、痩せたか？」

「そうかもしれません。ここでは良く動くので」

「それ以上痩せて殿下に捨てられるなよ。引き取らないからな」

私を今動かしているくせに、どの口が言うのだ。

玄関前が俄かに騒がしくなり、私は急いで居間を出た。義兄は靴も履かず、足を引きずりながらも懸命に私の後について来ていた。

屋敷の外に出ると、ノランとマルコ、それに捜索に加わってくれていた男性達が戻って来たところだった。

島民の男性と思しきその内の一人が、一頭の黒毛の馬を引いている。

「うちの馬だ！」

義兄が私の後ろから大声を出し、馬のもとに小走りで向かう。

レティシアは本当に私を訪ねてやって来ていたのだ。

義兄は馬を確認するや否や、周囲にいる男性達にレティシアは、少女は一緒にいなかったか、と必死の形相で尋ねた。

そんな義兄に対し、ノランが敢えて落ち着いた口調で話した。

「この馬は湖のほとりで佇んでいるのを見つけました。近くには誰も」

「湖⁉」

私と義兄はほぼ同時に声を上げていた。

それではレティシアは湖に行ったのだろうか？　夜の暗い湖なんて、どれほど危険か。

ざわざわと身体中が総毛立つような、嫌な予感がする。

だがノランはやはり落ち着いた声で答えた。

「今リカルド達が範囲を広げて捜しています」

ノランはそばにいる領民達に、蔵からもっとランプを取ってくるよう命じた。命令を受け、数人が屋敷の隣に立つ小さな蔵へと走り出す。

馬の背に手をかけていた義兄のふくよかな手が、スルスルと背を滑り下りていく。義兄は脱力してその場にしゃがみ込んだ。

「レティシア……」

その声と悲痛に満ちた表情に、思わず見入ってしまった。

義兄は心からレティシアを案じていた。

あの義兄が足をくじいた痛みなど忘れてしまうくらい、必死に玄関先まで駆けつけたのだ。

同じく私も妹が心配でたまらない一方で、頭の片隅でつい考えてしまった。

――もし私が昔家出をしていたら、どうなっていただろう？

きっと義兄は大喜びして、屋敷で酒盛りでもしたのではないだろうか。

物思いに沈んでいると、突然男の叫び声が辺りに響いた。

「伯爵様!! コソ泥です！ お屋敷の蔵に、怪しい女が忍び込んでやがりました！」

驚いて皆が声の方を振り向くと、先程ノランに命じられて蔵へ向かった島民が憤慨したように顔を赤くして、蔵から人を引っ張り出しているところだった。男に首根っこを掴まれて私達の前まで引きずられてきたのは、思わぬ人物だった。

「お、お義姉様……？」

「ダフネ？ お、お前先に寝ていたんじゃ――。な、なんで蔵なんかに……」

寝間着の上に外套を羽織った義姉は、猛烈に焦ったように視線をさまよわせ、わなわなと震える赤い唇から言い訳を紡いだ。

「ち、違うの。ちょっと、蔵の中を見てみたかっただけよ。い、義妹《いもうと》の嫁ぎ先の懐事情を気にするのは、肉親として当然のことでしょう？」

「嘘つけ！ お前、服の下に何か隠してるだろう？ 出してみろ！」

義姉を捕まえた男が強引に彼女の外套を引っ張ると、コトン、ガシャンと金属音が響き、外套の下から砂利の上に金や銀に鈍く輝くものがたくさん落下した。誰もが目を点にして固まった。

義姉が無断で蔵から自分の外套の下に隠していたのは、黄金の装飾品や銀の燭台だった。彼女はいまだ男に片手で外套の首元を摑まれたまま、ノランを上目遣いで見つめながら身体をクネクネさせた。

「どれも貴重そうでしたので、蔵よりお屋敷の中で保管なさるべきだと思いまして」

ノランは間髪を容れずに、冷ややかな声で言った。

「我が家の経済状態を、お前ごときに探られる筋合いはない」

義姉の顔が、青ざめていく。

「は、伯爵様。妻をどうか許してやってください」

「妻？　まさかこの泥棒が私の妻の義姉のはずはない」

「え、いや、しかし、私の妻でして」

「ご自分の妻を、ダール伯爵の所有物を盗もうとした窃盗犯にしたいのですか？」

義兄は顔に埋もれた短い首を、フルフルと横に振った。

ノランは冷たい目で義兄を一瞥すると、義姉に言った。

「ではこの女は我々の身内などではない。窃盗には相応の罰を与えねば、私の善良な領民達に示しがつかない。――誰だか知らないが、お前。今夜は夜通し、厩舎の掃除をしなさい」

「そ、そんな。伯爵様、あんまりですわ。このわたくしに、臭い馬小屋の掃除だなど！」

「つべこべ言うな！　伯爵様の寛大な処置に、感謝してさっさと掃除しろ！」

近くにいた領民達がしびれを切らしたようにそう怒鳴り、義姉の腕を摑んで厩舎の方角へと引っ張っていく。義兄は義姉の方に右手を申し訳程度に差し伸べたまま、硬直していた。

曲がりなりにも身内のしでかしたことが恥ずかしく、またノランの対応が意外で、つい彼を問うように見上げてしまう。

するとノランは小さな笑みを見せた。

「あの意地悪そうな女が貴女にしてきた仕打ちの、ほんの僅かでも仕返しになればいいのだが」

「ノラン様……。わ、私のために？」

「たとえ貴女が義姉を許せても、貴女への無礼は、私が許さない」

ノランはそう言うと、ぎろりと義兄を睨んだ。射るような視線を浴びた義兄は、ヒィィッと息を吸ってから、腰を抜かしたように地面にへたり込んだ。


それから間もなくのことだった。

再び屋敷前が騒然とし、私とノラン、遅れて義兄が奇妙な歩行で駆けつけた。

リカルドと捜索隊達がおり、そしてその真ん中に、彼らに囲まれるようにして妹がいたのだ。

妹は毛布をかけられ、リカルドに肩を抱かれていた。

「レティシア！」

義兄が怒鳴った。

びくりと妹が震え、怯えたような弱々しい視線を上げる。その緑色の目が揺れるように動き、私を捉える。すると妹は弾かれたように走り出し、私に向かってくるとひしと抱きついてきた。安堵のあまり身体がぶるりと震え、妹の肩をそっと抱き締める。

音もなく毛布が芝の上に落ちた。

「お姉様。お会いしたかった！」

「レティシア……とにかく、中に入って」

本人に聞きたいことはたくさんあったが、それは後だ。私は妹を屋敷の中に入れると、妹を捜すために集まってくれた島民達に、ノランと共に何度も礼を言った。


妹は道に迷い、森の中をさまよっていたらしい。途中で歩けなくなって座り込んでいたところを、リカルドに発見されたらしかった。

リカルドに助けてもらったからか、妹は屋敷の中に入ってもリカルドのそばから離れなかった。

「わたくし、まだ結婚なんてしたくない！」

妹は悲しみに満ちた顔で義兄に訴えた。対する義兄は大げさな身振り手振りを入れて、激昂《げきこう》した。

「だからって、こんなやり方があるか！　どれだけたくさんの人達に迷惑をかけたと思ってる！」

「だって、家出でもしなければ、お兄様は縁談をどんどん進めたでしょう？　お姉様の時のように」

「あれは……」

あれは、なんだというのだろう。義兄が何を言うのか、気になって続きを待つ。

だが次に口を開いた時、義兄は逆にレティシアに問いかけた。

「だいたい、レティシア、お前はあの縁談のどこが不満なんだ！　お二人どちらも、結婚相手として素晴らしい男性じゃないか。ウィスラフ子爵は、軍人としても誉れ高い方で……」

「ムキムキの夫なんて、イヤよ！」

マルコがそばにいないか、つい目で素早く辺りを見回してしまった。

「で、でもフロイド男爵はどうだ？　金持ちだぞ？　それに年齢も……」

「お兄様の幼馴染《おさななじみ》なんてイヤよ。小さい頃から、ほとんど毎日会っているのに……」

それは嫌だ、と私も同感だった。

フロイド男爵は義兄の親友で、よくテーディ邸に遊びに来ていた。幼い妹とも遊んでいた。それなのに、夫と言われても心の整理がつかなそうだ。

「だがレティシア、結婚とはそういうものだ。好きな相手を自由に選べるわけじゃない」

すると妹は窓の外を見た。彼女の視線の先には、まだ島民と話しているノランがいた。

妹は唇を可愛らしく尖らせ、声を落として言った。

「でも、お姉様はとてもとてもロマンチックに、素敵な方と結婚したじゃない」

素敵な方――ノランのことか。

自分の夫のことを褒められ照れ臭く感じる一方で、妹が思うほどのロマンは私達の結婚にはないことを私は良く知っている。古傷を抉られたようにチクリと胸が痛む。

「お兄様が縁談の話を断ってくださるまで、わたくしここから帰らない」

なぜか義兄は私を睨んだ。まるで私のせいだとでも言いたそうに。

「レティシア。俺が、悪かった。お前にはまだ早かったみたいだ。そんなに嫌だとは思わなかったんだ。ただ、恥ずかしがっているだけかと……」

義兄が引き下がると、妹はパッと顔を上げた。

「じゃあ、縁談を断ってくださるのね？」

「断るよ。だから頼む。屋敷に帰ろう」

「本当に、断ってくださるの？」

「約束するよ」

「伯爵様と、お姉様と、リカルド様とマルコ様にも誓って」

義兄は弱り切ったような長い息を吐いた。

「皆に誓う。レティシアを、まだ結婚させたりはしない」

「お兄様！」

妹はリカルドの腕から離れて駆け出し、義兄に抱きついた。

義兄は顔を歪ませ、妹の肩を抱いた。

「なんで、家出なんて……！　他に方法があっただろう」

大きな声を出しながらも、義兄の目に涙が滲んでいるのを私は見逃さなかった。

リカルドは後は家族だけで話し合うべきだとでも思ったのか、静かに廊下へと出て行った。

私もそれにならい、リカルドの後に続いて部屋の外へ出る。

廊下に出ると、リカルドは目を瞬いた。

「こういう場合、奥様は中に残られるべきでは？」

家族なのだから――リカルドはそう言いたいのだろう。けれど、あの二人を見て覚えた疎外感を、なんと説明すべきか。

私は義兄の目に浮かんだ涙に、再認識させられたのだ。

リーズ・テーディは、ついにテーディ一家の一員にはなり得なかったのだと。

（なりたかった？　あの性格の悪いシャルルなんかに、家族として認められたかった？）

自分に尋ねてしまう。

母がいなくなってからの子爵邸に、愉快な思い出なんてほとんどない。私はいつも一歩引いてテーディ家の人々を見ていた。それでも。

(――なりたかった)

いなくなったことを歓迎されるのではなく、悲しまれる存在でありたかった。それが本音だ。

この複雑な気持ちは説明し難く、リカルドに簡潔に答える。

「いいえ。私は言わば、テーディ家の部外者なんです」

騒《ざわ》つく心境を抱え、台所へ向かう。

午前中に作ったきり誰も食べなかったパイをもう一度温める。レティシアはお腹が空いているはずだから。何か食べさせないと。

酷く空虚な気持ちに思考が支配され、熱くなるオーブンの前でかなり長いこと私は立ち尽くしていた。

はっと気づいた時には既に遅く、パイの大部分が焦げてしまっていた。

(――何やってんの、もう！　自分に苛々しちゃうわ)

パイをオーブンから出し、皿ごと鍋敷きにのせる。

焦げて耐熱皿にこびりついた黒い生地を、フォークで剝がす。水分をすっかり失ったパイが、ボロボロと崩れて破片が調理台に散らばる。バターと小麦粉の香ばしい香りは失われ、代わって湯気と共に立ちのぼる焦げ臭い匂いにむせる。

さっきまで、本当に美味しそうなパイだったのに。悔しすぎる。

「リーズ」

後ろからノランに呼ばれたが、顔を上げる気力がない。

「リーズ、なぜ泣いている？」

――泣いている？　驚いて瞬きをすると、確かに私の目から涙が一筋転がり落ちた。

「いやだ、何これ。いつの間に」

どうりで視界が霞むはずだ。湯気で霞むのかと思っていた。

軽い衝撃を受けながら、手の甲でサッと頬を拭い、パイの廃棄作業に取りかかる。

焦げなかった部分だけは、レティシアにあげられるだろう。なるべく綺麗な形にして残さないと。

「リーズ、どうした？」

ノランが私の肩にそっと触れた。

「パイをレティシアにあげるの。疲れてるだろうし、お腹も空いているだろうから」

「リーズ、そうじゃない」

「ああ……そう、そう。お義兄様も、空腹でしょうね」

そう言えば義兄はいつも空腹だった。

手に揚げ菓子を握り締めたまま、ソファの上に横たわって寝ていることもあった。

パンも添えて出さないと、と私は独りごちた。

気づけば焦げ臭い匂いは台所中に充満していた。

窓を全開にして溜め息をついてから、再びパイに向かう。

「すまなかった、リーズ」

「えっ？」

唐突に謝られて、わけが分からない。とりあえずパイから顔を上げる。

ノランは私を酷く心配そうな目で見つめていた。

「何を謝るんです？　私の方こそ、妹が迷惑をかけてごめんなさい」

「私とマルコにパイを焼いてくれていたんだな。ありがとう。……食べてから、出かけるべきだった」

返事ができなかった。

――そうだ。私はノランに食べてほしかったのに。

こんなことで涙を滲ませてしまった自分が情けなさすぎて、俯いた。ノランを困らせたくなくて顔を上げられない。

「リーズ」

みっともないけれど、鼻を盛大にすすり上げた。そうして惨めなパイを見下ろす。

上手に焼けた出来立てのサクサクとした美味しいパイを、ノランに――大事な人に食べてほしかった。そして、ちょっと褒めてほしかった。私はそんな子供じみたことを少し期待していた。

だから、半分炭と化した無惨な成れの果てが、泣けるほど悲しい。一番得意な料理だったのに。

――違う。そうじゃない。

料理が無駄になったのは悲しい。

でも今私が虚しくて仕方がないのは、そんな単純な理由ではない。

自分の深層心理を探ろうとすると、心が軋む。

（私は、誰かに大事だと思ってもらえているのかしら……？）

今、私は自分だけが荒野に一人佇んでいるような、猛烈な孤独を感じた。

母は、あの美しい私の母は、あれでも義父に愛されていた。

義兄には妻のダフネと子供がいる。

妹は義父に可愛がられていたし、あの義兄からも大事にされていた。

ノランにも王宮にたくさんの友人がいて、子供の頃から付き従ってくれるリカルドやマルコがいる。

――でも、私は？　私を大切だと思ってくれる人は、実はこの世に誰もいないのではないか。

今、私はそう感じられてしまって仕方がなかった。

私は価値のない人間なのだ。そんな気がしてならない。

ノランにとっても私は元々弟のためと、その恋人との結婚から逃れる手段でしかなかった。

ここに来てから、ずっと気になっていたことがもう一つある。

子供はまだ作れない、と言われていた。経済的にゆとりがないから。

でもそれは多分、嘘だ。

なんとなく私は気づいていた。

いくら伯爵としては貧乏でも、彼は特権階級の人間だ。子供を一人も設けられないくらい逼迫《ひっぱく》しているはずがない。むしろ本当は伯爵領を相続させる存在が必要なはずなのだ。

ノランは適当な言い訳をして、どうしてか私を遠ざけているのだ。それがとても辛い。

誰も、誰も私を本当の意味では必要としていない気がする。

私はノランに見られるのがみっともなくて恥ずかしい不出来なパイに視線を落としたまま、絞り出すように呟いた。

「私って、……」

魅力、ないですか？

そう聞きたかった。でも女性としての尊厳をかなぐり捨てたそんな問いは、流石に怖くてできなかった。

きっと女性として、はしたない質問だ。聞けばノランも答えに困るだろうし、失望するかもしれない。

気づけば焦げたむせるような匂いと、沈黙だけが台所を支配していた。失敗した料理の前でメソメソしているような、辛気臭い妻なんてノランも嫌に違いない。

新しい生活では、前を向いていたいと思っていたのに。

気を取り直してフォークを握り締める。

パイの黒くなった部分を大胆にこそげ取ると、生ゴミを入れる箱に放り込む。

「ノラン様もお腹が空いていますよね。今準備しますから。――義兄は……恐ろしいほど食べるんです。燃費が悪くて」

私は梨のコンポートを保管していた容器を探そうと棚を開いた。オリビアが作ってから割と日が経ってしまっているので、まだ食べても大丈夫なのか不安だから、義兄にだけ食べさせよう。

「義兄は特にお腹が空くと異常に機嫌が悪くなるので、早くエサ……じゃなかった、食べる物を……」

変な言い間違いをしてしまった。

突然ノランの両腕がこちらに向かって伸ばされたかと思うと、次の瞬間私は彼に強く抱き締められていた。驚いて一瞬息が止まる。

「貴女は私のために、一生懸命やってくれている。それなのに、こんな夫で本当にすまない」

「……ノラン様？」

「急な求婚だった。それに私は人騒がせな王子などと噂がある男だ。きっと、本当は貴女も家を出てしまいたいほど嫌だったのだろう」

出来損ないのパイのことなど、どこかへ飛んで行ってしまうほど驚いた。

ノランからそんなことを言われるとは思いもしなかった。

そんなことありません、私はレティシアとは違いますから、とは言い切れない。なぜなら私もあの頃、降って湧いた縁談に困惑しきりだったからだ。

「だが貴女は、おそらく断りたくてもそうできる立場になかった……」

確かにその通りだった。

私はあの時、今のレティシアのような大胆なことは残念ながら到底できなかったし、逆にやっていたらどうなったかと思うと、想像するだけで恐ろしい。

「私も貴女が断れないだろうと、はなから分かった上で求婚していた。むしろ健気な娘を私が助け出すつもりだった。貴女の話を良く子爵から聞いていたから」

私の話――。義兄はきっと、継母《ままはは》の連れ子がいかに邪魔で、けれど自分が寛大にも屋敷に置いてやっているのだ、といった話を吹聴していたのだろう。高慢な貴族達が、その話を聞いて私を嘲笑する場面が容易に想像できる。

「それでも貴女は私のために笑顔でいてくれて、こんなにも努力してくれている」

ノランは小さく私の名を呼び、頭の上にキスをした。一瞬の軽い感触だったけれど、心臓がドキンと跳ね上がる。

勇気を出して顔を上げてノランを見ると、綺麗な水色の瞳がすぐ近くから私を見下ろしていた。

「ダール島に来てくれて、ありがとう」

腕の温もりとノランの言葉を通して、感謝の気持ちがじんわりと胸に沁《し》み込んでくる。

その時、バタバタとリカルドが台所にやって来た。

彼は顔にかかった波打つ髪の毛を後ろに払いのけながら、困り顔で報告してきた。

「テーディ子爵が腹が減って気絶しそうだと騒いでいるのですが……」

舌打ちでもしそうな勢いで、ノランが顔をしかめて不機嫌そうに一蹴する。

「気絶させておけ」

「すみません、義兄が色々ご迷惑な真似を……。ちょっと行って何が食べたいか、聞いてきます」

くよくよ落ち込む必要なんてないじゃないか。そう、義兄達にとって部外者であることを嘆く必要なんてない。私には今、新しい居場所があるのだから。自信をもって、ダール伯爵家の主人の妻として、来客達をもてなせば良いのだ。

さっきまで塞ぎ込んでいた気落ちは嘘のように消え去り、私は吹っ切れた気持ちで台所を離れた。

皆で軽い夕食を済ませ、妹に使ってもらう寝室の準備を整えた私は、彼女を客間に迎えに行った。

客間では妹とリカルドがテーブルを挟んで座り、チェスをしていた。

妹は私がやって来たことに気がつくと、パッとこちらを振り向いて、嬉しそうに笑った。

「ねぇお姉様、リカルド様はとてもチェスがお上手よ！　わたくし何度やっても負けてしまうの」

この客間のローテーブルにいつも置いてあるチェスは、たまにオリビアが駒の一つ一つを丁寧に拭いていた。濃い色の木と白い石を交互に貼ったチェス盤と同じ材質の駒だった。ノランとリカルドがやっているのを一度だけ見たことがある。二人とも大層真剣な顔でやっており、とても声をかけたり、後で私も入れてくれなどと言えたりする雰囲気ではなかったのだが、今はリカルドも朗らかに駒を進めていた。

リカルドが目尻を優しげに下げる。

「ノラン様はもっとお強いですよ」

「まあ、本当？　それでは絶対に勝てないわ！」

「ねぇレティシア、寝室の支度ができたから、案内させて」

「ええ、お姉様。ありがとう！」

妹はチェスをやめ、リカルドにお休みの挨拶をすると、私の方へ駆けてきた。

かつてピーター少年が使った部屋に妹を連れていき、少しお喋りをしてから寝かせると私は客間に引き返した。そこにはチェス盤に向かって座っているリカルドとノランがいた。今度は二人で対戦をしているらしい。

近くのソファに座り、二人がゲームを進めていく様を観察させてもらう。

ノランが駒を動かすとリカルドが眉根を寄せ、息を深く吐きながらじっと駒達を見つめて思案する。やがてリカルドが駒を動かすと、今度はノランが同じことをする。その繰り返しだった。

静かに向き合っているけれど、お互いが考えていることを探り合って熟考しているのだ。いわば腹の探り合いだ。

相手の駒が動くたびに、ノラン達が見せる反応が見ていて面白かった。そうきたか、と渋面を浮かべたり、時にはいかにも予想通り、と言いたげに口元を綻ばせたり。ノランが笑うと、近くで見ている私まで嬉しくなった。

カタン、コトン、という駒を進める音だけが客間に響く。その音はとても心地好かった。

(ノラン様が勝っている。そもそも取られた駒もリカルドの方が多いもの)

当然のようにノランを応援している自分に気づき、そんな自分をふと客観視して苦笑してしまう。まるで奥様気取りではないか。いや、確かに実際奥様なのだけれど。

ノランのポーンの一つは今まさにチェス盤の端に到達しようとしていた。プロモーションだ。

ノランの勝利間違いなしだ。不思議と満足感を覚えながら、急に押し寄せてきた睡魔に負け、私は対戦そっちのけでソファの上でうたた寝をしていた。


「リーズ……。リーズ」

身体をそっと揺すられ、目を覚ます。ボヤけた視界にノランの顔が飛び込む。

「寝室に行こう。風邪を引く」

半分覚醒しきらない頭で上半身を起こすと、肩から毛布が落ちた。

客間にリカルドは既におらず、チェスの駒も綺麗に並べ直されている。

「ノラン様、勝ちましたか？」

「えっ？」

「チェス……リカルドに勝ちましたか？」

一瞬目を瞬いていたノランは、首を縦に振った。

「ああ、勝ったよ。……途中で寝ていたくせに」

笑いを含んだ話し方で私を見ながら、ノランは私がソファから立ち上がるのを手伝ってくれた。

寝室に入ると寝台に一直線に向かい、倒れ込むように寝具の中に入る。

いつものように寝台の端の方へ転がり、壁に顔を向けて定位置につく。二、三回深く呼吸をする間に、もう意識が微睡《まどろ》んでいく。

今日は本当に疲れた。

私が寝ているのと反対側の寝具がめくられる音がして、ノランももう寝るのだと分かる。

「リーズ、今日は……」

不意に私の耳元でノランの声がして驚いた。横を向いて寝る私の背後のマットレスが、ギシリと軋む音がする。ノランがすぐ近くにいるのだ。

ノランの体温まで感じられるようで、心臓が早鐘を打つ。

同じ寝台で寝るのには、いまだに慣れない。

丸めた背中のすぐ後ろに感じられるノランの気配に緊張し、目を固くつぶったまま、自分の手をシーツの上で強く握り締める。

ノランの唇が私の耳の上に触れたのを感じた。暴れる私の心臓の音を聞かれたくなくて、平静を装い、寝たふりをしてしまう。

「……もう寝たのか」

そう呟いて私の肩まで寝具を引っ張り上げてくれると、ノランは深い溜め息をつきながら、私の隣に横たわった。ほっとしたような、いやちょっと寂しいような、複雑な気持ちになってしまう。

この先を期待してはいけない、とそっと自分に言い聞かせた。


翌朝、空は抜けるような晴天だった。

どこまでも澄み切った青空とは対照的に、厩舎から這《ほ》う這《ほ》うの体で転がり出てきたのは、夜通し掃除をした義姉だった。

妹はダール伯爵家の庭に登場した義姉の姿を見て、目を丸くした。

「お義姉様、いらしていたの!?　なぜ厩舎にお泊まりに？　それに――」

そこまで言うと妹は言葉を区切り、たまらず鼻を押さえた。

「どうなさったの？　凄く馬糞《ばふん》まみれだし、馬糞臭いわ」

義姉は靴の先から頭のてっぺんまで馬糞で汚れていた。おそらく厩舎の中で滑って転んだのだろう。髪の毛は嵐の中にいたのかと思うほど乱れている。

義姉は藁《わら》をペッと口から吐き出しながら、ノランに尋ねた。

「伯爵様、どうかこのか弱い淑女に、憐《あわ》れみを下さいな。お屋敷の部屋をお借りして、着替えてもよろしいでしょうか？」

ノランは腕組みしたまま、言い放った。

「泥棒に貸す軒はない。一秒でも早く、失せろ」

妹は目を丸くして二人の会話に驚いていたが、義姉が悪さをしでかしたことは察したらしい。義姉についてはそれ以上何も尋ねようとはしなかった。

義兄は露骨に鼻をつまみながら言った。

「悪いが、馬車には乗せられないな。ダフネは馬に乗ってくれ」

義姉がよろめきながらもなんとか馬に跨ると、妹は一転して澄み切った瞳をキラキラさせ、私とノランに礼を言った。

妹は既に馬車の前にいる義兄を振り返ると、少し咎めるよう呼びかけた。

「お兄様！　伯爵様にばかりではなくて、リーズお姉様にもちゃんと御礼を仰った？」

義兄は顔をしかめ、さも不本意そうな表情で呟いた。

「あー、リーズ。……その、今回は大変世話になったな」

まるで親に無理やり謝らされている子供のような口調だ。ちっとも嬉しくない。

「お姉様、今度うちにも遊びに来て！　伯爵様と一緒に！」

「レティシア、もう行くぞ！　王都まで遠いのだから」

急かす義兄を無視して、妹は私に抱きついてくる。その重さに、私の身体がよろめく。

「お姉様、お幸せそうでよかった。伯爵様は、本当に素晴らしい旦那様ね！」

「ありがとう」

妹の目には、私達は素敵な夫婦に見えたのだろう。私は複雑な心境で礼を言った。

私にしがみついたまま、妹はその澄んだ大きな緑の瞳をリカルドに向けた。

天使のような目が微かに上目遣いになり、更に愛らしくなる。瞳の中ほどにキラキラと光が見えた気がする。

「ねぇ、お姉様。リカルド様って優しくて……とても紳士な男性ね。わたくし、結婚するならああいう方が良いわ……」

私はぎこちなく咳払《せきばら》いをした。

そして妹にそれ以上言わせまい、と遮るように口を開いた。

「ええと、ああ見えてリカルドは既婚者よ、レティシア」

妹の緑色の瞳がこれ以上はない、というほど大きく見開かれた。そして、少し傷ついたように眦《まなじり》が下がる。

「そうだったの。わたくし、気づかなかった」

仕方がない。気づきようがないもの。

「……レティシア、また会いに来て。あ、リカルドにじゃなくて、私にね！」

「ええ。勿論。お姉様も、本当に遊びにいらしてね」

妹は義兄とピエールの待つ馬車へと駆けて行くと、中に乗り込んだ。

そうして、可愛らしくヒラヒラと手を振って私に別れの挨拶をしてくれた。

遠ざかる馬車をしばし眺めてから私は改めて三白眼を作り、振り返ってリカルドを見た。

彼はなんでしょう、と言わんばかりに両眉を上げた。

「リカルドさん。お願いですから、結婚指輪をつけてください」

リカルドは数回瞬きをしてから笑って返事を誤魔化した。

幕間

夜の大きな納屋に、ランプに照らされた二人の男の影が揺らぐ。

二人は屈み込むと地面に敷かれた干し草をまさぐり、下に隠されていた大きな扉を露出させた。地下室へ続く扉だ。周囲を気にする素振りを見せながら扉を開けると、二人は無言で地下への階段を下りて行く。動きに合わせて、ランプの明かりが作る二人分の影が大きく揺れて壁に映る。

「全く、テーディ子爵夫妻は、とんでもない方々でしたね」

「本当に、その通りだ」と答えながら、ノランは義理の兄であるテーディ子爵への怒りを再び思い出し、歯を食いしばった。昨夜は帰宅すると思いがけずテーディ子爵が訪ねてきており、日没後にもかかわらず「リーズに妹を捜しに行かせた」と悪びれもせずに言ってきたのだ。

無理をしたリーズが怪我でもしていたら、と想像するとゾッとした。

「話に聞いてはおりましたが、テーディ子爵の奥様への態度は想像以上に酷いものでしたね」

リカルドがそう言うと、ノランは重苦しい溜め息と共に言った。

「うちに来たばかりの頃、リーズがなぜ窓ガラスの修理のために急に馬に乗って屋敷を飛び出したのか、理解し難かったが……。今なら分かる気がする」

リーズは必死だったのだ。実家と呼べる家はないに等しく、追い出されるようにして嫁いで来た彼女にはもう戻れる場所などなく、ダール島で認められようと必死だったのだ。そのいじらしい思いが、切実さがやっとノランにも分かった。

地下室の奥まで行くと、二人は立ち止まった。

リカルドは地下室に置かれた木箱の上に、ランプを置いた。

「色々と予想外のことが多くて、計画が思うように進みませんね。何よりも、奥様にこの地下室が見つかってしまったのはまずいですね」

「適当にはぐらかしたが、うまくいったかどうか。リーズは意外と強情そうだ」

ノランが答えると、リカルドは近くにある木の椅子に腰かけた。

「奥様がお相手になると、随分と不器用になられるのですね」

「急に迎えた妻だ。無理を言うな。なるべく傷つけたくないし、全て秘密裏には運べない」

するとリカルドが片眉を上げる。

「悩まず割り切ればよろしいのでは？　殿下と奥様がいつまでご夫婦でいるかも分かりませんし」

長年連れ添った従者の痛烈な物言いに、ピクリとノランが顔を引きつらせる。

「リカルド、それはどういう意味だ？」

「殿下の幼少時よりお仕えして参りましたから、私は殿下をよく分かっているつもりです」

狭い空間に二人きりだからか、リカルドは不敵な笑みを浮かべて続けた。

「そもそも殿下とセベスタ王女との縁談が破談になった今、目的は達成されました。もう奥様は考えようによっては用済みなのでは？」

「お前は、何を言う……」

リカルドの酷く挑戦的な口調に、ノランの心が乱される。リカルドはいつも温厚だが、時折こうして主に率直すぎる発言をすることがあった。

「だってそうではありませんか。何より、殿下はまだ奥様を抱かれてはいないのでしょう？」

図星を刺され、咄嗟に返事に窮して押し黙る。

「――そのご反応から拝察する限り、本当にまだ手を出されていないのですね。驚きです」

「手放すつもりで抱いていないわけではない！」

「では罪悪感ですか？　新婚でその扱いでは、奥様のご心痛はいかばかりか」

「まだその時期ではないからだ。色々と、片付いていないだろう」

リカルドの振ってくる話題に苛立ち、この話題を好んでいないことを態度にも滲ませた。

だがリカルドは敢えて畳みかけるように発言を続けた。

「このご結婚自体に無理があったのでは？　ほとぼりが冷めたらいずれ殿下は、もっとふさわしい女性と結ばれるべきです。もっとお美しく、身分ある女性と」

「何を言う。そんなことは考えていない。私の妻は、リーズだ」

「なぜです？　たとえ殿下が今の奥様と離縁されても、世間は納得するだけでしょうに」

「私がリーズを手放したくないからだ！」

「ですから、それはなぜ？」

「彼女を愛しているからだ！　離縁しようなど、元より考えていない。そこまで人でなしにはなりたくない」

「全く、殿下は手がかかりますねぇ。奥様を愛してらっしゃると、ちゃんとご自分のお気持ちが分かってらっしゃるんじゃないですか」

リカルドが椅子から立ち上がり、チリのついた自分の尻を叩きながら軽く溜め息をつく。

「それならなおのこと、奥様にお気持ちだけでもお伝えしないと。あの奥様は割と鈍感ですよ」

「それは私も知っている。だが、軽々しく気持ちを伝えることはできない」

少しずつ心を開いてくれているリーズに、まだノランは全てを打ち明けることができないからだ。本音を言えば、もうリーズは自分の中で妻であり――、自分だけの女だと思っている。抱えているものを洗いざらい話してしまいたい衝動に駆られる時もある。だが。

(私の抱える秘密は、彼女に重荷にしかならない。そうはさせたくない)

不安そうなリーズの顔を思い出す。

納屋の地下にあるこの隠し部屋の存在に、リーズが気づいてしまったあの日。

ノランは少しきつめにリーズを脅してしまった。彼女が妻であることを確かめたくて、そして彼女にも思い出させたくて、怯える彼女に無理にキスをした。それが余計に怖がらせたことも、分かっている。

「リーズを……大事にしたい。だがお前も知っての通り、私にはまだそれが許されない」

「奥様を愛しているご自覚があるのに。そんなお気持ちで何もなく同じ寝室で過ごされるなど、私には到底真似できませんが……」

女性には本能のまま接することがモットーのリカルドからすれば、ノランの忍耐は理解不能だった。

「言うな。これでも毎晩理性と闘っている」

主の意外な返事に、リカルドの笑い声が続く。

「殿下はお厳しすぎなんです。女性にはもっと優しくしないと」

リカルドはお手上げといった様子で、肩を竦めた。

第五章　殿下は、愛妻と共に逆襲をする

風に窓が揺れる音で、目が覚めた。

寝返りをうって隣を確認すると、そこにいるはずのノランがいない。

（こんな時間にどこに行ったのかしら？）

気になって寝台を下り、扉を開ける。廊下を確認するが、誰もいない。というより、真っ暗でほとんど見えない。

嫌な予感がして、部屋を横切って急いで窓際に向かう。

窓から外を見下ろして、目を凝らす。額を窓に張りつけて観察すると月明かりの下、納屋に向かう二人の人影が見えた。体格からすぐにノランとリカルドだと分かる。二人の持つランプの光がユラユラと揺れ、納屋の中に入ると外が急に暗くなり、代わりに納屋の窓からぼんやりと明かりが漏れる。

一気に頭の中が冴え渡り、私は息を詰めて窓に張りついた。

二人は地下の隠し部屋に向かったのだ。

リカルドもあの部屋のことを知っていたのだと気づき、ショックを受ける。

（地下室で何をしようというの？　二人で夜中にこっそりと）

きっとノランが私を妻に迎えた事情と、彼を今も悩ませ続けている「何か」が、あそこにある。

窓から離れ、部屋の扉の方を向く。

二人を追いかけ、何を隠しているのか知りたい。でも。

（ノランは私に知られたくないみたいだったし、納屋の地下には行くなと命じたんだから、やっぱり行くべきじゃない）

ノランの気持ちを尊重すべきだろう。

もう一度振り向くと、納屋の窓は暗くなっていた。二人がランプを携えて地下室に下りたのだろう。人の気配を感じさせぬ納屋を眼下に、焦燥感だけが胸中に渦巻く。

今どうすべきなのか正解が分からないし、自分の決断に自信がない。

縋るように窓に当てた手のひらから外の冷気がジワジワと伝わり、混乱する頭の中を落ち着かせていく。

（おとなしく従順にしていることが常に一番良いわけじゃない）

ノランを私から遠ざけ、私達の心の距離を作っている正体は、何なのだろう。

何も気づかないフリをして、黙って布団の中に潜り込むなんてもうできない。目をつぶったままここで過ごしていては前に進めない。

直感的に悟った。――あれは夫婦間にあるような些細《ささい》な秘密や隠しごとなどではない。第五王子が殺され、ノランが不相応な結婚を自分に課し、強行するに至った諸悪の根源が隠されている。

それが何なのかを聞ける絶好のチャンスは、おそらく今しかない。

窓から手を離して身を翻すと、私はたまらず寝室を飛び出した。

軋む廊下を走り、階段を転がり落ちる勢いで下り、そっと玄関を出る。

外に出ると忍び足で納屋へ走った。

慎重にノブを回し、納屋の扉を開ける。

中は暗かったが、誰も見当たらない。だが確信できる。ノラン達はこの下にいる。

ゆっくりと体重を移動させ、積み上げられた干し草の方へ向かう。

今や干し草が避けられた場所があり、剝き出しの扉が見える。

急いで身を屈め、震える手で扉のノブを確認すると、かけられていたはずの南京錠がなかった。

(――やっぱり!!)

どくどくと鳴る心臓が激しく存在を主張し、呼吸が荒くなる。私の息が大きすぎて、階下にいるノラン達に気づかれるのでは、と心配になる。

耳を扉に近づけると、二人の男の声が微かに聞こえた。

「よろしいのですか?」

「こんなものをこれ以上ここに置いておくのは危険だ。リーズに見つかったらどう思われるか」

ノランとリカルドの会話にぎくりとする。

「それに強引な求婚にもかかわらず、私を信用しようとしてくれているリーズに、こんなものを見せるわけにはいかない」

「奥様は何か勘付いてらっしゃるようですからね……」

「……とにかく、これ以上置いておけない」

「これを奥様が見られたら、勘違いなさるでしょうからね。ピーター少年の時の騒動が、きっとまた起きますよ。ゾッとします」

それは聞き捨てならなかった。なんのことだろう。ピーターがどうしてここで出てくるのか。

二人はガタガタと地下室で物音を立てていた。大きく重そうなものを移動させるような音だ。話し振りから推測するに、二人は地下室に隠した何かを、出そうとしているのだろう。

私は暗がりの中、床に這いつくばって地下室へと繋がる扉のノブに手をかけ素早く回した。薄く開いて覗こうとした瞬間。

唐突に勢い良く扉が開かれ、私の顎を強打した。

時を置かずにそこから人影が現れたかと思うと、声を上げる間もなく、首筋に冷たいものが当てられる。

首筋に当てられた硬いものが気になり、反射的に手で押しやると、鋭い痛みが手のひらを襲った。

私が振り払ったのは、向けられていた剣先だった。

あまりの痛みに手のひらを押さえたのと、剣を向けていたリカルドが叫んだのはほぼ同時だった。

「奥様⁉　も、申し訳ございません……！」

「貴方達、ここで何を？」

瞠目《どうもく》したまますぐに話そうとしないリカルドに業を煮やし、私は狭く薄暗い階段に立ちはだかるように立つリカルドを、避ける格好で階段を下っていった。

「お待ちを……」

階段にはランプが置いてあったため、それを素早く掴む。

階段の先は狭い倉庫のような部屋になっていた。天井は男性が立つのがやっとの高さだ。明かりは今私が持つランプだけなので、視界がとても悪い。狭い地下室が余計に窮屈に感じる。

左右には木箱がいくつか置かれ、その間にノランが立っていた。暗がりで判然としないが、彼は呆れたような、少し不快そうな顔をしていた。

「リーズ。――寝ていなかったのか」

「地下室は崩落の危険があるのではなかったんですか？」

ノランは答えない。

「ここに何を隠しているんですか？」

そこへリカルドが私を諭すように口を挟んだ。

「奥様、夫婦といえど、お互いに多少は秘密があるものですよ」

もっともらしくおかしなことを言っている。私はキッとノランを睨んだ。

「秘密にも限度があります！　それに絶対にバレたくない秘密なら、もっとうまく隠してください！」

私は手近にあった木箱に飛びついた。そして、蓋を開ける。

中にはネジや座金、バネといったものがごちゃ混ぜに入っていた。ガラクタみたいなものだ。ノランが私から隠したがっているのは、この木箱ではないようだ。

更に進み、隣の木箱を開けるとハサミやナイフといった、手道具が入っていた。これもどうでも良い。

次の木箱には、何やら畳まれた不織布の袋が束になって収められていた。

ガチャガチャと私が木箱の収納物を探る音だけが狭い地下室に響く。

やがてノランが手を伸ばして私の右手首を掴み、それを制止させた。

「怪我をしている」

ノランは無言で私の右手にハンカチを巻き始めた。その端を縛り終えると、ノランは木箱の一つに向かった。

カタン、と蓋が開く。ノランは開いた木箱の横に、膝をついた。

誰も何も言わなかったが、私はその木箱の中身こそがノランの秘密だと理解した。緊張のあまり、呼吸が速まる。

数歩足を進め、ノランの隣に膝をつき、中を覗く。

そこに入っていたのは、丁寧に折り畳まれた一枚のビロードの布だった。

この布はなんだろう。

説明を求めてノランの顔を見ると、彼は穏やかな表情で私を見つめ返した。しばらくの沈黙の後、彼はゆっくりと一言一言を噛み締めるように言った。

「これから話すことは、どうか貴女の胸の中だけに留《とど》めておいてほしい。今後、一生だ」

私はノランの目をしっかりと見つめたまま、首を縦に振った。

するとノランは木箱の中に手を入れ、敷かれていた布を指先でめくった。布の間から、彼は一通の白い封筒を引っ張り出した。束の間彼は口を閉ざし、一切が張り詰めた無音の中にあった。

「私の弟のアーロンが殺された日……、あの歌劇を観に行ったあの日。朝早くに、アーロンは私を訪ねて来ていたのだ」

ここでまた第五王子の話が出てくるとは思っていなかった。予想外の告白に一瞬理解が追いつかず、困惑する。

あの日。ノランが抱える苦悩は、全てあの日に端を発しているのだ。

静かに話の続きを待つ。

「アーロンはいつになく暗く思い詰めた様子で、私に話したいことがある、と言ってきた。結婚を控えて神経質にでもなっているのかと気にもとめずに私はアーロンを迎えた」

わざわざ早朝に兄王子を訪ねる真剣な面持ちの第五王子と、いつも通り彼に接するノラン。

その二人の姿を私も想像する。

「アーロンは私の部屋に入ってきて人払いをするなり、どこか暗い表情のまま、私にこの手紙を見せてくれた」

ノランはその封筒の中から、一枚の手紙を取り出して私に手渡した。

それは簡素な文面の一枚紙だった。

白い紙に書かれた黒い字は優美で、女性によるものと思われた。

何者かに襲撃される当日の朝に、第五王子がノランに見せたという手紙を、私は緊張のあまり息を殺して読んだ。

『幼い頃から、貴方だけを想い続けていました。お腹の子の父親は貴方だと確信しています。

後悔はありません。

あの日のことは、わたくしにとっては墓場まで持って行かねばならない秘密であり、……けれど人生で最も幸福なひと時でした。

神がたとえわたくしをお許しにならなくとも、わたくしの心は貴方だけのものです』

読み終えると私は目を白黒させた。

——これは、なんだろう？

「ええと……これって、つまり？」

説明を求めてノランを見上げる。

手紙には宛名も差出人も記載されていない。だが単純に考えれば、持っていた第五王子に宛てたものだったのだろう。ということは、この手紙を書いた女は、第五王子の子供を妊娠していたかもしれない、ということ……？

「第五王子様に、……か、隠し子が……？」

軽い目眩と既視感を覚える。

そもそも当時第五王子は隣国の王女との結婚を控えていたはずだ。それなのに、その分際で他の女性を妊娠させてしまったのだろうか。大変な醜聞だ。

ノランは私の手の中にいまだあった手紙をそっと引き取ると、連ねられた文字をジッと見つめた。

そうして重苦しい溜め息をついた後で続ける。

「そうではない。アーロンはある男からこの手紙を手渡されたのだと言った」

ますますどういうことか分からない。

ノランは低い淡々とした話し方で、手紙の説明を続けた。

「その手紙を私に見せながら、アーロンは青い顔で実に馬鹿馬鹿しいことを言った。自分は父上の子供ではないかもしれない、と」

「陛下の……子供じゃない？」

ノランは手にしていた手紙の表側をもう一度私に向けた。

「アーロンによれば、これはもともと母上がある男に宛てて書いた手紙だったらしい。――つまり母上には秘密の恋人がいたんだ」

王妃様には夫である国王以外に、愛する男性がいたということ？

そんな言葉を息子の立場でこんなにも淡々と言うのは、どんな心境がそうさせているのか。

取り乱した様子のないノランと、与えられた情報の双方に混乱させられ、私は両手で頭を押さえた。

なぜなら、この文面を素直に読むと……！

「つ、つまり、王妃様が浮気をなさって、それで誰かよその――王様の子供じゃない子供をご懐妊されて……」

混乱する私に、さらなる爆弾情報をノランは投下した。

「その二人の不義の子が、……アーロンだった」

私の頭の中は混乱をきたし、無意味に激しい呼吸を繰り返してしまう。

王宮で見た王妃の姿を必死に思い出そうとする。

王宮で出会ったあの王妃が国王を裏切っていたなんて、信じられない。あの人形のようなたおやかで美しい人が。

「私はこんな手紙を誰から手渡されたのかアーロンを責め立てたが、彼は頑として教えてくれなかった。――アーロンは手紙を持って来た男が、自分の父親だと確信しているようだった。私はこんな手紙は嘘だろうし、なぜそんな男を庇うのかと腹が立った」

暗い地下室で息を殺してしゃがみ込んだまま、私はノランの話を聞いた。

第五王子の突然の訪問から、そして彼が亡くなるまでに起きた出来事を。

第五王子は実の父を名乗る男と、彼が証拠として持参した手紙の示す真実に困惑し、打ちのめされていた。

その挙句に、偽の王子である自分はセベスタ王女と結婚をする資格などない、と縁談を渋る発言をしたのだという。

一方のノランはその話を全く信じなかった。

ノランは手紙の捏造《ねつぞう》を疑い、第五王子は騙されているのだと思った。おそらくは第五王子が次期国王になるのを善しとしない何者かに。

だから怒ったノランは悩める第五王子から手紙を取り上げ、言い放った。——こんなものを信じるより、王妃に直接話を聞くべきだ、と。

対する第五王子は難色を示した。だがノランは彼を言い含め、一人で王妃のもとに行く勇気がないなら、自分も同行するからと主張をし、渋々彼を納得させた。

二人は夕方に王妃が王宮に戻り次第、彼女に会いに行くつもりだった。

ところが歌劇は押し、友人に話しかけられた第五王子はノランとの約束の時間に大幅に遅れてしまっていた。

だから、彼は馬に乗って急いだのだ。そして近道をしようと、治安の悪い地区を通った。そうして、そして——。

言葉を切ると、ノランは拳をきつく握り締めた。爪の先が手のひらに食い込みそうなほど強く。

「私はアーロンに言ったのだ。お前が怖気づいて来ない場合は、私は一人でも母上に事実を確かめに行くぞ、と。感情的になっていた私がそんな脅しなどをしたせいで、アーロンは急がざるを得なかった。これが、……この私の言葉こそが、弟を急がせた原因だった」

「ノラン様――。でも、それは……。そんなのは結果論にすぎません」

「アーロンの従者に助けを請われ、私達は現場に駆けつけた。時すでに遅く、アーロンは虫の息で路上に倒れていた。私は一部の近衛にすぐに辺りを捜索させ、アーロンを介抱した。――できることは、血が溢れる傷口を押さえることくらいだったが……」

ノランは息を吸い込み、長々とそれを吐いた。

「アーロンは虫の息の状態で、私の手を強く握ってきた。そしてそのまま、ただ私の目を見て激しく首を左右に振っていた。あれは、母上に言うな、と言いたかったのだろう」

周りには近衛兵もいたから、第五王子は話せなかったのだろうか。

「その後は大変な騒ぎになり、私はとにかく手紙の存在を隠した」

リカルドは少し離れた場所でノランの話を黙って聞いていたが、いつの間にか私の隣にやって来て、話し始めた。

「ノラン様と私は密かに、アーロン殿下にこの手紙を渡した不届き者のことを調べ始めました。王妃様が幼い頃から懇意にされていた男性と、殿下を最近訪ねた者を突き合わせたのです」

それはノランにとって、どれほど辛い作業だっただろう。自分の母親の不貞を調べるなんて。

「最終的に候補として残されたのはただ一人、殿下達の教育係をしていた、ジャン・ドートレック侯爵でした」

「従者によれば、ジャンはアーロンとセベスタ王女の縁談話が本格化したその頃、アーロンを個人的に尋ねていた」

ノランは記憶を辿るようにして目を細めながら、話し始めた。

第五王子の従者によれば、振り返れば第五王子が何かを思い詰めるようになったのはその時期からだったという。

ノランは手紙を自分の手のひらにのせ、じっと見つめた。

「だが既にジャン本人に、確かめる術はなくなっていた」

「どうして……？」

「ジャンはアーロンが殺された少し後に、他界していたからだ。――胸の病で」

そんな偶然ってあるだろうか。私は首を傾げた。

「――母上の……不義の相手は、ジャン・ドートレックだった」

それはやや性急すぎる結論に思えた。

私はボタンの掛け違えをしていないか、そもそもの疑問をノランにぶつけた。

「待ってください。その前に……この手紙を信じて良いのですか？　本当に王妃様が浮気を？　だって、字を似せることくらい、きっとできます」

「私も、否定したかった。だが、考えれば考えるほど、思い当たる節があるのだ。母上はアーロンばかりを昔から可愛がっていた。それにアーロンだけは茶色の瞳をしていた」

私は王宮で出会った王子達を思い出した。

確かに茶色い目の王子はいなかった。でも、たかだか目の色だ。

「ジャンと母上は、幼馴染だったのだが、二人は昔から妙にぎこちないところがあった。昔は仲が悪いのだろうと思っていたが」

すぐに否定してあげるべきだろうか？

実際どうだったのかなんて、私には到底分からない。けれどもし真実だったとすれば、なんて残酷なのだろう。

「ジャンはおそらくアーロンとセベスタ王女の結婚を、やめさせたかった。秘密の手紙をアーロンに見せて、父親の名乗りをしてでも。ジャンはアーロンが王位争いに巻き込まれて、危険な目にあうことを危惧したのかもしれない。暗殺計画が進行していたことを、知っていたのだろう」

ドートレック侯爵は息子かもしれない王子の命を救うために、手紙を見せたのか。でもその決断は結局、裏目に出たわけだけれど。

「或いは、自分の不義の子が国王となってしまうことに恐れをなし、避けたかったのかもしれない」

「でもそれならドートレック侯爵は……訴える相手を間違えています。そんなことは、第五王子様じゃなくて王妃様に言うべきだったのでは……？」

「あの母上に相談しても、ジャンが狙う効果など到底得られなかっただろう。むしろ母上は目をかけていたアーロンを国王にさせたかったかもしれない」

ぞわぞわと鳥肌が立っていく。

私とノランは、床に膝をついたまま、微動だにせず互いの目を見ていた。

私をひたと見つめたまま、ノランは口を開いた。

「アーロンはあの夜、どんな思いで死んでいったのか、私には想像もできない。弟はただ、唇を震わせて私を見上げていた」

胸が締めつけられるように痛い。

現場でそれを見下ろしていたノランは、どれほど辛かっただろう。

「でも、でも。あの王妃様がそんな大それたことをするなんて、想像もできません」

かと言って、そんな馬鹿なと言い捨ててしまうこともできない。ノランは今それほど真剣に話している。

「信じられないだろう？　私も同じだった。……母上を正直憎んだよ。この手紙を見せつけ、問い詰めてやりたいと思った。胸ぐらを摑み、罵ってやりたい衝動に駆られたこともある」

ノラン様、とたしなめるような声でリカルドが声をかける。するとノランは自嘲気味に力なく笑った。

「案ずるな。そんなことを本当にしたりはしない。……アーロンは、私にそんなことをやってほしくないから、あの日の帰りに急いだのだ。――それに今となってはもう、真実を突き止めることには何の意味もなくなってしまった。秘密を曝露《ばくろ》したところで、誰かを傷つけるだけだ」

ノランは第五王子と、そして多分母の名誉を守ったのだ。何より非業の最期を遂げたかわいそうな弟を、皆の純粋な悲しみだけを胸に、王子として送りたかったに違いない。

「ジャンは、殺されたのだろう。……彼はおそらくアーロンの命を奪った者に心当たりがあった。或いはその人物を問い詰めたのかもしれない。だから彼は消された」

「ドートレック侯爵はアーロン殿下を殺した人物を知っていた、ということですか？」

第五王子がいなくなって一番喜ぶのは、王位を争い合っている第一王子か第二王子に思える。ノランの身内を疑う不謹慎さを重々承知の上で私は聞いた。

「あの……アーロン殿下を狙っていたのは、イーサン殿下かシェファン殿下ですか?」

だがノランは一瞬の間すら置かず、首を左右に振った。

「お二人の兄上がご自分の計画をジャンに漏らしたり、聞かれたりするとは思えない。ジャンはおそらくもっと近しい者からその情報を聞きつけた。それにジャンの死が他殺だったとすれば、それができたのは身近な人間だったはずだ」

ノランがそこまで言うと、リカルドが私の隣に膝をついた。私達三人はランプが作る心許ない明かりにやっと確保された、朧げな視界の中にいた。その小さな輪の中で、声の大きさも段々と小さくなる。

「ジャン・ドートレックはおそらく自分の弟が、第五王子暗殺の黒幕だと気づいたのだ。ジャンは彼の弟に口封じのために殺された」

「弟さんが? どうしてドートレック侯爵の弟がそんなことを?」

私が驚きに満ちた大きな声を上げると、リカルドが言いそえるように静かな口ぶりで説明した。

ドートレック侯爵の弟は、ドートレック財務大臣であると。

「ドートレック財務大臣は、第二王子の妃であるロージーの父親だ」

思わずはっと息を呑む。頭の中に、王宮で見た可憐なロージーの姿が蘇る。

「ロージーの父親は、義理の息子を王位につかせたかったんですね?」

「あくまでも想像の域を出ない。今の段階では、まだ財務大臣を糾弾できる段階ではない」

私はノランに告げられた事実に圧倒され、そして身震いをした。王子に生まれるというのはなんて大変なのだろう。

何不自由ない特権階級に居座るどころか、こんなにも身近な人からの暗殺と常に隣り合わせらしい。権力に胡座をかく間もない。

「あの夜、アーロンの心からの悩みを私は取り合わなかった。挙句に半ば弟を叱る形で、母上にも相談するよう、説得をした。手紙を奪い、結果的に弟を急がせ暗殺者に絶好の機会を提供してしまった私には、逃れられない責任がある」

第五王子亡き後、破談になった二人の縁談の代わりに、ノランとセベスタ王国の王女の縁談が水面下で進められたという。

だがノランにとって、第五王子の恋人との結婚など、到底できるものではなかった。そしてこれが私を巻き込んだ一目惚れ結婚へと至る顛末《てんまつ》だった。

ぐるぐると思考していると、リカルドが口を挟んだ。

「我々は秘密裏にドートレック侯爵邸を嗅ぎ回り、彼の死について調査を続けていたのです」

リカルドの説明によれば、ノランとリカルドはドートレック侯爵の死に関わっている可能性が高い人物を既に把握しているのだという。

ダール島に来て以来、時間を見つけてはその人物の居所を捜しているが、いまだ捜し出せていないのだという。

無鉄砲に財務大臣を問い詰めようとすれば、返り討ちにあう。

「シェファン兄上が王位につくのは、私の本意ではないし、適切ではない。それに何より、私は真相を知りたかった」

ノランは、反撃をする機会を窺っていたのだ。

言い終えると彼は私に視線を移した。そして首を素早く左右に振ってから溜め息をつき、私を見つめた。

「私は貴女との生活の中で、この怒りを忘れてしまいそうで怖かった。私は、弟のために犯人を突き止めなければならないからだ」

「怒りは、犯人追及の原動力だったのですね」

でも私には、この手紙はノランにとって、彼の未来を縛るくびきにも思える。彼には彼の人生があるはずだからだ。

ノランは私の目を捉えたまま続けた。

「貴女は……あまりに可愛らしくて、この怒りを忘れてしまいそうだった」

――私が、可愛らしい？　唐突に思いもかけないことを言われ、どう反応していいか分からず、目を瞬かせた。

「自分の頭の中が貴女で満たされていくのを日々感じていた。自分の罪を忘却してしまうほどに。犯人を見つけるまで、私は幸せになる資格がないというのに。――だからこそ私は貴女との子を今は持ちたくなかった。だがそれが貴女を苦しめていた」

「ノラン様……」

「本心を言えば、貴女を一番に大切にしたい。私は、貴女と穏やかな家庭を築きたい」

ノランの手が私の後頭部に触れ、彼は私の額に口づけた。

「貴女は、知っているべきだ。――貴女は、とても魅力的だと……」

思いがけない言葉に眦が熱くなる。私が台所で質問しかけた惨めな問いに、彼は今答えてくれていた。

ノランが出生とその後の努力によって手に入れたものの大半は、弟のために捨てたのだ。

弟の無念を晴らす最たる手段は犯人を捕まえることだろう。

「私は、自分の罪を償わねばならない」

「ノラン様……」

ノランの悲痛な気持ちを理解できると思いつつも、釈然としない部分に私は敢えて焦点を当てた。

「違う、――そうじゃありません……！　ノラン様は、間違っています」

私は立ち上がって、両拳を握り締めた。

「悪いのは財務大臣と、あとハッキリ言って王妃様じゃないですか！　ノラン様は悪くないのに、なぜ貴方ばかりが貧乏くじを引いちゃって、貧乏伯爵になっているんですか」

リカルドまでもギョッと目を見開いて私を見ている。率直な感想を言いすぎて驚かせたのだろう。

だがここで止めるつもりはない。

「世間はノラン様を……お騒がせ王子などと呼んでいます。弟の墓前で倒れるし、一目惚れした居候娘と無理やり結婚した、ワガママな王子です！」

ノランは黙って私が言う酷いことを聞いていた。

「そんなんで良いんですか⁉　これは名誉の問題でもあるはずです。悪いのは暗殺者であって、貴方ではないはずです。王子様の名誉と私みたいな居候娘なんかを、天秤《てんびん》にかけちゃダメです」

「居候娘ではない。貴女は私の妻だ」

予想しなかった返事に驚きのあまり言葉を失い、同時にその意味を理解して胸がいっぱいになった。

思えば私の人生の中でこんな風に、私を肯定し必要としてくれる人が、今までいただろうか。

私は常に誰かの邪魔な存在でしかなかったのに。私は大きな声で、もう一度大切な点を明確にさせた。

「ノラン様、貴方はなんにも悪くありません！　貴方のせいではありません」

「リーズ……」

「悪がのさばり、駆逐された側が小さくなって口を噤むしかないなんて、おかしいです。私も今、ロージーと彼女の父親にとても腹を立てています」

ロージーは関係ないかもしれないが、私の口は止まらなかった。

「なんでしたら私も捜索のお手伝いをします。妻ですから。そうですね、例えば……使用人のフリをして侯爵邸に忍び込むとか……」

「何を言い出すんだ。とんでもない」

ノランはまるで私を初めて見るような驚きに満ちた目を向けた。

ゆらり、とランプの炎が揺れて地下の暗さが増す。蠟燭《ろうそく》を見れば、もうかなり短くなってきていた。

私達三人の視線が絡まる。

ノランは視線を外してから目を閉じると、時間をかけて深い溜め息をついた。まるで全てを吐き出したような、長い時間をかけて。

リカルドがいつもの軽薄な笑みを浮かべて、提案する。

「ランプが間もなく消えますよ。上がりましょう。四つん這いで上には上がりたくありません」

流石に皆がそれに同意した。


私の手のひらの傷に、ノランが丁寧に包帯を巻いていく。

深夜に起こされるなり、救急箱を持って来いと命じられたマルコはパニックになり、大きな身体で救急箱を抱えたまま無意味に足踏みしていた。

リカルドは居間のソファに座る私の前に跪《ひざまず》き、繰り返し頭を下げていた。

「申し訳ありません！　私がすぐに剣を引いていれば……」

「リカルドさん、もういいですって！」

苦笑する私の隣に座るノランが、巻き終わった包帯を救急箱にしまい、マルコが大事な使命だとでもいうように、きっちりと蓋をする。

ノランはマルコとリカルドを見た。

「それを片付けてきてくれるか？　終わったらもう休め」

「ですが……」

「少しリーズと二人になりたい」

ノランがそう言うと、二人は救急箱を腕に抱えたまま、無言で頭を下げた。

リカルド達が居間を出て行くと、ノランは私の手を両手で支えたまま、手のひらを見つめて呟いた。

「痕が残らないと良いが」

「手のひらなんて元々皺だらけだから、大丈夫ですよ」

私が笑って答えると、ノランは私の手のひらから手首に自身の手を滑らせた。そのまま優しく摑まれ、彼の方へ引き寄せられる。

顔を上げると、ノランの水色の瞳と思わぬ近さで目が合う。

「ノラン様。あの、……ごめんなさい。本当はあの手紙のこととあのお話は、私にはしたくなかったですよね？」

母親の不名誉な話など、ノランは隠しておきたかったに違いない。

「秘密を暴いたりしてごめんなさい。私が納屋の地下室に行くのをあんなに嫌がられていたのに」

ノランはその水色の瞳をそっと一度閉じ、ややあってから再び開いた。そしてとても穏やかで、優しい口調で言った。

「貴女は知る資格があった。――それにこの苦しみや後悔と秘密を、分かち合ってくれた」

物凄く恥ずかしいセリフを頑張って口にしてみる。

「私は、ノラン様の妻ですから」

思い切って言ってみると意外にも胸の中にすとんと落ち、ノランも満足げに頷いてくれた。

「……弟の墓の前で倒れたという王子に急に求婚されて、貴女はなんと思った？」

私は目を瞬いた。

それは、私に縁談が舞い込んだ時のことを聞いているのだろうか？

「実は、……突然求婚された時は、とても驚きました」

ノランは片手を私の頭に回し、自身の頭と私の頭を近づけた。水色の綺麗な目を伏せると、少し硬い声で囁くように言った。

「貴女が――私との縁談をどう感じたのかが、今になって気になって仕方がない」

さっき地下室で余計なことを口走りすぎただろうか。ノランを傷つけてしまったかもしれない。

「私には王子様なんて雲の上の存在でしたから、ただひたすら驚きました」

「貴女は想像以上に逞しくて、驚いた」

「逞しい？　私が、ですか？」

そうノランが感じていることの方が、私には驚きだ。

「テーディ子爵は王宮でよく貴女の話をしていた。私はそれを聞いていつも勝手に心の中で貴女の姿を思い描いていた。――本ばかり読む、か弱い女性を」

そう言った後でノランは軽く笑った。

「だが貴女は私におとなしく守られるような女性ではなかったな――まさか森のベリーをそのまま口に放り込むとは思わなかった」

あの時のことか、と笑ってしまう。するとノランは私のこめかみにキスをした。

どきんと心臓が跳ねる。

「教えてくれないか？　今更ながら貴女が私をどう思っているのか、知りたいのだ」

「ノラン様は、実は強くてお優しい方です」

「……実は？」

ノランが至近距離から覗き込んできて、私の言葉尻を探ろうとする。それを曖昧に微笑んで誤魔化す。

私の中でも、ノランの印象は途中からかなり変わっていったのだ。

私は水色の瞳から逃げるように目を逸らした後で、またすぐにノランを下から見上げる。

そして勇気をかき集めて聞いてみた。

「ノラン様は、私をどう思っていますか？」

子爵邸に初めて来た時のノランを思い出す。彼は迷わず妹のレティシアの手を取った。

「ノラン様は、最初レティシアが私だと思っていたでしょう？」

「正直に話そう。その通りだ」

「そっちじゃなくてがっかりしませんでしたか？」

「がっかりなどしていない。だが実のところ、少し焦った。どちらもテーディ子爵家から貰った絵にそっくりというわけではなかったからだ」

「じゃあどうして、……レティシアの手を取ったんです？」

私はノランを見上げて尋ねた。予想以上に不満げな口調になってしまった。彼は思い出そうとするように、水色の目を動かした。

「あの時は君の妹が、貰った絵と同じ色のドレスを着ていたから、かな」

私はおかしくなって笑い出した。まさかそんな理由だったとは。仰《の》け反《ぞ》って笑い、ソファに手をついてしまって手のひらの痛みを思い出し、慌てて手を引っ込める。

ノランは不思議そうに口を開いた。

「そんなにおかしいか？」

「ノラン様って、少し抜けているところがありますね！」

「そうだろうか」

なおも私が笑っていると、ノランは少し挑むような顔つきをした。

「そんなに笑うな」

ノランが私の鼻を人差し指でツンとつつき、私の笑いははにかみ笑いへと変化した。


表面的には穏やかな日々が過ぎていたある日。

ノランは私に王都へ行こうと提案をしてきた。屋敷の長い木の廊下を掃いていた私は、ほうきを動かしながら「王都へ？」と鸚鵡《おうむ》返《がえ》しに尋ねる。

「貴女を、バルダ子爵邸に連れていきたい」

バルダ子爵――思わずほうきを止めた。

そういえばレティシアを捜しに義兄が突然ここを訪ねてきた時、ノランはバルダ子爵に会いに行っていたはずだった。

私にとって、その名は懐かしい名だ。バルダ子爵と私の義父は親しい友人だった。ノランも彼と親しくしていたのだろうか。

「貴女を王都の子爵邸に一度連れてくるように、バルダ子爵から頼まれたんだ」

「私を？　どうしてでしょうか」

「貴女の義父のことで話があると言っていた」

それは思ってもみないことだった。私はバルダ子爵とは五年前に義父が亡くなってから、全く会っていない。

「どんなお話なんでしょうか?」

「それは私にも分からない。貴女に直接会って話したい様子だった」

ノランによれば、当初バルダ子爵は私に会いにダール島まで来たい、とも申し出ていたらしいが、ノランが断ったのだという。ノランは島に他所《よそ》の貴族がやって来ることに抵抗があるらしかった。

なぜかと私が問うと、彼は「不用意な疑いを招きたくない」と答えた。

それ以上の質問は慎んだが、おそらく彼は王宮にいる彼の敵の注意を無駄に引いてしまう事態を懸念していた。

バルダ子爵は私にどんな話があるのだろう。

若干不安になりながら、早速王都に出かける準備に取りかかった。


バルダ邸は王都を東西に分断して流れる大きな川沿いに建つ、白い荘厳な屋敷だった。

突然の訪問にもかかわらず、子爵は私達を温かく歓迎してくれて、とりわけ彼は私の顔を見て、しみじみと言った。時の流れは早いものだ、と。

私が彼と最後に会ったのは、十五歳の時だったたから、きっと彼の記憶の中にあった私とは随分変わっていたのだろう。

私を見た後で、少しの間バルダ子爵は遠い目をした。在りし日の義父との思い出を振り返り、懐かしんだのかもしれない。

バルダ邸の客間は壁一面が寄木細工になっており、白っぽい色から濃げ茶色まで、様々な色の木を組み合わせて細かな模様が作られていた。

ノランがその装飾美を嫌みなく巧みに讃えている間に、バルダ邸の侍女がやって来た。何やら二人がかりで大きな箱を抱えており、かなり慎重にゆっくりと運んできている。

重そうな箱が繊細な脚を持つローテーブルの上に置かれたので、ついテーブルが壊れないだろうか、と心配になってしまう。

箱は揺りかごほどの大きさがあり、全面に小さな四角い貝のタイルが貼られていた。その乳白色に輝く箱の四隅には、花の模様が彫刻された金色のプレートがつけられ見るからに高級そうだ。

なんだろうか、と美しい箱を見つめる私とノランを前に、バルダ子爵は切り出した。

「リーズ。これは、トーマが……君の義理の父親が生前、君に残したものだ」

「お義父《とう》様が、私に？」

思ってもみなかったことを言われ、さらなる説明を促そうとバルダ子爵を見上げる。

「トーマは亡くなる前、義理の娘である君のことを大変案じていた」

バルダ子爵はそう言うと、貝細工の箱の蓋に手をかけ、上へと持ち上げた。蝶番が微かに軋む音がして、蓋が開かれる。思わず身を乗り出し、箱の中身を覗く。

一瞬、息が止まった。

箱の中には燦然《さんぜん》と煌めく宝飾品が、ギッシリと並べられていたのだ。

大きな貴石がついたネックレスに、指輪。太い黄金の長尺の鎖。銀色に輝くティアラ。

大粒の真珠が並んだ髪留めは、窓から差し込む陽光の中でたおやかに光を反射している。

私は感嘆の溜め息を吐き出してから、子爵に尋ねた。

「これは一体、なんでしょうか……？」

「トーマは、君とシャルルの折り合いが悪いことを最期まで案じていた。シャルルが君を追い出すようなことがあれば、助けてやってほしい、と。そして君が独立したら、これを渡すように頼まれたのだよ」

バルダ子爵は箱を私の前に押し出した。

私が独立したら……？　それは義父が、義兄による横取りを懸念していたということだろうか。

「トーマが亡くなってしばらくしてから、テーディ邸に君を訪ねたんだが……」

「そうだったのですか。――知りませんでした」

「その時は君に会わせてもらえず、ダフネ夫人に一部の宝石を手渡したんだが、そちらは受け取ってくれたかね？」

義姉から宝石を手渡されたことなんてない。――つまり、彼女に盗《と》られたのだろう。

義姉からそういったものを貰った覚えはない、と私は正直に答えた。

すると子爵は眉間に皺を寄せ、「なんてことだ」と首を左右に振った。

「これはほとんどが君の母親のものだった」

「私のお母様の……？」

興奮に似た驚きが身体中を駆け巡る。

手を伸ばし、箱の中のネックレスにそっと触れる。頑張って思い出そうとしてみても、残念ながらどれ一つとっても、見覚えのあるものはない。

私の中の母の姿は、それほど朧げだったのだ。

記憶のページの中に辛《かろ》うじて残されている母の姿は、芸術作品のように美しい顔と、蜂蜜色の髪をしていた。その緑色の瞳は、目が合った時ですら私を見ているようで、見ていなかった気がする。

あの時、私が十歳だったあの朝。

母を引きとめていれば、もしくは私が無理にでも母の馬車に乗り込んでいれば、母と私に違う未来があっただろうか?

過ぎてしまった過去は変えられないが、自問することは止められない。

答えはどこにもないのだ。

そして、母の形見はやはり私に何も語りはしなかった。輝く宝飾品を渡されても、母を失った気持ちは埋められるものではなく、虚しいままだった。

箱の前で無言を貫いていると、ノランが優しい声で言った。

「貴女の義父《ちち》上は、貴女を娘として愛していたんだな」

急に瞼が熱くなる。私はゆっくりと頷いた。

「……うん。私はお義父様に、ちゃんと愛されていたんだ」

色々遅いよ、お義父様。

箱をマルコに担いでもらい、馬車に戻ろうとバルダ子爵邸を出ると、ダール島に残っていたはずのリカルドが、馬で駆けてくるところだった。彼は焦った顔で鞍の上から滑り下りると、肩で息をしながら言った。

「ノラン様。緊急の要件で参りました。お伝えしたいことがあります」

リカルドは硬い表情のまま、素早くノランに告げた。

「王宮から伝令が来たのですが、朝から陛下が高熱を出して寝込まれているそうです」

ノランは目を見開いた。

私達はその足で、ノランの父を見舞うために馬車を王宮へ走らせた。

急ぎの旅となり、かなり馬車を飛ばした。

ノランが国王を心配している気持ちが痛いほど伝わる。いつもは手本のような綺麗な姿勢で座っているノランが、馬車の中で脱力して壁にもたれていたのだ。

私はノランの膝の上に、自分の手をそっと置いた。

リカルドによれば、国王は今朝から高熱を出して寝込み、公務に支障が出ているらしかった。

ノランは私の手の上に、自身の手を重ねた。

「身体の丈夫な父上だったのだが。……歳をとられた」

「早く、快復されると良いですね。式典の時は、とてもお元気そうに見えたのに」

こうして私は人生で二度目の王宮の門をくぐった。

たまらずその荘厳な門を見上げる。

国王がこの門を通って、即位二十周年式典に参加していたのは、つい先日のことのような気がする。式典では、元気なお姿を見せていたのに。

王宮の建物に入るなり、ノランは廊下を急いだ。

「ノラン！　来てくれたのか」

廊下の先に、野太く低い声が響く。

長い廊下の先から渋面で歩いてくるのは、第一王子であった。

ノランと第一王子は互いに距離を縮めると、無言で固く抱き合った。

第一王子はノランを抱き寄せたまま、呟いた。

「聞いてくれ。面倒なことになった」

ノランが訝しげに身体を離すと、第一王子は溜め息をつきながら、首を左右に振った。

「当面の間の国王代理を誰にするかで、既に揉めている」

問題になっているのは、国王代理そのものではない。通常は一度国王代理になった王子は次期国王として最有力候補になるからだ。国王代理は現状では次期国王と同義だ。

ノランと私が顔を引きつらせると、第一王子はふっと笑った。

「ノラン、お前がやるか？」

「ご冗談を。兄上、貴方がやるべきです」

「それも無理そうだな。――母上も父上もお前に早く会いたがっている。行って差し上げてくれ」

私達は先を急いだ。

王宮はその広さにもかかわらず、国王が臥《ふ》せっているからか異様に静かだった。

廊下や天井に描かれた絵画達がもの言わず私達を見つめ、高い天井に私達の急ぐ足音が反響する。

時折すれ違う人々はこぞってノランと私に膝を折り、控えめな挨拶をした。

女官の案内によって、私達は白く大きな光沢ある扉の前に辿り着いた。

金色のノブに手を伸ばし、ノランが扉を開ける。

足を踏み入れると、そこは豪奢な寝室だった。

奥にある大きな寝台のそばに、細い背中をこちらに見せて王妃が座り、寝台の上には一人の男性
――国王が横たわっていた。

王妃は弾かれたように振り返り「ノラン」と掠れた声を出した。美貌の顔が、とても青白い。

ノランが王妃のもとに駆け寄る。

「母上。実はたまたま近くまで来ていたのです。報《しら》せに驚きました」

「ああ、来てくれて嬉しいわ、ノラン……」

王妃はそのどこか虚《うつ》ろな視線を、仰臥《ぎょうが》する国王に戻した。

「急に頭や関節が痛むと仰られて。その後急激に熱が上がって……」

疲労からか王妃の目は真っ赤に充血していた。

ノランは優しく王妃の肩に両腕を回し、抱き締めていた。そんなノランの背を見つめながら、彼の人としての器の大きさを思い知る。――今この瞬間、彼にはきっと色んな葛藤があるはずだ。けれど彼は今何をすべきかを知り、そうしている。何より、躊躇なく手を差し伸べることができるのは、心の底では母に対する深い愛があるからだろう。

しばらくそうして抱き合った後、ノランは国王の顔を覗き込んだ。

父上、と何度かノランが呼びかける。国王は怠そうに目を開くと、ノランの手をしっかりと握り

締め、それに答えた。

ノランはもう片方の手を伸ばして、国王の頬に触れた。

「かなり熱いな……」

思わず、といったように漏れたその言葉は、とても虚しく響いた。

国王の寝室には、王子や妃達が次々と姿を見せた。

第三王子はどこか呆然としており、今ひとつ事態を受け止めきれていないように見えた。

第六王子は若者らしい純粋さで、心配そうな声で父親に何度も声をかけていた。

その隣で第三王子の妃は、心ここにあらず、といった様子で自分の爪に塗ったマニキュアの色艶を入念に何度も見ていた。しまいには寝台の四本の真鍮製《しんちゅうせい》の支柱のうちの一つに自分の顔を映し、頬のファンデーションのヨレを手で直していた。

第一王子と第二王子は、多くの人に囲まれてこちらへやって来た。そして国王の変わりない様子を確認すると長居はせず、また慌ただしくどこかへ行ってしまった。忙しいのだろう。

国王代理の件で名が上がっているのは、間違いなくこの二人のようだ。

王室医師や高官達も国王の様子を度々見に来る中、私は部屋の隅で皆の邪魔にならぬよう腐心した。

国王の容体は変わらず、心配をした私達はそのまま王宮に留まることになった。

ノランは運ばれてきた夕食にほとんど手をつけなかった。

父親のことは勿論だが、きっと国王代理の指名についても気がかりなのだろう。

迎えた翌朝も、国王はまだ寝込む状態が続いた。

意識が朦朧とした状態は既に脱し、熱は徐々に下がり始めてはいたものの、国王は仕事に復帰できる状態にはなかった。

これ以上の空白は許されない。

国王代理を選ばねばならない時が、近づいていた。

王妃は王子達を集めると、彼らの前に立って気丈な口ぶりで言った。

「陛下が、国王代理を指名されます。皆、玉座の間へ集まりなさい」

私は隣に立つノランの手を、無意識のうちにギュッと握り締めた。


玉座の間は、総木造りの広間であった。

飴色《あめいろ》の木の壁が四方を囲み、高い天井からは百を超えるであろう、おびただしい数の明かりが下げられている。

広間の奥は高く設《しつら》えられており、手すりがついた四段からなる階段を上がると、そこに玉座があった。

玉座は壁と同じ飴色の木製で、磨かれきったその表面が、長い歴史を感じさせる。

王妃の呼びかけに応じ、王子夫妻達が全員集まった。

第一王子と第二王子を囲むように、駆けつけた数多くの官吏達が玉座の間に集合し、本来は広いその場所を狭く息苦しい場所に変える。

「シェファン様。貴方のお名前が呼ばれるのに違いありませんわ！」

甘えるような囁き声が聞こえて視線をそちらに向けると、ロージーが第二王子にしなだれかかり、彼の顔を見上げていた。

第二王子はそれには答えず、ただロージーの肩を抱き寄せた。ロージーも第二王子に身を寄せる。蕩《とろ》けるような表情のロージーを横目で見ながら、ふと思った。

多分、ロージーは相手が第一王子だろうが、第六王子だろうが、国王の証《しるし》である真紅のマントを纏うかもしれない男性なら、こうして愛しげな視線を送り、しなだれかかるのだろう、と。この状況に興奮していることが、薄紅色に紅潮した彼女の頬から推し量られる。

ノランを見上げると、彼と目が合った。彼は腕を伸ばして私の身体を引き寄せ、片腕で私を抱き締めた。その腕と表情がいつもより少し硬い。

「……ノラン様、緊張してるんですか？」

ノランはふっ、と柔らかく笑った。

「なぜかな。こうしていると、緊張感が和らぐ」

こんな形でノランの役に立つこともあるのか、と嬉しくなる。勇気を出して、両腕を控えめにノランの背に回し、彼をそっと抱き締めた。

私にとっては、真紅のマントがなかろうが、伯爵にしては貧乏だろうが、ノランが最も素敵な人だ。

(ロージーは、本当はかわいそうな女性なのかもしれない)

ふとそんな風に感じた。

玉座の間の入り口の扉が開かれると、私達は皆一斉に振り返った。

侍従長に車椅子を押された国王が、その場にやって来る。

車椅子の前に立ち、国王入室の宣言を高らかにしながら、中に入って来たのはまだうら若い職員だった。皆に注目されているせいか、玉座の間の奥まで歩く彼の足は妙にカクカクと動いてぎこちない。何せ、これから次の国王が指名されるようなものなのだから。萎縮しすぎた彼の第一声は、気の毒なくらい完全に裏返っていた。

「へっ、陛下からのお言葉があります！」

声が裏返ったせいか、職員の顔が真っ赤に染まる。

ご苦労様、とたおやかに王妃が声をかける。職員はかかとを揃え、頭を下げた。余程緊張しているのか、小さくない肩がブルブルと震えている。

車椅子に乗る国王は玉座には座らなかった。その手前で止まり、玉座を背に居並ぶ皆を見渡してから、口を開く。

「私の代理として次の者を指名する。当面の国王代理として……」

国王はそこで言葉を切り、微かに間を開けた。高い人口密度にかかわらず、恐ろしいほどの静けさだ。

その間は、国王が見せた微かな逡巡だろうか。

「……私は、第二王子シェファンを指名する」

細《ささ》やかな甲高い歓喜の声を上げたのは、ロージーだ。

徐々にざわめきが大きくなり、第二王子の近くにいた人達が彼に次々と頭を下げていき、それがさざ波のように広がる。

私の隣に立っていた第三王子が、対照的に不満げな声でぼそりと呟く。

「結局、そうなるのか」

人々の中から、二人の中年の男性が国王の前に進み出た。

その内の一人は、装飾が施された美しい木箱を両腕に抱えている。

国王の後ろに控えていた侍従長が訝しげに問う。

「なんだ、財務大臣。呼んでないぞ」

声をかけられたのは、木箱を抱える男性だった。

（――財務大臣……！　つまり、この人がロージーのお父さん？）

ノランから納屋の地下室で聞いた話を思い出し、私は侍従長が話しかけた男性を凝視する。

小さな細面のその容貌は、確かに言われてみればロージーに似ているかもしれない。年の割には面立ちが整い、悪人そうな人相はまるでない。

財務大臣は微笑を浮かべたまま、低頭した。

「マントをお持ち致しました。シェファン殿下に、国王代理たる証を纏っていただきたく」

国王は答えなかったので、侍従長は面倒そうに財務大臣に手を振った。

すると財務大臣は笑みを浮かべて顔を起こし、第二王子の前に向かって行った。

そのまま再び頭を下げ、第二王子に語りかける。

「シェファン殿下。陛下のお言葉により、殿下にこの国王代理たる証をお持ちしました」

財務大臣が第二王子の前に、木箱を差し出す。木箱の中身は、真紅のマントであった。満面の笑みを浮かべながら、財務大臣は隣に立つ男に言った。

「さぁ、軍務大臣。マントを殿下に」

軍務大臣と呼ばれた男は財務大臣が持つ木箱の中から真紅のマントを取り出すと、恭しく広げた。国王が纏うものより、少し丈が短い。

そのまま第二王子を晴れやかな笑顔で見上げ、彼の肩にかけ始める。

その様子を第二王子の隣に立つロージーがどこかうっとりしたような、高揚した目つきで見つめている。

「シェファン様！　ああ、とてもお似合いですわ」

ロージーが上ずった甲高い声を上げ、崩れるように跪く。その可憐な唇に、笑みが広がる。長年の彼女の夢が叶った瞬間なのかもしれない。

続けて財務大臣が第二王子の正面に立ち、声を上げる。

「シェファン殿下。国王代理として、どうぞご指示ください」

すると軍務大臣が後に続いた。

「国王代理、我がティーガロ王国軍は皆殿下のしもべにございます」

玉座の間にいた皆が片膝を折り、国王代理に礼を取る。

ふと視線を前方に戻すと、王妃も膝を折っていた。

ノランも皆に倣ってはいたが、その表情からは何の感情も窺えなかった。

第二王子が国王代理となったことは、すぐに国中に知らされた。

王宮内に与えられていた部屋に戻るなり、ノランは簡潔に言葉を発した。

「帰ろう」

「えっ？　ノラン様、今なんて？」

部屋の真ん中に突っ立ったまま、聞き返す。

ノランは着ていた暗い色の上着を脱ぎ、ソファの上に放り投げた。

「もうここでやることはない。ダール島に帰ろう」

「でも……良いんですか？」

「私達はやるべきことをやろう」

ノランはそう言ってから投げやりに笑った。

「それにシェファン兄上が我が物顔で真紅のマントを着けている姿を、これ以上見たくない」

第二王子は玉座の間ですぐに高官達を集め、国王代理として求められるまま、細々とした指示を出し始めていた。

つい先日までは国王が座っていたはずの席に、今や第二王子が座り、役人から上がる説明を聞き、そして質問をするのだ。

間もなく執務にも慣れていき、やがては迷いない手つきで国王の印章を取り、書類に押していくのだろう。きっとそのすぐ近くには、この世の春、といった表情の財務大臣が付き従う。

ノランはそんなところを、見たくはないはずだ。

第四王子であるノランにここでやることがもうないなら、元子爵家の居候娘である私には、もっとない。

私達は早々と帰る支度をし、別れの挨拶をしに再び国王のもとを訪れた。

幸いにも国王の高熱は下がり始め、快復の兆しが見え始めていた。

寝台脇には白く優美な椅子が置かれ、そこに王妃が座っている。その姿はなんとなく、飾られた作り物の人形のような佇まいだった。

国王は上体を半分起こした状態で、まだかなり怠そうな目つきをしてはいたが、確かな口調でノランに声をかけてくれた。

「お前にも心配をかけたな」

「快方に向かわれて安堵いたしました」

「まさかもうダール島に帰るのか？」

「はい。家畜の世話もしなければなりませんし」

（まずいよ、ノラン様）

私は瞬時に表情を引き締めた。国王の機嫌が急下降するのを敏感に悟る。

案の定、国王は気色ばんで言った。

「私の息子ともあろう者が、家畜の世話とはなんだ！　全く一時はセベスタの王女との縁談も出ていたというのに」

遠回しに私との結婚を非難された気がする。

ノランとセベスタの王女との縁談がまとまらなかったのは、私が割り込んだせいだからだ。

すると私のいたたまれない心境を察したのか、王妃が国王を諫《いさ》めるように言った。

「陛下。人の心とは、そう都合良く操れるものではありませんわ。地位も立場も超えて、それでもこの人しかいない、と恋焦がれてしまうのが愛で……その方向も熱さも、どうしようもないものですわ」

珍しく熱弁する王妃の言葉は、妙に説得力がある真剣なものだった。

思わずドートレック侯爵と第五王子の話を思い出してしまう。

この人形のような王妃も、かつては燃えるような愛に身を焦がし、一線を超えてしまったのだろうか。

ノランの様子をそっと窺うと、彼は探るような眼差しで王妃を見ていた。

一方の国王は、ただ呆れたようにフン、と鼻を鳴らした。

「お前はこの話になるとやたらにノランの肩を持つな」

「父上。まだ本調子ではないのですから、どうかあまり感情的にならないでください」

国王はグッと眉をひそめたが、短く溜め息をつくと、再びノランの名を呼んだ。

「ダール島は小さいし、ここから遠い。お前がそのように王子の品位を保てる暮らしをできぬのなら、他の領地をお前に与えることを検討しよう」

ノランは国王の目の前に立ち、寝台から半身を起こした国王を見据えた。

「父上のお気持ちは嬉しいですが、その必要はありません。……私は弟を守れなかったのです」

国王は眉根を寄せて、首を左右に振りながらノランを宥めた。

「まだそんなことを。良いか？　もしその場に他の王子が居合わせたとしても、皆同じことしかできなかったに違いない。ノラン、自分を追い込みすぎるな」

王妃の様子をちらりと窺うと、彼女は俯き、目を伏せていた。その白い顔が更に浮き立つほど白んでいる。最早蠟のような白さだ。

ノランは私の手を取ると、何食わぬ顔で国王に言った。

「そろそろお暇《いとま》いたします」

「分かった、分かった。……また、近いうちに顔を見せてくれ」

「はい。必ず、近いうちに」

そう言ったノランの返答には力が込められていた。

国王の寝室を出ると、後から私達を追いかけてきた王妃に廊下で声をかけられた。

「いつも早いのね。ノラン」

王妃はまだ疲労が刻まれたやつれた瞳で、ノランを見上げた。疲れていてもなお、彼女の美は損なわれていない。

ノランと王妃は廊下で向かい合った。

「先程は私とリーズの味方になってくださり、助かりました」

「ええ。良いのよ。私の息子だもの。……お前は、愛する人と幸せになってね」

——お前は？　思わずそのセリフにドキリとしてしまう。

王妃はしばし遠い目をして宙を見つめ、その後で口を開いた。

「でもノラン、陛下の仰る通りよ。ダール島は管理人に任せて、貴方達は王宮に住むという手もあるのではないの」

「王宮にはいられません」

ノランは一度口を閉じると下を向き、両目を閉じてから長い息を吐いた。

そして再びゆっくりと水色の瞳を開くと、真っすぐに王妃をその力強い双眸で捉えた。彼は両手の拳を握り締めながら、再び口を開く。

「ここは、アーロンの思い出がありすぎるのです。それに今でも、夜空と私を映すこちらを見上げたアーロンの瞳が、私を見ているのです」

その光景を思い出したのか、ノランは苦痛に表情を歪めた。彼の肩が微かに震えているような気がして、彼の腕にそっと触れる。

ノランは苦しんでいた。弟を必要以上に急がせ、死なせてしまったことに。目の前で死に行く弟を、見つめるしかできなかった、あの時の無力さに。

でも一人で苦しんでほしくない。

「あの夜のアーロンの目が、忘れられません。父の目の色にそっくりな、水色のあの目が」

「ノラン……」

辛そうな表情を浮かべていた王妃は、ややあってから急にハッと目を見開いた。

「アーロンの目は茶色だったわ」

「ええ。そうでした」

陛下の瞳はノランと同じ、水色だ。不思議に思って二人の会話を聞いていると、ノランが確認するように呟く。その表情からは全く感情が読み取れない。

「間違えました。父上とは、同じ色ではなかった」

わざとだ、と直感した。

本当は第五王子の目の色を間違えるはずなどないのに、ノランは王妃を引っかけるためにこんな話をしている。

ノランは一見ただの事実をさらりと述べただけだったが、王妃は顔を強張らせていた。

磁器製の人形を彷彿《ほうふつ》とさせる白い顔が、更に色をなくしている。けれど王妃はそれ以上何も言わない。

この世で王妃とノラン、それに私だけが敏感に反応するであろう言い間違いだ。

ぎこちない二人の様子を、私は息を詰めて見守るしかなかった。

「母上、なぜ……」

言いかけて、ノランは口を噤んだ。そこまでが、彼が母親を問うために自分自身に言うことを許した精一杯だった。――母上、貴女はなぜ父上を裏切ったのか。本当はそう言いたかったに違いない。

ノランはその空気を破るように膝を折り、優雅に屈むと王妃に穏やかな声で言った。

「母上。私はどこにいようとも、今も昔も変わらず貴女を息子として愛しています」

ノランが立ち上がり、王妃の頬に優しくキスをする。

そして少し離れたところにいた私の手をそっと取った。

王妃は私達をじっと見つめていた。美しい人形のように、そこにただ佇んでいる。彼女がまるで人形みたいに見えるのは、もしかしたら心の機微を感じさせないからかもしれない。

(王妃様は一人ぼっちで過去の中に置き去りにされているんだわ)

ふとそんな風に思った。

軽く会釈をしてから私達は彼女に背を向け、その場を後にする。

国王代理である第二王子にも、挨拶をする必要があった。

執務室に参じるとシェファン王子は数人の官僚に囲まれて忙しそうに書類をめくっていた。彼は私達に気づくと顔を上げ、苦笑した。

「父上が少し寝込んだだけで、この書類の多さだ。見てくれ、この決裁の束を」

第二王子の前には未決らしき書類の山が積まれていた。軽く押せば崩れそうなほどの量だ。

既決となった書類を腕に抱えた官僚が、私達の横を軽く会釈しながら忙しそうに通り過ぎていく。

ノランは第二王子の前に膝をついた。少し驚いてから、私もそれに倣う。ノランは淡々とした声で言った。

「ダール島に帰ります。挨拶に参りました」

「そうか。お前も行ったり来たり大変だったな。父上も熱が下がりだしたところだ。じきに仕事に戻れるようになるだろう。後は私に任せて、安心してくれ」

ノランは黙って頭を下げた。


王宮の建物出口で馬車を待っていると、秋の風が冷たかった。時折吹く冷たい風が体温を急激に奪う。

我が家の馬車が回されるのを待ちながら、私は二の腕を擦った。

ダール島に帰る私達を第一王子が見送りに来てくれていた。

ノランと第一王子は口数少なく、馬車を待っていたが、やがてノランが言った。

「私はイーサン兄上に国王代理となってほしかった」

第一王子は溜め息交じりにそれはもう言ってくれるな、と言った。

「ですが兄上は、戦争に反対だと父上に対して仰っていたではありませんか」

「そうだな。信念を貫いたつもりだったが、きっとそれも、アダになった」

「私にはそんな勇気がありませんでした。……シェファン兄上は、戦争を継続すると公言しています」

第一王子は唇を噛んだ。飄々《ひょうひょう》とした第一王子がこの時ばかりはとても悔しげに見えた。ノランは続けた。

「兄上には民に渦巻く不満が見えていますか？」

「私がなぜ王都騎兵隊をやっていると思う？　民の声を聞ける王族でありたいからだ」

「ではお分かりでしょう。民の不満にも限界というものがあります。放置したり、無理に蓋をすれば、じきに爆発します。後戻りできない状況に陥る前に、舵《かじ》を切るのです」

真意を問うように目を見張ってノランを見つめる第一王子の前で、ノランは言った。

「やるのは兄上、貴方です」

第一王子は、黙ってそれを聞いていた。


私達が王宮から帰って来てから、一週間ほどが経った。

ダール島の木々は黄色に染まりつつあった。

時折朝夕に冷たい風が吹くようになり、季節の変わり目であることを感じさせる。

秋らしい快晴が続く。

水が冷たくなり、家事が少し辛くなってきたね、などとオリビアと話していると、ノランとリカルドが帰宅した。

二人は朝から馬に乗り出かけていたのだ。彼らは帰宅するとなぜか周囲を警戒する様子で、オリビアに家中の鎧戸《よろいど》を閉めるよう命じた。

余程雨や風が強い時以外は鎧戸を閉めていなかったので、不思議に思った。

「どうした？　何があった」

同じく心配して問うマルコに、リカルドが硬い表情で答える。

「何者かにずっと後をつけられているような気がした」

リカルドがそこまで言うと、ノランはマルコに何やら目配せをした。弾かれたようにマルコが玄関へ走り、屋敷を飛び出して行く。

外を警戒しに行ったのだろうか。

事態がのみ込めず、私はノランを問い詰めた。

「何者かって……。今日はリカルドさんとお二人で、どこに行かれていたんです？」

私が細かな説明を求めると、ノランの代わりにリカルドが答えた。

「ある女の行方を……、ジャンの屋敷で働いていた侍女を捜していました」

リカルドは屋敷の廊下の窓を開け、左右に注意深く視線を動かし、外の様子を確認してから鎧戸を閉めた。更に窓を閉じると、かんぬきをかける。

「奥様。以前申しました通り、私とノラン様は王宮を離れた後、自由になった身の上と時間を使って、ジャンの死について独自に調べているのです。彼はいつも胸の病気のために薬を飲んでいました。状況から考えると、おそらく薬が毒にすり替えられていたのでしょう。屋敷にごく最近雇われたのは、縁故採用の侍女でした。ですが彼女はジャンの死後、僅かで辞職していました」

ノランは王宮に住まう王子としての生活を捨ててダール島にやって来た後、一人、事件の調査をしていたのだ。ドートレック侯爵のため、というよりはきっとアーロン王子のために。

「シュゼット・リムリーという名のその侍女は、第二王子妃の実父である財務大臣の愛人の一人でもあったのです」

「愛人⁉」

しかもそのうちの一人ってことは、愛人は何人もいるのか。とんでもない男だ。

目を見張る私の前で、リカルドは説明を続ける。

「今日はシュゼットの行方を捜して、彼女の実家に行ったのです」

その帰りに、自分達が尾行されているような気がしたらしい。

でも一体誰がリカルド達の後をつけたのだろう？

リカルドの話をそこまで聞くと、ノランは私に屋敷にいるようきつく言ってきた。屋敷を出ないと私が誓うと、彼は安堵の表情を見せてすぐに屋敷を出て行った。

私にはここにいろと言うくせに、自分はどこかへ行こうとしている。

たまらず後を追って屋敷を飛び出すと、家畜小屋へ入っていく後ろ姿が視界に入った。それに私も続く。

ノランを追って家畜小屋に入るなり、私は声を上げた。

「ノラン様！　何が起きているんですか？　どうして……」

「なぜついてきた？」

私が最後まで言うのを待たずにノランは烈火のごとき剣幕で私の両肩を摑んだ。凄んだ水色の瞳が少し怖い。

「たまには言うことをきけ！」

「じゃ、きちんと説明してくださいっ！」

必死に抵抗すると、ノランは私を放して家畜を繋ぐ綱を外し始めた。きっと何かあったら家畜達が自力で逃げられるようにしているのだ。

作業を終えると、ノランは私の二の腕を摑み、屋敷へ帰り始めた。

「シュゼットを調べられて困るのは、財務大臣だ。彼の手の者に私達の行動がバレたかもしれない」

冷たい夜風のせいか、恐怖のせいか、身体がぶるりと震える。すると私の怯えに気づいたのか、ノランは強く摑んでいた手の力を少し緩めた。

「心配いらない。叔父上にお願いして、剣術に長《た》けた者達を借りることになっている。半日あれば、来てくれるだろう。それに先程叔父上に王宮へ発ってもらった」

「ピーターのお父さんに？」

「イーサン兄上への伝言をお願いした。ただ、夜中の移動と往復時間を考えれば、王宮から応援が来るにはどんなに急いでも丸一日はかかる。それまでは持ちこたえなければ。マルコも私も、全力で貴女を守る」

ダール島に入るには三つの方法があった。

橋で繋がる正門から入る方法と干潮時のみにできる島の南の浜辺との道、そして船で南の浜辺に上陸する方法だ。ノランはその全ての手段をいつも通り開いたままにさせた。敢えて屋敷で迎え、返り討ちにして生け捕りにするつもりだ。これはおそらく財務大臣にノランが万端の準備で反撃できる唯一のチャンスだ。

夕方になるとノランはオリビアを自宅に帰らせた。

「リーズ、貴女もオリビアの家に……」

「行きませんよ。ここに一緒にいます」

「そう言うと思っていた。でもここは安全ではない」

「連れてきたり、追い出したり、ノラン様は勝手すぎます。私、柱にしがみついてでもおそばにいますから、説得しようとしても無駄ですよ」

ノランは困ったように眉をひそめたが、彼が口を開く前に私は言い募った。

「私は、たとえ危険があろうと一緒にいたいんです。だって――、私はノラン様の妻ですから」

水色の瞳が驚いたように見開かれる。けれどすぐにノランの口元には、小さな笑みが浮かんだ。

「それなら、私から離れないでくれ」

勿論だ、と私は胸を張った。

オリビアが屋敷を出るのと前後して、ノランの叔父が寄越した助っ人の剣士達が到着した。ノランは彼らの一部を南の浜辺に配置した。

オリビアは急に暇を出されたこの事態に困惑していたが、ノランは多くを説明しなかった。

彼はオリビアの安全を優先させたのだ。

屋敷の中は、見えない緊張感でいっぱいになった。

私とリカルドは、屋敷中の窓や扉の施錠を念には念を入れて確認して回った。

陽が沈むと、夜の闇がいつもよりずっと恐ろしく感じられる。暗さと静寂に、一層不安が増す。

いつもの就寝時間をとうに過ぎても、ノランは寝間着に着替えることなく、寝台の隣に椅子を引っ張ってきて、そこに腰かけていた。

寝たら危ないとの判断だろう。

ノランの足元には、大小二つの剣が置かれている。それがまた私の怖さを誘う。ノランは今夜、剣が必要になると考えているのだ。

私にはやることもできることも差し当たってなかったので、寝具に潜り込んだ。するとノランが寝台の端に座り、寝ている私の頭を抱き寄せた。私達は無言で視線を合わせ、ノランは私の顔を確かめるように、輪郭をなぞった。

自分達が置かれた状況はとても不安定なものだ。私はたまらず不安を漏らした。

「これから何が起きるんでしょうか。なんだか大破寸前の筏《いかだ》に乗って、大海原《おおうなばら》に投げ出されているような気分です」

「心配いらない。絶対に、成功してみせる」

今の私にはノランだけが頼りだった。お互いがそこにちゃんといることを確かめるように、私達はじっと見つめ合っていた。

寝具から腕を出して、ノランの手に触れる。

ノランの手が動き、私の手を優しく握り返してくれた。

こうして手を繋いでいれば、この不安定な夜に僅かでも安心することができた。

こんな状況ではとても寝ることなどできない、と思っていたがいつの間にか寝ていたらしい。

階下から上がった叫び声で、私は突然目を覚ました。目を開けても部屋は真っ暗で、何も見えない。事態が分からず、全身が強張る。

そのままじっとしていると、僅かな間不気味な静けさが続いた。だが階下から、怒鳴り声と共に何か重たい家具が倒れるような大きな物音が響いた。

（怖い。怖すぎる……!!）

「ノラン様、どこ⁉」

ベッドから飛び出すなり、私は足で床を探り、どうにか靴を履きながら彼を捜した。

扉からは廊下の明かりがこぼれていた。明かりのあるところへ行きたくて扉の方へ向かうと突然腕を摑まれ、心臓が口から飛び出るかと思った。

「リーズ、静かに！」

ノランは私を引き寄せると、そのまま背後に庇うようにして彼が前になり、廊下へと続く扉に向かって歩いた。

やにわに扉が開いた。そしてほぼ同時に、銀光りする細いものが視界に入り、避ける間もなくそれが私達に向かって振り下ろされる。

金属がぶつかり合う音が聞こえ、私の手首を握るノランの手から、剣を剣で受け止めた衝撃が伝わる。ノランの手が私から離れ、彼は侵入者と二人で部屋の入り口で剣をぶつけ合い始めた。

(来たんだ!!　本当に侵入者が襲ってきている！)

私は大きな棚の陰に身を隠すようにして息をひそめた。胸が早鐘を打って仕方がないので、どうにか鎮めようと強く手を押し当てる。

侵入者は徐々に部屋の奥へ入り始めた。

ガシャン、という音と共に、ノランが相手の剣を床に払い落とす。彼は素早くそれを蹴り、部屋の隅へやった。だが侵入者は背中に背負っていたナタをすぐさま手に取り、ノランに振り下ろす。

(ああ、見ている場合じゃないわ。何か、私もしなければ……！)

壁伝いに横に歩くと、手に硬い物が当たった。慌ててまさぐると、それは金属製の大きな彫刻だった。表面が硬くゴツゴツとしていて、まさに手頃な武器に思える。

これだ。これを使うしかない。

私は彫刻の腹を掴んだ。そのまま逆さにして背後から侵入者に駆け寄り、目をつぶって侵入者の頭部めがけて、力いっぱい振り下ろした。

激しい衝撃が彫刻から伝わり、怯えながらも目を開けると、目の前に立っていた侵入者の動きが止まっていた。

その身体がぐらりとよろめき、大きな人形のように床に崩れる。

「――やった……!?」

侵入者の安否を確かめようと顔の方へ近づくと、ノランに引き止められ、部屋の外へと引きずり出される。

だが廊下へ出たところで、今度は二人の男が躍りかかってきた。

「お前達の相手は俺だ！」

マルコの野太い声が聞こえ、一人の男があっと言う間に横に吹っ飛ぶ。残る一人も剣を動かす間もなくマルコの腕が伸び、片手で廊下の壁に放り投げられた。

柱時計に衝突した男の身体は妙な方向に曲がり、そのまま呻いて起き上がらない。

ノランは床に伸びた男の剣を拾い上げた。剣を目の高さまで掲げたまま廊下の明かりに照らし、じっくりと観察を始める。

「その剣が、どうかしたんですか？」

「安物の剣のようだ。たいした剣ではない。この者達は使い捨ての駒でしかないのだろう。となれば、上に報告する見張りがどこかにいるはずだ」

その時、微かなきな臭さが鼻腔《びこう》を掠めた。

「火事だ！　火をつけられたぞ」

ノランはそう言うなり私を引き寄せ、階段に駆け出した。だが辿り着くと、階下から武装した男達が駆け上がってくるではないか。

マルコが雄叫《おたけ》びを上げながら、廊下にあった棚を持ち上げて階段の上から男達に投げつける。ギャー、という悲鳴と一緒に数人の男達が棚を道連れにして階段を転がり落ちていく。

あまりの惨事に目を覆いたくなるが、相手の安否を気にしていられる状況ではない。

階下からは、落ちた棚と下敷きになった者達を避けながら、リカルドと剣士達が剣を振り回しつつ上がってくる。

「居間に火をつけられました！　早く下の階へ！」

だがリカルドに続いて次々に敵が現れ、彼らの一人がランプを倒して階段にも火をつけた。それに対してリカルド達は剣で、マルコは棍棒《こんぼう》を振り回して応戦していく。階段の火を消す暇もない。

(早く、居間の火を消す手伝いもしないと！)

一階に通じる階段は男達の向こうだ。

敵を倒したばかりのノランが私の腕を摑み、廊下を逆走する。屋敷の反対側にある使用人用の狭い階段までやって来ると、ノランは言った。

「リーズ、先に下りていてくれ」

「ノラン様は？」

驚いてノランの顔を見るが、彼は至極真剣だった。私の背に手を回し、階段の方に向けた。

そこへ別の男が躍りかかってきたせいで、ノランは私から離れて男の相手を余儀なくされる。

冷たい金属製の手すりに手をかけ、一段だけ足を下ろす。

思わずギュッと手すりを握り、足を止める。

私一人で今、ここから逃げて良いのだろうか？

(考えて。言われるままに逃げるだけじゃ、だめよ。リーズ)

震える手で手すりに摑まり、月明かりに照らされた薄暗い踊り場を見下ろしながら、少しの間躊躇する。

もう一度廊下を振り返ると、目に見えて漂い始めた煙の中、リカルドとノランが必死に戦っている姿が目に入る。ノランの叔父が寄越した剣士達も叫びながら剣を繰り出している。その奥で、マルコが雄叫びを上げつつ敵を二体、振り回している。

皆、生死を賭けて必死だ。

ノランは敵を追い詰めるように廊下の奥へ奥へと進んでいき、私から次第に離れていく。

その時、不意に私の脳裏に、朝靄《あさもや》の中にかすんでいった馬車の後ろ姿が蘇った。

一人、呆然と立ち尽くしていたあの朝。母が私を永遠に置いて行った、あの朝。

階段の手すりを掴む手が、みるみる冷たくなっていく。

私はまたあれを繰り返すかもしれない。あの時、違う行動を取っていれば……。

「あんな思いをするのは、絶対に嫌！」

その時、複数の男相手に剣で戦うノランが叫んだ。

「リカルド！　鐘を鳴らせ！」

鐘――？　瞬時にあのブロンズ色の鐘だと分かった。

この屋敷に私が来た日に、ノランとオリビアが鳴らし方を教えてくれた、屋敷の塔の鐘だ。ダール島の入り口を塞がせるための、大きな鐘。

あれを鳴らして門が閉まれば、誰もこの島の正面玄関から逃げ出すことはできなくなる。

ノランは屋敷を襲っている者達と、それを命じた者を一人たりとも逃さないつもりなのだ。

だがリカルドは応戦中であり、すぐには動けそうにない。マルコもノランも同じだ。

私は向きを変えて下りかけていた一段を上がった。

（鐘は、私が鳴らすのよ！）

戦う男達の間を縫うようにして、廊下を駆け抜ける。

背後からノランが大きな声で私の名を呼び引き止めようとするが、構わず走る。建物の中央部辺りまで行くと、そこから上へ向かう狭い階段を上り出す。鐘に続く階段はかなり急な作りをしていて、上りにくい。

明かりがないので両手も使い、這い上がるようにして進む。何度も急な階段に両脛《りょうすね》を打ちつけたが、痛がる暇などない。螺旋《らせん》を描く階段をどうにか上り切ると、狭い空間に出た。

背筋を伸ばして両腕を振り回し、鐘に繋がる綱を探す。

冷たく硬い綱に手の甲が触れ、私は両手でそれをしっかりと掴んだ。次いで渾身の力で思いっきり下に引く。

ガラン……ゴロン……！

予想を超える大音響に、身体がビクリと震える。

「やった！　やったわ！」

思わず口から歓喜の声が漏れる。綱をしっかりと握り直し、ひたすら上下に動かし続ける。

この鐘の音が遠い島の入り口の門番の耳に、届きますように。

そして、門番があの格子の門を下ろしてくれますように。

しつこいくらいに長々と鐘を鳴らし終わると、階段を下りる。すると狭い階段の途中で、駆け上がってくるノランと鉢合わせた。

「鐘を鳴らしてくれたんだな」

ありがとう、と礼を添えながらノランが私の手を取り、一緒に階下へ下りる。

二階の廊下にはもう争う姿は見えず、十名近い男達が床に伸びたまま並べられ、剣士達が彼らを縛り上げていた。

一階ではリカルドが駆けつけた島民達と一緒に、消火活動に勤しんでいた。

ノランはリカルドを見つけるなり、簡潔に言った。

「山狩りをするぞ。関係者を一人残らず捕まえてやろう」

力強く声を上げるノランに、その場にいた誰もが大きく頷いた。


屋敷に回っていた火を消し終わると、今度は他の侵入者がいないか、島中の捜索が行われた。

昨晩、夜の闇に紛れて南の浜辺につけられていたボートは、見張り番と思しき男と引っ括《くる》めて回収済みであったため、逃げた侵入者達が島から出る方法はほとんど残されていないのだ。

捜索はノランの叔父が貸してくれた手勢とノラン達が主体となっていたが、一部の有志の島民達も参加してくれた。

レティシアの家出騒ぎで効率的な捜索方法をある程度見出していた島民達の仕事は早かった。

山狩りが行われている間、私は騒ぎを聞いて――というより鐘の音を聞いて驚いて駆けつけたオリビアと一緒に、消火活動で水浸しになった屋敷の片付けをしていた。ノランは万一に備えマルコを屋敷に残しておいてくれていて、怪力の彼は驚異の速さで屋敷を綺麗にしていった。

私はいの一番に居間に飛び込み、飾り棚からガラスの装飾品を出した。動物達が弦楽器を演奏するそれは、ノランの大切にしているものだ。四体とも表面は濡れていて水がポタポタと落ちているが、他に異常はないことに胸を撫で下ろす。

床にモップをかけて水を吸いながら、オリビアが珍しく暗い声で呟く。

「一体、誰がこんなことを……」

絨毯は真っ黒に焦げ、飾り棚の下の方の段に置かれていたものは、焼失したり溶けたりしていた。かつてオリビアと力を合わせて洗ったカーテンは、煤《すす》けてもう使い物にならない。我知らず、怒りで拳を握り締める。私達が大切にし、整えてきたものを踏みにじった者達が許せない。

夜中に現れた襲撃者達の姿を思い出せば、怒りと共に恐怖もせり上がる。一歩間違えれば、私達は皆、殺されていた。リカルドは財務大臣の愛人であるシュゼット・リムリーという女性を捜し回っていた。彼女がドートレック侯爵の死について、何か知っているかもしれないからだ。だとすればリカルドの行動を嗅ぎつけた者の——財務大臣の仕業に違いない。ロージーの父親をとっ捕まえて賠償金をふんだくりでもしない限り、私の怒りも収まりそうにない。

「居間の床と壁紙は、全て貼り替えないといけませんね」

オリビアが溜め息交じりに言う。

二階へ火は回らなかったし、一階も所々燃えただけであったが、居間の被害は酷かった。壁紙は炎で変色し、カーテンも下半分が焼失していた。カーテンから天井に火が移っていたら、おそらくこの程度の火事では済まなかっただろう。

「悔しいわ。なんでこんな目にあわなきゃいけないの。なんでこんなことされなきゃいけないの」

怒りを吐露すると、オリビアが私の腕を優しく摩ってくれた。それでも私の怒りは収まらない。ノランは踏んだり蹴ったりじゃないか。彼が何をしたというのだ。屋敷の火は消えたが、代わりに私の中の怒りの炎はめらめらと燃えていた。

「もう日が昇りますね」

何気ないオリビアの言葉に窓の外を見やれば、確かに遠くの空が白み始めていた。間もなく干潮の時刻だ。

この島には干潮時に島と陸が繋がる道がもう一つできるはずだった。これは島の門が閉じられてボートを失っても、襲撃者達が島から脱出できる今唯一の手段だ。

ノランはおそらく、今浜辺で敵を待ち伏せている。

「そうね。まだ終わりじゃないわ。これからよね。今朝がノランの正念場だわ」

屋敷で文句を言っていても、何も変わらない。それよりもノランを手伝うべきだ。一人でも加勢は多い方が良い。

私はノランの手助けをするために、マルコを連れて海岸線に行くことにした。


海岸沿いは岩場になっており、背丈よりも高く茂る藪を掻き分け、私とマルコは海へと近づいて行った。もう少しで砂浜に下りられる、という矢先にマルコが急に立ち止まり、手のひらを見せて私を制止した。

「マルコ？」

「しっ！　聞こえます」

口元に人差し指を当てながら、目を宙にやるマルコ。釣られて私も耳をそばだてるが、風に揺れる藪のサラサラとした葉音しか聞こえない。

マルコは岩陰にその大きな身を潜ませた。

しばらくの間一緒にそうしていると、遠くから微かに蹄の音が聞こえた。息を呑みながら視線を走らせる。

やがて騎乗した二人の男が、岩場を勇ましく駆け下りて来た。

その衝撃で岩場を無数の小さな石が転がり落ちていく。

顔に黒い布を巻き、腰に帯剣した男達は、ダール島の住民とは到底思えない。私は岩陰に張りつき、二人を凝視した。侵入手段はボートだけではなかったようだ。

男達は崖を下り切ると、馬首を海の方へ向けて、騎乗したまま砂浜をうろついた。陸へと繋がる道を探しているのだろう。

穏やかに明るくなりつつある空の下、浜辺からの土砂が堆積した一本道が薄《う》っすらと見えていた。その道は途中ところどころまだ海面より下になっていたが、間違いなく本土へと繋がっており、馬であれば簡単に渡れそうな状況であった。

男達が手綱を握り直し、馬の脇腹を蹴ったその時。砂浜をゆっくりと歩いてくる人影があることに気がついた。

まるで早朝の海を散歩でもしているような、悠然とした足取りで男達に近づいていくのはノランその人だった。その少し後をリカルドが歩く。

はっ、とマルコが身体を硬直させたのが分かる。

馬上の二人の男達はほぼ同時にノランの存在に気づき、馬の向きを変えて警戒態勢を取る。

ノランは男達と十歩ほどの距離までやって来ると、立ち止まった。その腕に長い縄状の物をかけている。

「私の領地に無断で侵入したのは誰だ？　挨拶くらいしていけ」

男達は抜刀した。

間髪を容れずにマルコが飛び出て行く。その動きに気がついた男達はこちらを振り返り、その隙にノランが手にしていた縄を彼ら目がけて放る。

先端に鉄鋼の重りがつけられた縄は、前の方にいた男の馬の脚に絡まり、驚いた馬が大きく前脚を上げた。そのまま脚をバタつかせ、ゴロリと転倒する。

馬に跨っていた男は背から滑り落ち、倒れた馬の下敷きになった。

馬は後方にいたもう一頭をも巻き込み、残る男も予期できぬ馬の動きについていけず、落馬する。

馬の下敷きになった男は立てない様子だったが、もう一人の男は俊敏に立ち上がると、身を翻して島を背にして走り出した。それをノランとマルコが追う。

リカルドは馬の下から動けない男を乱雑に引きずり出した。私はそこへ合流した。

いまだ浜辺に横たわって呻く男の足を、リカルドが放り出した綱で急いで縛り上げる。変な方向に曲がった男の足を縛るのはかなり抵抗があったが、咎める良心を無視し、彼を取り逃さないようにリカルドを手伝う。リカルドは私の登場に少なからず驚いていたが、話す暇はない。

ノランとマルコは逃げる男と共に、浜辺に現れた細い道から転落した。三人はずぶ濡れになって、団子になりながら互いを殴り合っている。

二人から離れようとした男をマルコが摑み、押し倒す。水飛沫《みずしぶき》を上げて水中に倒れた男に、ノランが飛びかかる。男が水中から顔を出した時、既にノランの腕ががっちりと男の首に回されていた。

こうして私達は、自然が作り出した逃げ道からも誰一人逃さずに捕らえることができた。

ノランは男達を島の自警団の事務所へと連行していった。

ノランが島の中心地に出かけてしまうと、私とオリビアは半分使い物にならなくなった屋敷で彼の帰宅を待った。

日が沈み屋敷の中も寒くなってきたが、私達はなんとなく暖炉に火を入れるのが怖かった。どうにか厚着をして凌《しの》いでいると、ノランとリカルドが帰宅した。

ノランは玄関で出迎えた私の額にキスをしてから、目を丸くしてなぜか私の手を取り顔をしかめた。

「身体が冷え切っている。ずっと外に？」

「中にいたけど、私達暖炉の火がなんだか怖くて」

ノランは手を伸ばし、いたわるように私の頭を撫でた。その優しい手つきに、昨夜から怯えて疲れ切っていた気持ちがほぐれていく。ようやく肩の力が抜けた気がする。

「ノラン様が戻られて、やっと安心できました」

私達はもう大丈夫だ。ノランの顔を見たら、心からそう思えた。

ノランの指示により暖炉に火がくべられ、私達は台所にあるテーブルで夕食を取った。もう皆が疲れていて、少しの距離でも配膳をするのが億劫《おっくう》だったのだ。いつもはリカルドやオリビア達と同じテーブルで食事を取らないのだが、今夜は別だった。

ようやく指先に体温が戻り始めたのを実感しながら、私は温かいスープを飲んだ。

向かいに座るノランも珍しくテーブルに肘をついてパンを食べていた。余程疲れたのだろう。

「山狩りの方はどうでした？」

「不審者二名を捕らえたよ。屋敷や海で捕らえた男達と一緒に、島の自警団の事務所に拘束している」

「彼らはどうしてここを襲ったのか、話したんですか？」

「屋敷で暴れたのは、単なる雑魚だ。金で動いただけで多くを知らない。だが屋敷外で捕らえた四名については、叩けば色々出てくるだろう。とりあえずここでできることは限界がある。彼らは明日、王宮に連れていく。以後は近衛に捜査を委ねるつもりだ」

王子を襲ったのだ。近衛が動くべき案件なのだろう。

黒幕もあぶり出せるだろうか。

今度こそ、背後にいる巨悪の財務大臣まで辿れるといい。

無意識のうちに眉間に皺を寄せていたことに気づき、茶を飲みながら自分を落ち着かせる。カップをソーサーに戻して顔を上げると、ノランと目が合った。

彼は少し弱気な表情を浮かべていた。

「ここにリーズを一人で置いてはいけない。明日は一緒に王宮に来てほしい。……苦労をかける」

ノランの辛そうな気持ちを振り払ってあげたくて、力強く首を左右に振る。

「私、掃除慣れしてますから。ご心配なく」

だがノランは真っすぐに私を見つめたまま、低く硬い声で言った。

「……片付けのことではない。昨夜、私達は殺されかけた」

途端に自分の顔も硬くなるのが分かった。声が震えないようにするのが、精一杯だ。

「私も強かったでしょう……？　少しは役に立てたでしょう？」

「ああ。貴女は本当に強かった。――そばにいてくれて、本当に良かった」

それは私が一番欲しい言葉だった。

「ノラン様のお陰で、強くなったんです。だって、人は守りたいものがあると強くなると言いますから」

ノランは苦笑してから、少しだけ不本意そうに言った。

「そうだったな。守るつもりが、守ってもらったな。互いのために強くなれるとは、私達は似合いの夫婦らしい」

似合いの夫婦という言葉が照れ臭くて、恥ずかしさを誤魔化そうと手を伸ばしてパンを取り、もぐもぐと食べ始める。

自分がノランに似合っているかは、正直自信がない。けれど彼が本気でそう言っているのは分かる。

私はここにいて良いのだ。もう問いかけなくても、今は自信をもって断言できる。

話を聞いていたリカルドが、のろけ話を聞かされたとばかりにわざとらしく咳払いをするが、オリビアは私とノランが心を通わせる様子を心から喜んでいることがこちらにまで伝わるような、蕩けそうな笑顔で私達を見つめていた。

明かりを消して寝具にくるまると、微かに身体が震えた。

私はぼんやりと壁の一点を見て考えた。寒いわけじゃない。だが、ダール島の風の音を聞きながら暗い寝台に横たわると、昨夜の出来事がどうしても思い出される。

今しも誰かがまた部屋に乱入してくるような気がして、落ち着かない。

大丈夫、もう終わったのだからと自分に言い聞かせ、自身の二の腕を抱き締める。

その直後、隣で衣擦れの音がしたかと思うと、ノランの手が伸ばされて彼に引き寄せられた。

ノランの体温が背中に伝わる。

肩越しに私の前まで回されたノランの手が、私の手を包み込むようにして触れる。そうしていると外の寒さが嘘のように身体が熱くなり、怯えていた心が今度は頼りなく浮遊する。

私達は言葉もなく、ただ身体を寄せ合っていた。やがてその温もりに安心したように、私はいつの間にか眠りの世界に誘われた。


翌朝、私達は大所帯でダール島を出た。

自警団の手を借りて、王宮へ向かうために私達は三台の馬車に分かれた。捕らえた者達は共謀させないよう、なるべく別々の馬車に乗せて運んでいた。

王都に向かう真っすぐな街道を進んでいると、途中でこちらへ走ってくる大軍と遭遇した。

騎馬達を率いているのは、なんと第一王子だった。

彼は王都騎兵隊長の軍服に身を包み、王都から近衛兵達と自分の部下の王都騎兵隊員達の一部を連れてきていた。

ノランの叔父が王都まで走り、伝えてくれたのだろう。なんとも心強い。私達はそこまで一緒に来てくれたダール島の自警団と別れて、以後は近衛兵達と王宮へ向かった。

王宮に到着したのは夜であったが、たくさんの人々に出迎えられた。皆、ノランの屋敷が襲われたという話を既に知っていて、一目でもノランの無事を確認したいと集まったようだった。

馬車を降りて建物に入ると、すぐに王妃がノランに駆け寄ってきた。

「何があったのです⁉」

ノランの目の前に立つ王妃の口元が、微かに震えている。また息子を失うかもしれない、という恐怖が彼女の蒼白な顔から見て取れる。

だがノランは王妃の頬に軽くキスをすると、急に私の手を握った。

「母上を頼む」

私は咄嗟にはい、と返事をするしかなかった。

ノランは近衛兵の一人と何やら話し込みながらどこかへ行ってしまった。

その場に残された私は、ノランを心配する王妃の相手をしなければならなかった。

王妃をなるべく刺激しないように、ダール島で起きたことを順を追って話した。


翌朝、王宮へ出勤してきた財務大臣は、一夜にして自分を取り巻く情勢が変わったことを認識したようだった。馬車を降りるや否や、近衛兵に囲まれたらしい。

私はノランと共に、国王によって謁見の間に呼ばれた。

その場には第一王子夫妻と第二王子夫妻、それに近衛兵が何人かいた。更には、なぜこの面子《メンツ》の中に自分がいるのか解せない、といった戸惑い顔の軍務大臣もいた。

私達を呼び集めた国王は、謁見の間の奥にある木製の玉座に座っていた。

まだ顔色が少し悪く頬が痩けたように見えるが、目には強い光があり、力強い意志を感じさせる。

国王の隣には王妃もいた。

国王が両手を打ち鳴らすと近衛兵の一人が頭を下げ、機敏な動作で入り口に向かい、扉を開けた。

全開にされた扉の先には、近衛兵達に脇を固められた一人の男がいた。ロージーの父親である、財務大臣だ。

「ドートレック財務大臣。こちらへ来なさい」

国王がそう命じる。財務大臣は近衛兵に促されながら、謁見の間の中ほどまで一人で進んだ。彼は青ざめた顔でその場に膝をつき、その両肩は小刻みに震えていた。

国王は良く響く声で尋ねた。

「財務大臣に軍務大臣。お前達はなぜここへ呼ばれたか、分かっておるか？」

話しかけられた二人は顔を見合わせ、口をパクパクと無意味に開閉した。予想外の展開に、返事が思いつかないらしい。国王は返事を待たなかった。

「財務大臣。一昨日《おととい》の夜、第四王子の屋敷に何者かが侵入した。その件に関して、申し開くことはないか？」

「殿下……、ダール伯爵にはお気の毒です。ですが陛下、なぜに私が？」

「ダール島にお前の家の者が複数入り込んでいた。これはなぜだ？　うち一人は、お前に命じられたと告白した」

財務大臣の顔色が目に見えて変わる。彼は一瞬頬を引きつらせ、すぐにあやふやな笑みを浮かべ、急に真面目な顔になったかと思うと、掠れた声で言った。

「何かの間違いです」

国王は動じず、今度は軍務大臣を見た。

「軍務大臣。そなたはいつもリョルカ王国への派兵に積極的だった。シェファンを次期国王に、と推したのは戦争を続けるためであったか？」

軍務大臣は眉をワザとらしく、高く上げた。

「何を仰いますか」

「そなたの親族は国内で一、二を争う武器商でもあったな。戦争を続けるほどにそなたらの利になったか」

それは違う、自分は国のために戦争をしているのだ、と主張する軍務大臣の前に、ノランが進み出る。彼は軍務大臣に向かって口を開いた。

「それとも財務大臣から、出世でも約束されたのか？」

ノランが疑問をぶつけると、軍務大臣はその藪のような太い眉を寄せ、不愉快そうにノランを睨んだ。

「お立場をお忘れですか？　口がすぎますよ！　勝手に近衛兵を動かしたそうではありませんか。一体何の権限があっての暴挙ですか？」

軍務大臣は王子であるノランに対してかなり失礼な態度を取った。しかしノランは顔色ひとつ変えなかった。代わりに第一王子が口を開く。

「近衛と王都騎兵隊を動かしたのは私だ」

真面目な顔でそう言った後で、第一王子はガハハと笑った。

「もっとも、近衛に関しては私にも権限などないがな！」

軍務大臣は目を血走らせていた。

ノランは緊迫した会話にそぐわないほど優雅な足取りで、軍務大臣の目の前まで歩いた。そうして自分を睨み上げている軍務大臣に、柔らかな笑みを見せた。

「大臣、貴方が手を組んだ男は、じきに第五王子を殺した罪で裁かれますよ」

「なんだと⁉」

軍務大臣は不可解そうに表情を曇らせた。動揺が入り交じった、睨むような目つきで隣に立つ財務大臣を見る。

どうやら軍務大臣は第五王子の件に関しては何も知らないのかもしれない。ただ第二王子を支持する約束をしただけなのだろう。

ノランが今度は財務大臣の前に立つ。財務大臣はギラつく大きな目でノランを睨み返していたが、その細い顎が小刻みに震えているのを私は見逃さなかった。

財務大臣はこの展開に、明らかに一層動揺していた。

「財務大臣。貴方の失敗は私を殺し損ねたことだ。……貴方はアーロンを襲撃したことをジャンに勘付かれ、彼を殺した。貴方の愛人、シュゼット・リムリーが全て話しましたよ。ジャンの飲んでいた胸の薬を毒薬とすり替えたと」

シュゼット・リムリー。ドートレック侯爵の屋敷にいたという、侍女の名前だ。

財務大臣は目を皿のように丸くしてから、幾度か瞬きをした。その後、顔を真っ赤にしてノランを睨み上げ叫んだ。

「何を言う！　そんなはずはない！」

「シュゼットは貴方の愛人でしょう？　――いや、愛人だった。貴方は彼女に多額の報酬を払って、手を切った。彼女はそう言っていた」

「で、でたらめだ！　金を握らせて偽証をさせているだけだろう！　あの女は金で動くからな」

「そう疑ってしまうのは、貴方が愛人を金で動かしたからでしょう」

ぐっ、と財務大臣が喉を詰まらせると、国王が重々しい調子で言った。

「ジャンの死と第五王子の事件も含めて、お前のことは良く調べよう」

ノランが財務大臣に毅然と言い放つ。

「ダール島の私の屋敷を襲わせたのも、貴方だ」

財務大臣は口を真一文字に結んだまま目だけをぎらつかせ、何も答えなかった。

感情が昂《たかぶ》った赤い顔を向けるだけの財務大臣の前に仁王立ちすると、ノランは蔑みのこもった声で彼を非難した。

「私の動向を娘であるロージーを使って探ったのも貴方だ」

驚いて私が第二王子の隣に立つロージーに目を向けると、彼女はすぐに目を逸らした。

国王は既にノランがダール島で掻き集めた事実を粗方知っているようだった。

陛下、と哀れな声を上げる財務大臣の訴えを無視し、国王は近衛兵を呼んだ。

敏捷な仕草で四人の近衛兵が謁見の間の中ほどまでやって来ると、一切の躊躇なく財務大臣と軍務大臣の両脇に手を入れ、強引に立たせる。

軍務大臣がわなわなと震えつつ叫ぶ。

「陛下！　私は、ノラン殿下やアーロン殿下に何かしようなど、思ったこともございません！　ただ、財務大臣とシェファン殿下を支持する約束をして、腕に覚えのある手勢を少し貸しただけにすぎません！」

突然自白を始めた軍務大臣に財務大臣が顔を醜く歪め、まるで犬のような唸り声を上げている。

それまで静かに見守っていたロージーが、喚きながら父親の財務大臣に縋った。

「だめよ！　離しなさい無礼者！」

近衛兵の腕を叩きながら、ロージーが父親を連れていかせまいと追いかける。当然ながら近衛兵達は彼女に動じることはなく、財務大臣を謁見の間から外へと連れ出していく。

無情にも扉が閉まると、ロージーはネジが抜けたように崩れ、床に両手をついた。

そのそばで静かに第二王子が赤いマントを外し、それを畳むと国王が座る玉座の前に膝をつき、首を垂れる。自分の未来を悟ったのだろう。

直後、国王に名を呼ばれた第一王子が前に進み出て膝をついた。

自分の前にやって来た第一王子の顔をじっと見つめてから、国王は口を開いた。

「イーサン。お前を私の後継として指名する」

その場にいた誰もが、ハッとその瞬間息を呑んだ。

「今後は私の仕事を少しずつ手伝い、要領を摑んでいくのだ」

国王が第一王子にそう伝えると、彼は頭を深々と下げ、国王に対する忠誠を表明した。

私はノランの隣に立ち尽くして動けなかった。なんだかロージーと第二王子の顔が怖くて、二人を見ることができない。

とりわけ財務大臣が問われているのは、大逆罪だ。有罪となればまず助からない。

(シェファン王子は、自分の義理の父親の企みを知っていたのかな……)

ふとそんな疑問が頭をよぎる。

まさか彼までもが、兄弟達を亡き者にしてまで、王位を狙っていたとは考えたくない。

次に国王が呼んだのは、私の夫の名だった。

ノランが玉座の正面まで歩みを進め、膝をつく。

「ノラン。王宮へ戻りなさい。火事にあったダール島の伯爵邸はもう用済みだろう。ここでお前はイーサンの手伝いをするのだ」

「陛下。私も妻もあの島が気に入っております。途中で放り出す気はありません」

ノラン、と呆れたように国王はこめかみを押さえた。

国王への反論に突然巻き込まれたので、ドキドキし過ぎて心臓に悪い。

急に言い訳に使われてしまったが、ノランの言う通り既に私にとってダール島は大切な場所になっている。国王の視線が私に移り、私達の目が合った。

威圧的に思えて以前は居心地悪く感じられていた国王の眼差しが、今は単に威厳ある義父の佇まいとして受け止められる。私達の関係は何も変わっていないのに不思議だ。きっと、私が変わったのだ。

国王は深い溜め息をつくと再び大きく息を吸い、ノランを説得するのを諦めきれないのか、彼に王子としての心構えを説き始めた。

ノランがややげんなりした調子で相槌を打つが、私はその間自分の靴の先を見つめていた。

紫色のガラスのビーズが細かく貼りつけられた、そのキラキラと光る華奢な靴の先に視線を落としながら、はたと気がつく。

ノランは次期国王と一番仲の良い兄弟なのだ。この先は第一王子がノランをそばに置き、もっと重要な役割と輝かしい道を用意してくれるかもしれない。

(そうなればいよいよ私も、ノラン様にとってはもう用済みなのかもしれない……)

ノランは弟の仇を取った。次期国王は、彼が支持する第一王子に決まった。

つまりわざわざノランが全てを捨てて、ダール島に引きこもる理由は消滅したのだ。私を妻にしておく必要などもうないじゃないか。気づいてしまうと、とても怖い。

ダール邸だけでなく、どうか私も手放さないでほしい。

でもノランにとって、不名誉な妻にはなりたくない。

ノランのそばにいたいけれど、私は彼とは釣り合っていない。国王とノランが続ける会話は全く頭に入って来なくなり、私は頭の中でぐるぐると堂々巡りの考えを繰り返していた。

「それでは、我々はもう失礼致します」

ノランに腕を取られて、我に返る。

顔を上げると国王が私と隣に立つノランを見下ろしていた。国王は諦めにも似た溜め息をついた。

「父上、母上。どうかお身体を大切になさってください。どこにいようと、いつもお二人のご健康をお祈り申し上げております」

ノランが頭を下げたので、私もぎこちなくそれに従う。

再び顔を上げたノランは私の背に手を回し、謁見の間の出口へ向かっていった。

不安に思ってノランを見上げたが、彼はどこか吹っ切れたような、爽やかな表情をしていた。水色の瞳が澄んで輝き、見つめている私の目と合う。

ノランは優しさが滲み出た美しい微笑みを見せてくれた。

廊下へ出ると、尋ねずにはいられなかった。

「ノラン様。ダール島に帰ってしまって本当に良いのですか？」

「なぜいけない？」

「だって、貴方は王子様なのに」

「私は貴女だけの王子様でいられれば、良い」

ノランはそう言うなり、私を抱き寄せた。

私だけの王子様。それは、何て素敵な響きなんだろう。これからもずっと、ノランと一緒にいられるのだ。彼の大きな胸に頬を寄せるとその温もりが伝わってきて、緊張が解《ほぐ》れていく。

ノランの両腕が私の背に回り、より一層身体と身体が密着する。彼への愛しさが溢れて止まらず、思わず両腕で彼にしがみつく。私も彼の愛情に、愛情で応えたい。

「ノラン様は今までも、これからもずっと私の素敵な王子様です」

ゴホン、と咳払いが聞こえると、すぐ近くにリカルドがいた。

「ノラン様」

「リカルド。私も妻になかなか大胆なセリフが吐けるようになっただろう？」

「ええ。本当に」

二人の会話が恥ずかしく、ノランの腕の中から出ようともがくが、私を甘く拘束する腕は、ちっとも緩まない。

「リーズ。心から思う。貴女が私の妻で、本当に良かった。貴女は世界一の妻だ」

感激で胸がいっぱいになってしまい、返事が思いつかない。この瞬間、気を失ってもいいと思えるほどに。

感極まって目に涙を溜めて見上げる私の目元に、ノランは優しい口づけを落としてくれた。


私とノランは王宮の外にある回廊で、馬車が回されるのを待っていた。

我が家の馬車の仕度が整い、乗り込もうとした矢先、第一王子がやって来た。

「本当にもう行くのか？　もっと王宮にいてくれる方が色々と助かるんだが」

「兄上。お願いがあります」

第一王子は目をパチパチと瞬いた。

「なんだ？　お前の願いなら、聞かないわけにはいかなそうだな」

「このティーガロの王として即位した暁には、現状の王位継承制度を廃止し、長子相続を導入願います」

ノランの物言いは特に感情のこもらないものであったが、第一王子は目を丸く見開き、驚きを隠せないようだった。予想もしていなかったのだろう。

言葉を返さないでいる第一王子に対し、ノランは畳みかけた。

「私は、両親を心の底からは信頼できませんでした。兄弟なのに腹を探り合い、本音を明かさず、表層だけの付き合いしかしていない。裏表なく付き合えるのは、アーロンだけでした。そんなのは、もう終わりにしたいのです」

第一王子は少し眉根を寄せ、ノランをひたと見つめたまま彼の話に耳を傾けていた。いつもの覇気ある豪快な雰囲気が今はなく、むしろどこか物悲しそうだ。

ノランが言葉を区切ると、第一王子は掠れた声で弟の名を呼んだ。

ノランは続けた。

「白状すれば、私は兄の中で最も親しみを抱いている貴方ですら、心の底からは信用していないのです。そしてそれが、悲しい」

第一王子はゆっくりと息を吸い込むと、同じだけの時間をかけて口から吐き出した。

「ああ。これほど悲しいことはないな。分かった。――次期国王の名にかけて、約束しよう。継承制度を私の代で変更しよう」

「ありがとうございます」

ノランと第一王子が互いの腕を回して、固く抱き合う。

そのままそれぞれの肩を力強く叩くと、やがて身体を離した。

次に彼らが互いの目を見つめ合った時、今まで以上の信頼をもって相手を見ている気がした。

「元気でな」

「兄上も」

第一王子は私の方に身体を向け、人懐っこい笑みを浮かべた。

「リーズ。貴女には感謝してもしきれない。またぜひ遊びに来てくれ」

私の手を取ると、第一王子はその筋骨隆々とした肢体を折り、甲に口づけた。

煌びやかな王宮を後にして、王都の街並みを馬車で走る。

通りを買い物中らしき女性達が歩き、商品が陳列された店頭で男性が客引きの声を上げている。店の目の前を犬が走り去り、その少し後を少年が駆けていく。

王都はいつもと変わらぬ活気の中にあった。

何一つ表面上の光景は変わらないのに、目に映る景色は今までと違って新鮮に感じる。私は新たな一歩を踏み出した気持ちでいっぱいだった。

ノランは窓の外を流れ行く王都の街並みに目をやりながら、簡潔な一言をそっと漏らした。

終わった、と。

ノランは第五王子が殺されてからたった一人で抱えて来た十字架を、ついに下ろすことができたのだろう。


王都から田舎のダール島までは、馬車でほぼ丸一日かかる。

王宮を昼過ぎに発った私達は、必然的に途中の街で夜を過ごすことになった。

ノランは前回王都へ向かう途中で宿泊した際の汚名返上だとでも考えたのか、迷わず高級な宿を選んだ。

大理石の敷かれたロビーを通り、部屋に入るとそこは王宮の一室かと見紛《みまが》うほどに豪華な内装をしていた。部屋の真ん中はアーチを描く天井に繋がる柱で区切られ、奥には綺麗なバルコニーもついている。

以前泊まった宿とのあまりの落差に唖然としてしまう。

部屋の真ん中に立ち尽くして、私はノランを振り返った。彼は部屋の奥にある植物模様の分厚いカーテンを閉め、早々にソファに腰を下ろして寛ぎ始めている。

「ノラン様、こんな立派な……高そうなお部屋を取って大丈夫ですか？」

ノランは座ったまま外套を脱ぎ、近くで荷物を下ろしていたリカルドに放った。リカルドが素晴らしい運動能力でそれをキャッチする。

「心配ない。それほど高くはない」

いや、高いでしょ、と心の中で切り返す。

我が家の財政破綻を心配しながらも、花が絡む模様が彫られた美しい手すりに惹かれ、バルコニーに出た。

バルコニーは街の広場に面しており、眼下にはいくつかの屋台が出ていて、白い布の屋根が並んでいる。手すりに寄りかかると、店先に並べられた色とりどりの野菜や果物が見えた。

広場の片隅にある噴水のそばでは、楽器を手にした数人の男性が曲を奏でていて、その周りで子供達が踊っている。楽しげな雰囲気に満ち、賑やかだ。

「なかなか良い眺めだ」

後ろから声がしたので振り返ると、ノランがバルコニーに出てくるところだった。ノランは私の隣に立ち、手すりに片手をかけながら水色の瞳を広場の人々に向けた。

屋台のおこぼれ目当てか、噴水の近くに鳩がたくさんたむろしていた。その群れのど真ん中に切り込むように、一人の男の子が猛烈な笑顔で走り込み、群れを散らす。羽ばたいた鳩の集まりは一旦解けた後、すぐにまた群れになり、そこ目がけて再び男の子が突進する。

その様子を二人で眺めていると、ノランが何気なく思い出を語った。

「私も幼い頃、あれを良くやったな」

それはとても意外な事実だった。思わず隣に立つノランの顔を見つめる。鳩を追う小さなノランを想像すると、口元が綻ぶ。きっと天使のような容姿の子供だったに違いない。

広場で鳩達に果敢に挑み続けている少年に視線を戻す。噴水のそばの鳩達は、何度男の子に群れを乱されようとも、数秒後には性懲りもなくまた集まってトコトコと歩いていた。――ふと自分の子供時代を思い出した。

「……私は小さい頃、庭で鳩の歩く真似をしていました。歩き方がおかしくて」

「歩く真似を？」

「はい。鳩って首と足が同時に前に出るんですよ。これが結構真似すると難しいんです」

「……ちょっとそこでやってみてくれ」

「嫌ですよ！　恥ずかしい……」

「なぜだ。ぜひ披露してくれ」

「絶対に笑うから、嫌ですって！」

「そんなに出し惜しみされると、尚更見たくなるだろう」

少し戯《おど》けて言い募るノランに対して、私は断固拒否だ、とバルコニーの手すりに縋りつく。

子供じゃあるまいし、見せられたものじゃない、と首を左右に振ると、ノランは喉をくつくつと鳴らして笑う。

「貴女はからかうと可愛いな」

怒るべきか喜ぶべきなのか分からない。――いや、やっぱり嬉しい……。

ノランは時折私をからかうけれど、可愛いと思ってくれるなら、からかわれるのも良いかもしれない……。

私が少し複雑な顔でノランを見上げていると、彼はまた真面目な表情に戻った。そうして意外なことを言った。

「実は私も昔、鳩が歩く真似をしたことがある」

「本当ですか⁉」

ノランがそんな無邪気すぎる遊びをしていたなんて、想像できない。

「王子様がそんなことをしていたなんて、驚きです」

するとノランは呆れたように言った。

「貴女は王子に夢を見すぎだと思うぞ」

「そうでしょうか」

見つめ合っているとノランは私の肩に腕を回し、身体を近づけて後ろから抱き締めた。私の前に回った彼の手は、手すりの上の私の手に重なる。

ノランの顔が私のすぐ後ろにあり、こめかみに彼の吐息を感じる。

「リーズ。……今日、これからは貴女に苦労をかけないと誓う」

ノランの手が私の手を包むように握り、私の親指と人差し指の間に彼の親指が入り込む。私はノランの親指をそっと握り返した。

手と手が触れ合い、心臓がひと際鼓動を激しくし、顔が熱くなる。

最近気がついたけれど、ノランは意外と直球な愛情表現をしてくれる。ならば私も彼を見習って、もっと頑張らないと。

消え入りそうな勇気を総動員して、後ろにいるノランに答える。

「私はノラン様の妻ですから、苦労をかけられても大丈夫です」

「……本当に？」

「ええと……ちょっとだけ、なら」

ちょっとだけなのか、とノランが笑う。振り返ると至近距離にあったノランの瞳が夕暮れの中、やけに色っぽく感じられて、焦って視線を逸らしそうになってしまう自分がいる。それでもノランと見つめ合っていたくて、頑張って踏み留まる。

やがてノランは表情を緩めると、そっと私の頬にキスをして、顔を離した。

私はノランの腕の中で、悪戯っぽく尋ねてみた。

「私もノラン様の鳩の真似が見たいです。ぜひご披露を」

一瞬の間の後、ノランは珍しく豪快に笑った。

「堂々と反撃をするようになったな」

ノランは首を傾げると私を覗き込んだ。

「夕食に行こうか。――奥様は大衆食堂とレストランのどちらをご希望かな？」

食堂です、と即答するとノランは幾分苦笑した。

王都の食堂を制覇したと豪語するマルコが、直感と閃《ひらめ》きで選んだ食堂は、規模が大きいながらも清潔で、既に数多《あまた》の客で賑わっていた。

私達は珍しく四人で一つのテーブルを囲み、食事を注文した。いくつかの料理と皆の飲み物が運ばれてくる頃、たまたま遠くの席から声が上がった。

「イーサン次期国王陛下に、乾杯！」

私達四人は驚いて一様に動きを止めた。

朗らかなその声のする方向を振り返れば、一人の男性が起立し、片手に持つグラスを高く掲げている。その男性の嬉々とした瞳を向けられた人々は、次々に席から立ち上がり「乾杯！」と賛同の意を示す。食堂の中は乾杯の嵐に溢れ、笑顔が広がっていく。

その様子を眺めながらノランが呟いた。

「皆情報が早いな」

第一王子は王都騎兵隊長として、民衆から親しまれている王子だった。彼が次の国王として選ばれたことを皆純粋に喜んでいるのが分かり、私としても嬉しい。

ノランがカトラリーに手を伸ばし、野菜が山と盛りつけられた青々としたサラダを食べ始める。

それを合図に、私やリカルドも食事をしだす。

マルコは嬉しそうにピーナッツの殻を割っている。硬そうな殻はマルコの一握りでこっぱ微塵になった。

私は美味しい料理に舌鼓を打ちながら、気がかりだったことを聞いた。

「ノラン様。シェファン殿下はどうなるのでしょうか」

本音を言えば、彼を少し気の毒に思う。彼は義父の謀略に巻き込まれただけなのだから。だがその質問に答えるノランの瞳は、意外にも冷たい光を帯びていた。

「私のように、王宮を出て行くかもしれないな」

「――そうなのですか……」

「シェファン兄上も勿論ドートレック侯爵の野望や、その娘の野心高い性格を熟知していたはずだ。その無作為の罪を、私はおかわいそうだとは思わない」

リカルドもそれに相槌を打つ。

「己の妻も操縦できぬ男が、国を治められるはずなどありませんからね」

だがノランはふと表情を曇らせた。

「待った。むしろ操縦できる男がいるなら紹介してくれ。ぜひ方法を教示賜りたい」

リカルドとマルコが身体を揺らして笑うのを、複雑な気持ちで見つめる。

私はちょっと頬を膨らませて、フォークを下ろしグラスの中の琥珀色《こはくいろ》に輝く酒に視線を落とした。

微細な泡が音もなく下から次々に浮上していく。

もしかしたら一番狡猾《こうかつ》だったのは、第二王子なのかもしれない。

不意に現れては消えていくその泡のように、一つの疑問が私の中に生まれた。

「ノラン様は、王位を望まれたことはないのですか？」

顔を上げると、ノランは意外にも破顔一笑した。

「貴女は本当に、私が予想もしないことを言う。いや、言うだけじゃない。する」

「そうでしょうか……？」

「さては私を翻弄しようとしているんだな」

「そ、そんなつもりはありません！」

私とノランを見ていたリカルドがくすりと笑った。

「奥様を屋敷にお迎えするまで、ノラン様は新調した図書室に奥様が引きこもられてしまったらどうしよう、とご心配されていたのですよ」

「リカルド。余計な話をするんじゃない」

リカルドはノランの文句をものともせず続けた。

「むしろほとんど図書室にいらっしゃらなかったのでは？」

「あっ。言われてみれば、その通りかもしれません！」

折角作ってもらった図書室だというのに、振り返ればダール島に来て以来、あまり本を読んでいない。申し訳ない気持ちになってノランの様子をチラリと窺うと、彼は少しだけ困ったような表情で私を見た。

「貴女は予想もできないことばかりする。夫としては、気になって仕方がない」

ノランがそう言うと、なぜかマルコが顔を赤くさせ、小さな椅子の上で大きな身体をもじもじさせた。

馬車は王都からの長い旅路をようやく終え、きらきらと輝く銀色の海に挟まれた細い橋を渡っていく。私達を乗せた馬車がようやくダール島へと戻ってきた。

黄色や橙色に揺れる木々と、穏やかな湖が私達を出迎える。

やっと戻ってきた安心感に車窓を開けると、頬をピリピリとさせる冷たい風が枝を揺らし、通り沿いに並ぶ木々から黄色い葉が降るように舞い落ちる。陽の光が差して、地面に積もる落ち葉達が、金色に輝いている。

「ダール島に帰ってくると、ほっとするなぁ」

思わずそう呟いて振り返ると、ノランも頷いてくれた。

屋敷に到着すると、私達を心配していたオリビアが駆けつけてくれた。珍しくオリビアの質問攻撃を浴びながら、私達は屋敷の中に足を踏み入れる。

火事で煤けた廊下の壁紙を見るなり、マルコがぼやく。

「ああ、そうだった……。自分、火事のことすっかり忘れてたっす」

思わず皆で笑ってしまった。これを忘れられるマルコがちょっと羨ましい。

笑われてしまったマルコは、少し恥ずかしそうに言った。

「自分、脳みそも筋肉でできてるんすよ」

今やある意味、それを否定できない私がいた。

オリビアの助けを借りて外套を脱ぎ、客間の椅子に腰を落ち着けると、長旅の疲れから私は座り込んでしまった。気力が抜けて、立てそうにない。空気が抜けた風船にでもなった気分だ。

机上にのせたままの状態にしてあった、母の形見の貝細工の箱が柔らかく輝き、私の顔を映している。

その貴重品が入った箱の表面の美しい細工をまじまじと眺めていると、オリビアが言った。

「その箱、とても重たくてそこから移せなかったんです。何が入っているんです？」

「お母様の形見よ」

オリビアは神妙な顔つきで頷きながら、口元を押さえた。箱も高価そうですねえ、と呟きながら。

「でも半分はレティシアにあげようと思ってる。元々はお母様のものだから」

きっとレティシアも欲しがるだろう。あの子は多分、母親の顔すら覚えていない。

するとノランが私の顔をジッと見つめてきた。もしや「妹にもあげるの」などといちいち宣言するあたりが、ケチくさいと思われただろうか。

ビクビクしていると、ノランは感慨深げに言った。

「意地悪そうな義兄達の嫌がらせも、貴女の心を歪ませられなかったんだな」

意外なことを言われて、私は悪戯っぽく笑った。

「私、そんなに立派な人間じゃないですよ。義兄のことは子供の頃から、心の中で『歩くボール』って呼んでいましたから」

そばに立って私を見下ろしていたノランが噴き出す。部屋の入り口にいたマルコとリカルドも目を合わせて笑っていた。つい、勝ち誇ったように言ってみる。

「笑ったということは、皆さん同罪ですよ！」

「……ちなみに、テーディ子爵夫人のことは何と？」

「『歩く香水』」

「ワンパターンだな」

「良いんです！　夫婦だから、セットで」

ふと箱の中の宝飾品達について考えた。きっと売ればかなりの額になるだろう。

私は笑いを収めると真面目な顔で言った。

「私の分の宝石は売りますね。……生活費の足しにできるかもしれません」

「その心配はもう必要ないだろう」

えっ、と私が視線を上げてノランを見ると、彼も軽く驚いたように片眉をひょいと上げた。

「王宮で父上の話を聞いていなかったのか？　私は公爵領に封《ほう》じられることになった」

「公爵領？　ノラン様が公爵に？」

そんな話、全然聞いていなかった。色々ありすぎて。今聞いても、全く実感が湧かない。確かに国王はノランの貧乏暮らしに散々苦言を呈していたけれど。

「ゴシュヴァン公爵領だ。元々貴女と結婚する前まで、所有していたところだが」

「元に戻してもらえたんですね」

ノランがダール伯爵兼ゴシュヴァン公爵に……？　私の夫が、公爵？

「旦那様は、公爵様におなりになるのですね。なんとおめでたいことでしょう」

オリビアがふくよかな胸に両手を当て、感極まった口調で言った。

ノランが公爵様になってくれるのは嬉しい。

けれどそれはつまり、ここダール島を出て行かなくてはいけない、ということだろうか。

私は不安に思ってノランに尋ねた。

「それでは、ここを引っ越すのですか？」

「公爵領とここを行き来しよう。私もここが好きだ。……だが、そうだな。ここは焼けてこの有様だ。修築のためにしばらくは公爵領に引っ越しても良いかもしれない……オリビアも来てくれるか？　給料は倍にしても良い」

「お給金にかかわらず、どこへなりとついて参りますわ！」

「本当か。だとすれば、倍は早まったな……」

客間が笑いに包まれる。


その夜、夕食の準備ができると私はランプを片手に、ノランとリカルドを呼びに行った。

時折冷たい秋の風が強く吹き、体温を奪っていく。

二人は馬小屋にも牛舎にもいなかった。我が家の可愛い家畜達が、平和に飼葉を食《は》んでいるだけだ。

探し回ってもなかなか見つからず、こういう時に彼らがいる場所は、やはり納屋の地下室だった。

ノランとリカルドは地下室の床に座り込んでいた。周辺には蓋を開けられた木箱が散乱している。

「お二人とも、何をされているんですか？」

まさかまだ木箱の中に隠しているものがあるとか？

私が近づくと、ノランは笑った。

「引っ越しの整理をしていたら、こんなものが出てきた。この屋敷を出て行く時に叔父上が置いていった物だ」

隣に行って覗き込むと、たくさんの紙の束が見えた。どれも目が霞みそうな細かい字がビッシリと書き連ねられている。

「全て叔父上が執筆されたものだ。叔父上にこんな趣味があったとは知らなかった」

リカルドは胡座をかいた足の上に紙の束をのせ、眺めていた。どうやら小説の原稿のようだ。リカルドは朗らかに言った。

「さわりだけ読んでみるつもりだったのが、面白くてやめられなくなりましてね」

「意外と夢中になってしまった」

今度叔父上に感想をお伝えしよう、と二人は盛り上がった。

「お二人とも、ここで読書に没頭すると目が悪くなりますよ？」

それに夕食の時間だからさっさと上に上がるよう頼むと、二人は重たそうな腰を上げて納屋の地下室から出てくれた。余程続きが気になるのか、リカルドは原稿の束をいくつか小脇に抱えている。

納屋から出ると、ノランは私とリカルドに屋敷へ先に帰るよう言った。

「私はこちらを処分してから戻る」

ノランは手に白い紙を携えていた。あの手紙――第五王子がドートレック侯爵から手渡された手紙だ。

リカルドは丁寧に頭を下げると、一人屋敷に向けて歩き出した。私もその後に続く。

屋敷に入る直前に、私はノランが気になって納屋を振り返った。

ノランは納屋の外壁に寄りかかり、芝の上に座っていた。こちらからはかなり距離があるので、彼は私が見ていることには気がついていないようだった。

ノランの足元にはランプとブリキのバケツらしきものが置かれている。納屋から持ち出してきたのだろう。

外壁に背をもたれさせ、両膝に腕をのせ座り込むノランを夕日の赤い光が照らす。彼はゆっくりと手紙を広げ、おそらく文面を読み始めていた。

私はその場所から動けなかった。島特有の強い風が吹き、私の髪を弄ぶ。

やがてノランはゆっくりと手紙を畳んだ。そしてそれを片手に持ったまま、何度も溜め息をついている。

ついに決心がついたのか、彼は手の中の手紙を芝の上に置いていたランプに近づけていく。風に吹かれてランプの火が揺らぐ。やがて手の動きが止まり、夕闇の中でノランの手の先から小さな火が上がる。

燃え出した手紙をノランはバケツの中に放った。バケツの中が俄かに明るくなり、炎はしばらくの間光を放っていたがじきにそれは明るさを失い、灰色の煙となった。微かな煙だけが立ち昇り、夕暮れの薄暗い空気に溶けていく。

燃え尽きたのだ。

ノランは手紙が消失したのを見届けるとバケツを持ち上げ、納屋の中へ足を向けた。バケツをしまいに行くのだろう。

私は納屋の入り口まで戻り、ノランが出てくるのを待った。

中から出てきたノランは、私が立っているのを見て目を見開いた。

「屋敷に戻っていなかったのか？」

「気になっちゃって……。それに、風が強かったので、風に吹かれて手紙が飛んでいってしまったら、私が追いかけようと思って」

「見上げた危機管理だ」

「それに、目が離せなかったんです」

「心配だったか？　……私が燃やせないと？」

「違います。ノラン様をただ見ていたかったんです」

ノランは破顔一笑した。彼が笑ってくれると、私も嬉しくなる。

「そもそも私はノラン様を夕食に呼びに来たんです。……今夜はオリビアがシチューにしてくれました」

寒い日は熱いシチューに限る。想像しただけで、ごくりと生唾を飲み込んでしまう。

私達は二人並んで一緒に歩き始めた。

ふと気がつくと、ノランは腰のポケットに丸めた薄い冊子のようなものを突っ込んでいた。私の視線に気づき、広げて見せてくれる。

「地図だ。新しい領地の――ゴシュヴァン公爵領の場所だ」

歩きながら片手で持ったランプで照らしつつ見るので、見にくい。暗がりで目を凝らして懸命に見ると、どうやら新しい公爵領は随分広大なようだ。

本当にこれがノランの領地になるのだろうか。お金に細かい貧乏なダール伯爵が、大出世だ。

そもそもダール伯爵こそが、彼の仮の姿だったのかもしれないけれど。

地図が信じられず、その面積に息を呑みながら食い入るようにして見ていると、道端の小石に躓いてよろめく。すかさず隣からノランの腕が伸ばされ、私を抱きとめた。

「危ない！　貴女は目を離せないな」

そう言うと私の手の中から地図を取り上げ、額にキスをした。

冷たい夜空の下で、それは妙に熱っぽくて、平静ではいられない。

ノランは私の額をなぞるように唇を滑らせる。

その動きがとてもこそばゆくて、余計に細かな笑いが溢れてくる。

「ノラン様、額がムズムズします……！」

恥ずかしいのとくすぐったさが混ざり、反射的に首を引っ込めてしまう。

だがノランは私が逃げるのを許さず、背に手を回して更にキスを続ける。その唇が私の頬から唇に向かい、一気に全身が熱を帯びる。

笑いは消え失せ、困惑して声も立てられない。

今までの彼からのキスとは明らかに一線を画している。

ノランの口づけが、深いものへと変わっていく。それは私がいまだかつて受けたことがないほど、情熱的なものだった。

ノランはゆっくりと私から顔を上げた。

いつも以上に熱い視線に、胸がどきんと痛む。

これは何の痛みだろう。感じたことのない痛みに困惑してしまう。とはいえ、それはどこか心地よい痛みだった。

至近距離で私の顔を覗き込んだまま、ノランは低い声で囁いた。

「実は貴女にもう一つ隠しごとをしていた」

「な、なんですか……？　ノラン様は隠しごとの宝庫ですね」

「貴女が好きでたまらない」

突然の告白に驚愕して私が息を呑んだのと、ノランが再びキスをしてきたのはほとんど同時だった。唇をそっと押し当てるような優しいキスではなく、私の唇をあらゆる角度から味わうみたいな、貪るようなキスに思わず怯んでしまう。

たっぷりと唇を味わってから、ノランは私を見つめて呟いた。

「本音を言えば、ずっと貴女が欲しくてたまらなかった」

ノランの薄い水色の瞳は、見たことがないほど熱を帯びていて、私は嬉しいような照れくさいような、自分でもわけが分からない気持ちでいっぱいになる。

その気持ちを隠すように身を翻し、屋敷の方へ小走りしながら言ってやった。

「私、それもとっくに知ってましたよ！」

走りながらも夕焼けの空の下で、小さな花々が小道の緑の合間から顔を覗かせていることに気がつく。思わず足を止めて小花達に見惚れる。

顔を上げれば、屋敷の脇に立つ一本の木の、その太い枝から思わずびっくりするほど大きな蛾《が》が飛び去る。かと思えば、次の瞬間には木を駆け下りる愛らしいリスがいる。

この島の自然はいつも違った表情を見せ、飽きさせない。

後ろから追いついたノランが、私の手を優しく取った。

手を繋いで屋敷までの道を歩くと、その景色はいつもよりもずっと優しい景色になった。

一目惚れした
王子
とされた
私の
七日間の攻防戦
Saki Tsukigami
月神サキ
Illustration KRN
逃げる魔女 ×
追いかける王子
フェアリーキス
NOW ON SALE

没落殿下が私を狙ってる……!!
一目惚れと言い張る王子と新婚生活はじめました

著者　岡達英茉　

2023年5月5日　初版発行

発行人　藤居幸嗣

発行所　株式会社Ｊパブリッシング
〒102-0073　東京都千代田区九段北3-2-5 5F
TEL 03-3288-7907　FAX 03-3288-7880

製版　サンシン企画

印刷所　中央精版印刷株式会社

ISBN:978-4-86669-569-3
Printed in JAPAN